百家文学馆

萍影

陈玉萍 著

图书在版编目（CIP）数据

萍影 / 陈玉萍著．--北京：中国文联出版社，2016.6（2023.3 重印）

ISBN 978－7－5190－1665－4

Ⅰ.①萍… Ⅱ.①陈… Ⅲ.①随笔—作品集—中国—当代 Ⅳ.①I267.1

中国版本图书馆 CIP 数据核字（2016）第 129821 号

著　　者　陈玉萍
责任编辑　曹艺凡
责任校对　乔宇佳
装帧设计　中联华文

出版发行　中国文联出版社有限公司
地　　址　北京市朝阳区农展馆南里 10 号　　邮编　100125
电　　话　010－85923025（发行部）　　85923091（总编室）
经　　销　全国新华书店等
印　　刷　三河市华东印刷有限公司

开　　本　710 毫米×1000 毫米　1/16
印　　张　15.5
字　　数　246 千字
版　　次　2023 年 3 月第 1 版第 2 次印刷
定　　价　75.00 元

序言
PREFACE

写作于我

至今，我仍然固执地觉得，只有“为天地立心，为生民立命”的大作家、大学者才配得上“写作”这一神圣、庄重的字眼，对我来说，这两个字的分量太重，只会让我心生敬畏——我充其量只是一个文字的膜拜者，以至于很长时间，我都不敢把自己那些过于平淡、过于私人化的叙述称为写作。

一直觉得，写作在我生命中扮演着多重角色，最重要的角色就是：为我的曾经歌功颂德，是那些美好日子忠诚的守墓人。我并不用它来证明生命中必须经历的离别，或是人生注定死亡的结果，只是用来证明那些我走过的欢笑与悲伤真实存在过。岁月流转中，许多人、许多事还来不及在脑海里刻下印痕就被时间这个驱魔人匆匆收走。当年繁华演变为滚滚烟尘，但依旧有一些美妙的日子和风景，在某个安静的早晨，如一缕柔和的阳光投射在波澜动荡的心湖，泛起明亮耀眼的光芒。我常常被这光芒吸引，思绪沉潜在过往的迷乱中不能自拔。回忆他们，做他们忠实的记录者，是我乐此不疲的追求。

我们都是平庸之人，在日复一日的庸常和琐屑里消磨生命。如何保持对这个世界的热爱？我以为写作便是一种很好的方式。夜深人静时，众生喧嚣中，许多狼狈不堪的境遇、困惑不解的谜团、不能释怀的怨恨，如果不能借助键盘敲击的声响消解，那么生活还有什么美好可言！写作中释放积久的压抑和负累，聆听来自心灵的声音，这种感觉让我愉悦。写作让我坚信，生活中的美好远多于丑陋，不管多大的痛苦，终究会被光阴的流水淹没，放下名利的执念，轻松前行，明天又是新的一天。

干瘪的生活里，写作是一泓清水，滋润富足着我的灵魂。在精神的花园里培草植树，让我不至于太焦虑，让我每每被某些人或事困扰到头痛欲裂的时候，内心不至于决堤。写作是一个不断审视自己的过程，而一个敢于审视自己，将自己解剖得鲜血淋漓的人无疑是勇敢的、幸福的。这种审视逼迫我变换着角度思考生命的意义，让我对生命有更深刻的感悟。

王小波说："一个人只拥有此生此世是不够的，他还应该拥有诗意的世界。"那些诗意的世界，同样是吸引我不停写作的动力，这就是我尽管知道写作就是不断重复，但每天重复仍然觉得很新鲜的原因。在文字生活中，你可以亲手创造一场游戏、一场生死疲劳，可以触到兵荒马乱，但无需为任何生命负责，这种创造的快感让我安静，使我着迷。

"生命的无意义，迫使人去创造自己的意义。不管黑暗多么广阔无边，我们必须去寻找自己的光明！"一直记得库布里克这句铿锵名言，于我而言，写作即是我的光明，这一场又一场的荼蘼花事，值得我终生追寻！

陈玉萍

2016 年 4 月 20 日

亲近其文 喜爱其人

（代序）

第一次读到陈玉萍老师的文章，是她发在 QQ 空间里的散文《一个人的兰州》，一时被她细腻深刻的感悟和优美清秀的文笔吸引，于是给她留言："奇文共欣赏，读这篇文章，让我这个眼下身在兰州的人很是汗颜。"毫不犹豫转发了这篇文章。之后又陆陆续续看了陈老师的其他一些文字，觉得她真是写散文的好手，思路开阔，文采飞扬，在我接触过的中学老师中，罕有人能比得上她，就又给她留言："你需要编一本心情集了，让更多人，用另一种方式来欣赏你开阔的思路和喷涌的才情！"陈老师回复："谢谢王老师，我还需要沉淀。"这次交流发生在两年前。

又一个晚上，看到了她写的《我的 2013》，此文主要回顾了她来兰州参加课赛最终却铩羽而归的全过程。这次课赛的始末我是很清楚的，但没想到给她留下了如此沉重的心理阴影。我当即拨通了她的电话，我们在电话里相谈甚欢，四十多分钟过得不知不觉，挂断电话的时候，时间已经接近零点。

此后，只要陈老师发在空间或者博客的文字，我便会认真阅读。两年的时间里，居然也读了她写的不少文章，一个勤于写文、喜欢动笔、善观察、多思考的知性女性形象便出现在我的面前。

于我而言，凡是打动不了我的散文，便不是好散文。好散文的根本标志是：不管写的是什么内容，读完能让我忍不住地回味，还想再读。陈老师的散文能让我读完回味，是我觉得她的散文好的原因。

陈老师用文字书写着思想中的困惑、觉悟，展现着任情纵性的自己，记录着意味深长的生活琐事，描绘着旅行中的见闻景致。

陈老师的思想随笔体现出很强的思辨色彩。她常常在文章中表达对人生、社会、历史、现实的思考，如果不是平常深厚的阅读积累，是写不出这些有深度的文章的。陈老师喜欢读书，尤其喜欢读哲理随笔和辛辣时评，这使得她的思考很显深度，她的文章多哲理性句子并在一定程度上呈现出尖刻。例如，《此心安处是吾乡》中的一段文字：

每个人都有自己的精神故乡，比如商州之于贾平凹，高密东北乡之于莫言，约克纳帕塔法县之于福克纳，马孔多镇之于马尔克斯……只是优秀者对精神故乡的热爱更甚于常人。他们爱故乡胜过爱权势富贵，胜过爱自己的生命。他们终其一生都在向精神故乡迈进，在迈进的路途中为世人留下精神财富。然而人类物质文明发展得越富足，人们对名利的追求就越贪婪。对于芸芸众生来说，名利是最现实的、最能带来福报的东西，何必去追求虚无缥缈的像梦一般的精神故乡，所以虽然心向往精神故乡的大有人在，但真正践行的少而又少……

在这个充满诱惑的时代，一些人对名利的膜拜愈发虔诚，精神故乡正在逐渐丢失，陈老师却愿意远离尘世喧嚣，以富足精神生活自娱，这正是她的独特之处。

陈老师喜欢用文字清理自己。情绪的动荡起伏，身体的疲累虚弱，在她的文章中都有反映，如《清理》中的这两段文字：

有时候，忙碌也是一种对思想的清理方式，忙碌中无暇他顾，反而保持了心无旁骛的单纯。忙碌中的充实，胜过矫揉造作的呻吟！

清理思想的垃圾，随时清除掉名利的杂草，清除掉偶尔薄如蝉翼的恶的意念，清除掉偶尔刻薄寡情的言辞，保持大脑存储器的空置状态，让思维和精神重新焕发出活力，如手机恢复到出厂设置一般，将心灵恢复到赤子之心。只带着灵魂上路，在人生的旅程中，会走得更自信。

记得陈老师对我说过：希望通过文字，让自己成为一个有情趣、会思考的人。向内心进发，随时检查做人的得失，是陈老师的人生追求。

陈老师是一位热情拥抱生活之人。身边的美好景色和独特人物，经常成为她写作的素材。

她很敏感，一朵春花开放，一场细雨落下，都会让她心潮起伏。看见打吊瓶的树，她惊喜异常；放眼秋日黄昏，她浮想联翩；目睹素雪飞扬，她止不住碎碎念。她描绘景色追求遣词用句的新鲜和表达的准确生动，字里行间同样闪耀着思考的光芒。

她笔下的人物，有很鲜明的特点：外爷悲苦但坚强的一生；爸爸右手残损下的生活际遇；雪萍一低头的娇羞温柔；小林对待顾客的不卑不亢；等。跟着她的动情描述，一个个形象各异的人便在眼前缓缓走过，接受我们审视的眼光。

陈老师喜欢旅行，她将旅行中的见闻，娓娓道来。“登山则情满于山，观海则意溢于海”，说的就是陈老师这样的人。教学之余，陈老师以极大的热情，走进新疆，邂逅乌镇，行走五台山，来到云冈石窟，恋上额济纳旗……“我看青山多妩媚，料青山看我应如是”，她以欣赏的眼光注视着寂静的海德堡，迎接着佛祖释迦牟尼的眼神，观望着西安古城墙……她的游记散文，一开篇便以广博的知识、浓烈的情愫将读者深深吸引。我们来读《行走五台山》的开头：

对五台山的印象，源于几位小说中的人物。

鲁智深，这位《水浒传》中的莽汉，为了躲避官兵的追杀，不得已在五台山皈依佛门；杨五郎，沙场兵败，英雄末路，目睹父兄惨死怀中，万念俱灰，在五台山遁入空门；清世祖，贵为大清天子，却不爱江山爱美人，终因红颜知己董小宛仙逝而难逃情劫，在五台山剃度，从此常伴古佛青灯……五台山在我心中，始终是一个心情苦衷的悲情英雄不得已而隔绝红尘的悲凉去处。因此游览五台山的最初，我的心情完全被一种悲悯情绪左右，一如劈空而下的瓢泼大雨。

小说中的人物吸引了陈老师，使陈老师对五台山情有独钟，而情有独钟又激发了读者的阅读兴趣。我们便在这种讲述中不知不觉被吸引，走近这些记录着中国传统文化的名山大川。我们从陈老师笔下的一个个景点中，都能读出一种独特的审美，一种独到的识见，这无疑增强了她游记散文的厚重。

总之，陈老师的思想随笔、写景散文、记人散文、旅行笔记都写得开放自如，人物跃然纸上，景物如在目前，诸君阅读后定会喜欢有加，这里不再饶舌。

作为一位知识女性，陈老师还有着当今时代较为稀缺的古道热肠。

2015 年 10 月中旬，我跟卢卫东老师带着各自工作室的部分成员参加了嘉峪关市教育局组织的教研活动。活动的行程、内容主要由我和陈老师商定。陈老师全力联络各方，从接站到活动的顺利开展，再到最后的送站，她和她的朋友们都提供了非常好的服务。

那次活动从策划到结束共十天时间，可以说，能顺利、圆满地完成这样一项高规格的研讨活动，陈老师应该是最大的功臣。

一句话，陈老师文好，人更好。愿大家都能喜欢这本洋溢着真情、熔铸着思考、传递着正能量的文集！

王延学

2016 年 4 月 10 日

目录
CONTENTS

第一辑 思享 \ 1

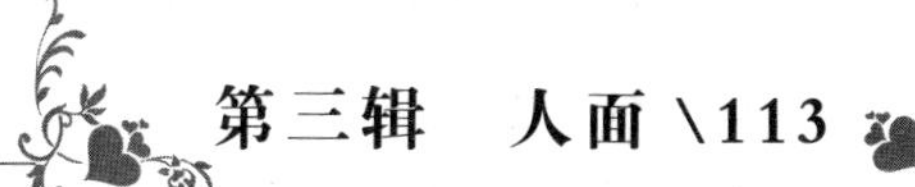

第三辑　人面 \113

第四辑　行色 \161

第一辑

思享

指尖丹蔻

兰州,无聊的午后,约朋友美甲去。看着十指涂上丹蔻那娇艳欲滴的颜色,有一种深深的风尘感。大概每个女人内心深处,总是为放纵留有一小块天地,只是表现形式千差万别。杜拉斯有一句经典名言:“我如果不是一个作家,就是一个妓女。”也许说的就是这种放纵。只是对大多数女人而言,所谓放纵,也仅仅体现在十指的丹蔻罢了。

《沉香屑——第一炉香》中,葛薇龙第一次去姑妈家,就看见姑妈正在脚指甲上涂丹蔻,精美华丽的屋子,配上姑妈慵懒的神态和审视的眼神,一种潜在的霸气令葛薇龙自觉卑微。然而很快,在姑妈的有心调教下,薇龙融入了姑妈的世界,却也融入了一场人生的悲凉。人生的遗憾就在于此,你想到了故事的开头,却总也想不到故事的结局。丹蔻带来的香艳光鲜的世界,是薇龙埋葬爱情的开始。上帝在任何时候,都会保持客观公正,就算对最偏爱的人,也不会让他为所欲为。

《天龙八部》中游坦之初见阿紫,牢牢钉住他双眼的,便是阿紫的一双脚。“十个脚趾的趾甲都是淡红色的,像十片小小的花瓣”,他像一头豹子般扑过去,牢牢抱住阿紫的双足吻个不停。丹蔻使游坦之彻底沦陷在爱情的漩涡,此后任凭阿紫百般折磨,游坦之心中唯伊不变,尽管他很清楚流水无情,但他还是将自己的双眼给了阿紫。当阿紫生生将眼睛挖出来还给游坦之的时候,只怕游坦之整个心也跟着跳崖的阿紫去了。

《红楼梦》中晴雯生病,找了大夫瞧病,“见了这只手上有两根指甲,足有两三寸长，尚有金凤花染的通红的痕迹。便忙回过头来，有一个老嬷嬷忙拿了一块手帕掩了”。宝玉去晴雯家里探病，晴雯拭泪，就伸手取了剪刀，将左手上两根葱管一般的指甲齐根铰下，又伸手向被内将贴身穿着的一件旧红绫袄脱下，并指甲都与宝玉道：“这个你收了，以后就如见我一般。”丹蔻点染过的指甲，是一种诱人的女性意识的象征，难怪大夫要回过头来，而晴雯亦将此赠予宝玉作为死别后的念想了。

红拂、薛涛、秦淮八艳，这些侠肝义胆的风尘女子，纤纤玉指上，应该也是涂满了丹蔻吧，浓艳热烈的色彩，一如她们执着勇敢的性格，危难之际挺身而出，用性命祭起自己和爱人尊严的旗帜，人生便也轰轰烈烈得如丹蔻般令人称羡。深夜添香伴读书的红袖，琵琶弦上说相思的歌女，卧看牵牛织女星的少妇，应该也是十指丹蔻吧，猩红色点染的相思，最是撩拨离人心扉，悲欢离合的交响，过往岁月的流连，欢爱将逝的惆怅，似乎就在一举手一投足之间，闪耀在明亮的丹蔻里，映入人的心灵里！“有时漫托香腮想，疑是胭脂点玉颜”“桃腮轻托玉纤微，有恨弹珠泪”“拂镜火星流夜月，画眉红雨过春山”“十指纤纤玉笋红，雁行轻遏翠弦中”“染指色愈艳，弹琴花自流”，染了丹蔻的手指，不管是凝神托腮还是对镜梳妆亦或轻拢慢捻，都是这幅工笔画就的美人图中绚丽的一点，给人以视觉的美妙享受，令你不由自主浮想联翩！

如同喜欢自拍的人总是很自恋一样，喜欢指尖染饰丹蔻的女子肯定无比自恋，不放过美的每一个细节，包括手指甲，让美丽绽放在指尖，让指尖丹蔻诉说人世间无尽的香艳故事。让人生充满着丹蔻般的浓艳热烈，也是她们对美的一种表达吧。

美，自古就是人类追求的永恒主题。从古代的凤仙花捣染指甲到现今各色美甲，女性在追求美的道路上从未止步。将白皙如玉的指甲点染成一颗颗相思红豆，点染的过程，便已美不胜收，更何况点染后散逸出的魅惑，一种纯纯的女性意识便延伸了。只是置身在熙熙攘攘繁华商场的各色美甲，总是给人急促物质的感觉，多少限制了人对美的遐想！

丹蔻是诸如旗袍胭脂一样美的尤物，带着东方女人特有的风韵。那是一种细致到以纹理细节相称的优雅，仅仅是指尖上的些微点染，却抒写着一种属于年代的风华。如果说西方女人美的是一种野性风骚，一种如比基尼般的

豪放，那么东方女人美的就是一种内敛含蓄，一种如汉服般的高贵。相比烈焰红唇的性感妖冶，丹蔻在细节处、在轻微处，用一种极端的优雅撩人。丹蔻美的不只是一处细节，更像是一个年代。看起来那样柔弱无骨，却给人一种美得冷艳得与世隔绝的冰冷感，如幽深岁月中深宅大院里的贵族小姐。丹蔻更像是一种生活态度，就像老式的留声机，你总能以在自己的指甲上涂抹丹蔻的方式来雕刻时光，一笔一画，比写小篆、画工笔画更加细致柔软。丹蔻，总有一种从前慢、慢得一生只够爱一个人的美好。好像时光不曾流逝，女子依然痴恋优雅矜持，丹蔻，承载着时光沉淀下不老的光华。

一个人的兰州

早晨七点十分，火车终于到达兰州车站，拖着行李箱出站的辰光，心里五味杂陈，兰州，你曾经毫不留情地抛弃了我，现在又若无其事地接纳了我，想起《知音》中的一句话："偌大一个北京城，竟然放不下一张琴桌。"不由苦笑摇头。十八年前，大学毕业，曾让我刻骨铭心的兰州城，竟然没有我的容身之地，无奈之下，仓皇逃离。十八年中，我断绝了和大学同学的一切联系，蜗居在边陲小城。有时，也会把思绪放任成自由的鸟儿四处飘游，但从来不愿想起兰州，偶尔路过兰州，也只是匆匆停留。至于那一次和室友街头偶遇时的痛哭失声，只是情绪的偶然失控，至今想起都让我觉得羞惭：兰州，我从不想在你面前显示我的软弱和无助。

然而现在，我就站在兰州车站，被嘈杂的市声包围着。抬头望去，"兰州"两个大字被晨曦映得发亮，"兰"字的最下面一横相比其他两横显得尤其短促，整个字看上去头重脚轻，很古怪的感觉：还是熟悉的兰州啊，尽管十几年来，我想方设法不去触碰，但它还是在记忆的角落凝成了一朵沙漠玫瑰，一旦遇见清水的滋润就会傲然开放，犹如多年未见的老情人，依然是旧日的感觉和味道，却始终是你心头的朱砂痣。

把行李扔进宾馆，便迫不及待地登上了1路公交车，对于兰州，我最熟悉的便是1路车经过的地方。找了临窗的座位坐下，兰州饭店、纸中城邦、民航酒店、广场……兰州饭店的早餐之丰盛总是让我念念不忘。纸中城邦是每次路过兰州我最愿光顾的地方：我曾经因为等朋友在那里读完了《城南旧事》，消磨过一个下午，目光从书页上移开的时候，思绪却还沉浸在英子的世界，明暗交错的光影愈来愈柔和地投射在书架上，而我等待的人竟然还没有来。冬天来兰州的时候，也曾经因为无处可去而窝在民航酒店休息，冰冷的房间让我很怀念嘉峪关如春的屋内。在早晨七点半的广场徘徊，最适合做的事情就是斜靠在柱子上，双臂环抱于胸前，观察各色人等，看老人很认真地晨练，颤巍巍的身体总让我有走过去搀扶一把的冲动，看上班的男男女女或悠闲或匆匆地行走，看店铺老板从容地打开铺门，看等公交车的人不耐烦抖动的腿和或尖或圆的鞋头……一天的开始，在广场显得如此缓慢而惬意。

如河的街景在我眼前缓缓流淌。吃牛肉面的人或站或坐，吃相中透着一股朴实和憨厚；看两个衣着夸张艳丽的女人操着兰州话吵架，竟也觉得熟悉和亲切；嘉峪关烤肉居然也在兰州火得一塌糊涂，让我忍俊不禁。

流连在滨河路，慢慢欣赏着她那愈变愈美的容颜，滨河路是通向大学时光的入口。凭栏看黄河水翻涌起的浊浪，心里却想起上大学时我们三个最好的朋友在河边嬉戏的情景，而今，三人天各一方，见面遥遥无期，徒留我一人在河边黯然神伤。“与我父母一样，他们过河相会。”一直记得《临河之城》中的这句话，山南山北的子民，隔河而居，过河相会的浪漫优美了兰州的意境。

华灯璀璨的张掖路步行街，总会给人美妙的遐想。行走在如织的人流中，感觉像是漂游在无际的大海上，攒动的人头是一个个波峰浪尖，而我是万千浪花中的一朵，静静地盛开在幽蓝色的海面上。一家家商铺是浮动在海上的船，鼎沸的人声、清脆的汽车喇叭声似乎都被深邃的夜空吸了去，步行街俗艳的身影，摇曳在我的心头。不想寻找遗世独立的感觉，只想在步行街沉沦，把自己化为空气，无相无形但又无处不在，缠绕住他的每一寸肌肤。

一家一家店铺逛过去，却没有购物的欲望，从地上商场逛到地下商场，不知不觉之间，我已经在步行街逛了三个来回，却还是乐此不疲。在我看来，在步行街游逛的最大好处，就是可以自由地呼吸，身心获得最大的放松。也因了这个原因，我从来不想真正融入步行街，不想和它亲密无间，我需要的，只是一种陌生的熟悉感。

“初老的感觉，就是记不清最近发生的事，却记得清年代久远的事”，一个人逛西固城的时候，耳边响起了这句话。是啊，已经想不起中午还在同桌吃饭的参加研讨会同人的脸了，却在这个阳光性感的午后，想起了那个曾经带我逛西固城的男孩子。

他是我青梅竹马的小朋友，我们一起在乡村野草一样地疯长。他的父亲是兰化的工人，也是我父亲的朋友。忘记了是小学几年级，他终于被父母接到兰州，此后杳无音讯，那个瘦瘦小小、既不多话也不调皮的男孩就此被我遗忘在记忆深处。再次见到他，是我在兰州上大学的时候，我的父母让我代表他们去看望他的父母。在他家，我见到了午休刚醒的他，漂亮帅气的外表，高高大大的身形，鼻梁上的眼镜为他增添了些许斯文。天呐，这哪里是那个瘦瘦弱弱的小男孩啊，他俊美的脸庞和灿烂的笑容深深刺痛了我的眼，自惭形秽的感觉充盈着我的心。

他已经在兰化上班。我们很拘谨地说话，再也没有了小时候无拘无束的感觉，我知道我们之间已经有了淡淡的隔膜了。他说："我想出去转转，你去吗？"我不知道如何回答，犹豫了片刻，说那就去吧。

于是我们上街去。我从来就是一个路盲，他带我去了哪里，至今我也不清楚，只记得那也是一个明媚的午后，阳光一如今日午后的性感。他穿了一件白色T恤，一条浅灰色的休闲裤，一双褐色凉鞋，手懒懒地插在裤兜里，一如他懒懒的眼神。

此后又没有了他的音讯。此后十五年过去，又听到了有关他的消息：早在十年前，他就已经和妻儿去了江南，在一家工厂工作至今。

我第二次在西固城游逛，却是形单影只。人生就是一列火车，不时有人上车，陪你走过一段或长或短的旅程，之后悄无声息地下车，留给你一抹惆怅，也许和他一个眼神的交错、一次肌肤的触碰，就足以让你铭记终生。

在最繁华的商场百无聊赖。忙碌的日子里，百无聊赖也是一种奢侈，一种肆意挥霍时间的奢侈。这个午后，且让我受用这肆意的奢侈好了。看见一女子试穿吊带裙，不由得也试穿一下，而试穿的结果，就是一口气买了两件：女人对于缺失的东西，总是会报复性地拥有更多。

站在兰州东面的高速公路俯瞰兰州，雾蒙蒙的天空下，兰州像一只安静的猫，蜷缩在两山之间昏昏欲睡。十八年来，不记得到兰州的次数，只记得每一次，我都会用极其挑剔的眼神关注兰州的每一点变化，心里涌起报复的快感，然而每到要离开的时候，却又对它难舍难分。兰州，就像一颗忧伤的泪滴，落在我日渐苍老的心上。

像猫一样生活

我微信的头像，是一只躲在帽子底下、睁着滚圆大眼睛观望世界的猫，朋友说：“你怎么用一只猫做头像，好像这只猫时时刻刻窥探我，有芒刺在背的感觉。”我笑而不答，其实无他，仅仅出于对猫某些秉性的喜爱，尽管我讨厌养猫。

猫是一种很自我的动物，它为自己而活，顺从于内心。为了爱侣，它可以毅然决然抛下主人离家出走，宁可和爱侣过着饥饱难料的流浪生活，也不贪恋主人家衣食无忧的安逸，你见过为爱侣离家出走后还回到原主人家的猫吗？猫会因为主人家贫而选择离开，是典型的嫌贫爱富的动物，这点和狗截然相反，然而每天辛辛苦苦捉老鼠，为主人卖力工作，却连好一点的待遇都享受不到，还要经常被主人家的孩子当作玩物随意凌辱，任谁都会心生不平！相比狗对主人的忠诚，猫的做法固然冷酷无情，然而狗的忠诚常常被主人视作可有可无，危急关头将最忠诚的朋友丢弃荒野或者剥皮割肉的主人大有人在，对比狗的盲目愚忠，猫的自我实在是聪明的体现，是对人性的透彻理解。

猫逮老鼠时的从容让人赞叹。为了一只狡猾的老鼠，它会在暗夜里一动不动守候好几个小时，守候猎物的耐心，追捕猎物的迅速敏捷，逮到猎物后的玩耍戏弄，都显示出猫的成竹在胸，在这场谁更从容的比拼中，猫始终是胜者。你见过一只猫慌乱吗？我曾经见过一只猫过马路，它慢慢地穿行在车流中间，对刺耳的汽车喇叭声充耳不闻，小小的身躯夹杂在四周庞大的金属怪物当中，一不小心就会被碾成碎末。然而它丝毫没有慌乱的样子，依旧从容自若，认真地自顾自地过着它的马路，这情形，犹如渺小的人类面对广袤的天地宇宙，让我觉得悲壮至极，结局自然是尖厉的刹车声响成一片，所有的汽车都为这只过马路的猫停住。这揭示了一个真理：只要足够从容，全世界都会为你让路。

猫是安静的个体，安静源自孤独。猫从来就不是群居动物，你见过成群结队的猫吗？即便是同类，猫也总是和它们保持着适当的距离。猫总是独来独往，安静地做着自己的事情，它会配合主人玩耍，但从不会主动表示出亲昵，即便是在主人臂弯。它总是静静地待在距离主人不远的某个角落，神秘而落寞，悄悄地将时间冻结。阳光明媚的时候，它会独自躺在屋檐下晒太阳，慵懒的姿态，迷离的眼神，偶尔伸出前爪擦擦嘴角，犹如金屋"懒起画蛾眉"的贵妇，正将修长手指夹起的细长烟卷送到嘴唇边点燃。没人理它的时候，它就追着自己的尾巴玩，却不发出一点声响，像是在出演一部黑白默片。遇见客人来，它会蹲坐在门边暗暗打量，眼中满是警惕的光芒。猫不论做了多伟大的事情，都一声不响，从不像狗为了邀功请赏而发出一顿狂吠乱叫，让全世界都显得聒噪。在我看来，猫的安静是在保持距离，是一种韬光养晦，是为了更迅猛的出击。猫活在自己的世界里，任天地风云变幻，我自安若泰山，安静是心静的表现。

猫优雅。你见过花容不整、毛发脏乱的猫吗？猫的干净在动物界是出了名的，每天，猫都会用前爪沾着唾液洗脸，将全身收拾得靓丽光鲜，猫会挖坑埋掉自己的排泄物，相比猪的肮脏外露，猫从不让别人看见自己的窘迫难堪，而干净是优雅的前提。猫走路慢慢悠悠，显得优雅风情，每一步似乎都掷地有声，像一把利剑直插在你的心上，让你的心滴血，却又无法转头不去看它。优雅的姿态令人类为之着迷并竞相效仿，且名之曰"猫步"。猫的优雅与生俱来。

生活在人世间，本就磕磕绊绊，倘若能像猫一般自我、从容、安静、优雅，或许能让我们浮躁浅薄的生命，多些清新纯净的凉爽。

给晨风

亲爱的：

此刻，我在火车上，面对着天花板上浮现的你那疲惫忧郁的面容，给你写短信。

黑夜像一双巨大的翅翼，在车窗外铺展延伸，任凭火车发出刺耳的尖叫，勇猛地搏杀前进，却依旧撕不开它一点点缺口，然而火车还在向前，这让我对这悲壮的钢铁侠渐渐好感起来：人许多时候也这样，明知徒劳无益，却依旧永不放弃，如同与风车作战的堂·吉河德。

对面铺的男孩正用手机看《快乐大本营》，何炅和谢娜的搞笑风趣逗得男孩不时哈哈大笑，却让我心烦意乱，我很想塞给他一副耳机，或者向他提出抗议，然而却什么都没有做——我没有现成的耳机借给他，更不敢抗议他带来了噪声——我不想惹麻烦。国人身上胆小怕事不愿出头的劣根还在我思想上作祟，才发现自己距离所谓的文人风骨尚有很大差距，这让我惭愧汗颜。正在纠结，车厢突然熄灯，男孩主动关机睡觉，我如获重释，仿佛逃避了一段孽缘，暂时心安。

还有 10 分钟到零点，你睡了没有，还是依旧奋笔疾书？

此次兰州之行，我虽然疲累，却很快乐。19 号的大学同学二十年聚会让我兴奋不已，尽管之前同学们 QQ 群热聊，提到过世的同学令我倍觉黯然，然而活着的人更要活得精彩，才不失为对逝去同学的怀念。这样想着，便排除各种不能参加同学聚会的理由，欣然而来。

之前，女友现身说法，让我早半天到兰州，买身新衣，再找家美容店，做头发，做脸，化妆，盛装出席这次聚会，显示对同学情谊的重视。我认同她的观点，也打算如她所说去做，然而由于一些特殊原因，聚会当天早晨，也就是19号早晨6点半，我才到达兰州，美容院不可能这么早开门，而我对做头发、化妆之类的事又天生愚笨，只好一脸素颜去聚会地点报到。

亲爱的，看到这里，你或许会嘲笑我的虚荣，或许会说美应该发自内在。是的，你说的当然都对，但外表美也是美的一部分，一个妆容精致素雅、穿着得体优雅的女人总是让人赏心悦目。现在不是三年自然灾害时期，不是还在为温饱发愁的时期，既然我们已经不为吃喝发愁，那为什么不让自己变得更美、更自信一些呢？服饰也是让人自信的工具呢。

握手、拥抱，脸上写满惊喜，直接喊出对方的名字，这是聚会刚开始的状态，大部分同学的脸上、身上都带着岁月的划痕：皱纹、秃顶和富态。我居然叫出了大部分同学的名字，不得不感谢之前QQ群和微信群的预热。二十年漫长岁月，我以为我们早已将三年的苦乐悲忧忘却，却在相见的一刻，记忆自动复苏，熟悉如旧的感觉宛如年少时熟记于心的课文，多年后，在合适的机缘下，一字不差背诵下来。不联系不等于已忘记，不回忆不等于已陌路啊。

亲爱的，他们说我是二十年中变化最大的一个，说我变瘦了，说我从二十年前朴素平淡的野小子变成了优雅迷人的大淑女。肖矛同学和王兴盛同学干脆没有认出我来，说我转身太过突然。我一笑置之，用二十年时间完成一次华丽转身，怎么说都不算突然。瘦是因为他们变胖了，优雅则是因为我留长了头发、喜欢穿裙子而已。然而不管外表怎样变化，不变的还是二十年前那颗不羁的心，渴望无拘无束自由生活的心。亲爱的，你是我一生一世的好友，这一点上你最懂我，对吗？

当然我除了外表，变化还是有的，只是他们没看出来而已。相比二十年前，我变脆弱了、娇气了。不太能承受别人白眼，不愿意再在运动场上挥洒汗水，不愿意再在工作中吃苦。这些方面我永远无法和你相比，你总是保持着进取的意识和劲头，不卑不亢地待人处世，满怀智慧地对待人生，我则过分情绪化了。

令我倍觉欣慰的是，同学们的心态都很好，没有炫富晒权，不论职业贵贱，只叙纯纯的同学情。在这些细枝末节的、零碎的叙述中，三年学习生活中的点点滴滴都被回忆起来，中文系、942 班、文科楼、足球场……一切清晰如初。尽管当年读书的校园发生了很大变化，不变的依然是浓浓的同学情谊，席克让同学、孙波同学、于永红同学等几位为这次聚会忙前忙后，陇南的五位同学还带来了好吃的麻花和馍馍，聚会的前一天下午，先到达的同学们便就着麻花喝酒，不可谓不惬意。付碧海同学为同学们准备了墨宝，赵志斌同学和肖矛同学则提供了聚会当天的中餐。二十年前，中文 942 班精诚团结，在兰州师专一枝独秀，二十年后，同学情把中文 942 班又一次紧紧联系在一起。

亲爱的，上午在兰州师专的怀旧让我感慨万千，下午驱车去石源度假山庄的路上，马金平兄的举动又让我心存感动。有心的金平兄居然为每位参加聚会的同学带来一枚现今已不多见的锈迹斑驳的铜钱！正如金平兄后来在 QQ 群所说：一枚小小的铜钱，寄托着老马一个大大的愿望，愿我们以后都不用再为生活奔波，腾出时间实现自己的人生价值。这枚铜钱，当时就被我放在手提包最里层的袋子里：友情非孔方兄能买，然此孔方兄却象征着友情！

7 月 19 号夜，中文 942 班无人入眠。我们又唱又跳，又哭又笑，畅叙离情。清幽的石源被各种情绪点染了。玩到嗨处，郭燕对我说："你唱一曲《爱如潮水》吧，我还记得你那时在操场唱歌的情景。"我顿时伤感，岁月催老了我们的容颜，却没有催老我们年轻的心！激动令我声音颤抖，我的同学们，我对你们的爱正如潮水一样啊！这一夜，我不停地用手机拍照，记录下每个美好的瞬间，不停地在微信朋友圈晒聚会照片，而我其实一直是一个低调不张扬的人啊，尤其不愿意别人了解到我的情绪和心理。

要离别了，孙波泪流满面，让我倍觉这次二十年聚会的不易，正如克让兄后来所说："波哥那天流的不是眼泪，是真诚，毕竟男人有泪不轻弹嘛。"为孙波的真诚我愿真心点赞。郭燕、庄蓉、文彤、刘蓓几个哭成一片，大概她们远在异乡，更能体会同学情的珍贵。

不知道三十年聚会将是什么样子？从现在开始，保养身体，调整心态，为时应该不会太晚，但愿三十年聚会的时候，中文 942 班一个都不要少，我们该骄傲地站在岁月的肩膀上，而不是被岁月蹂躏。

亲爱的，说起来很惭愧，离别的场景凄婉动人，我也该掬一把热泪配合，然而我却远远站在一边旁观，也曾眼热面红，却始终不曾落泪。和庄蓉、郭燕、晓梅去等公交车的时候，庄蓉、郭燕还在抽噎不已，我已恢复如常。庄蓉后来说我更理性了，其实不是理性，是麻木。毕业后的前五年中，我哭过无数次，然而哭换不来想要的结果，所以毕业五年后，我已不会再哭，不想再哭。二十年间，生活赐予我的最大礼物便是坚强，坚强得几近麻木，曾经不能接受的现在坦然接受，曾经视若恶俗的现以鲜花对之。有时候，不是你不接受，是不得不接受，生活对人的改造正在于此！

二十年聚会结束了，留给我的却是永久的记忆和回味。生活就是这样，一边提供回忆一边制造回忆，提供也好制造也罢，我们依旧忙碌奔波在人生的大道上，唯愿这蜜甜的同学情，能让我们在行走得心浮气躁之时，如饮甘醇，感受到微风轻拂般的清爽！

亲爱的，看我絮叨了这么久，你大概很烦了，我最知心的朋友，影子一样相随的朋友，请你理解我的心情，我激动异常，兴奋异常！

夜深了，你睡吧，我还要在聚会的氛围中沉浸一会儿。希望你明早见到我，不要为我浮肿的双眼、发青的眼窝吃惊。

你的知己　若水独钓

2014 年 7 月 21 日夜

此心安处是吾乡

“回不去的地方是故乡，不能到达的地方是远方，大多数人在路上”，滚滚红尘，不乏步履匆匆追名逐利之徒，亦不乏终其一生向精神故乡迈进的行走者。前者早已在历史的灰尘中褪去了痕迹，后者却依旧在经典坟籍中熠熠生辉。

介子推历经磨难，终于将公子重耳扶上了晋国王位。功成名就后的他毅然决然抛弃高官厚禄，归隐山中，任凭晋文公百般请出甚至放火烧山逼他现身，他都不为所动，而是遵从心的指引，坚持回到自己的精神故乡，最终被烧死于绵山中。寒食节便是为他而设，是人们千百年来对他坚持回到精神故乡行为的最好祭奠。

年轻的屈原博闻强识、娴于辞令，是深得楚怀王赏识的青年才俊，然而博学多才为屈原带来的不是高官厚禄和显赫声誉，而是无尽的流放。眼看着心爱的祖国即将被一群小人毁于一旦，屈原悲愤难抑，他披发行吟于泽畔，在诸多诗篇里反复表达自己的忧愤和对祖国的忧虑。祖国就是他的故乡，作为精神皈依的故乡不复存在，自沉汨罗江便是屈原最好的结局。

“少无适俗韵，性本爱丘山”的陶渊明不愿受到官场束缚，最终选择挂印辞官，归园田居。“晨兴理荒秽，带月荷锄归”的艰辛生活，并没有改变他悠然的心志，农闲之余，他乱弹无弦琴自娱，浏观山海图尽情，遍邀邻人饮酒，诚请农夫畅谈。田园是他安心的精神家园，是他不能割舍的故乡。

梭罗在遭受了爱情失意和哥哥去世的双重打击之后，隐居于瓦尔登湖畔，终生过着离群索居、远离红尘的日子。大自然优美的风光滋养了他宁静的心情和优美的文笔，作为精神的家园和故乡，《瓦尔登湖》指引了多少现代人迷茫的心灵！

每个人都有自己的精神故乡，比如商州之于贾平凹，高密东北乡之于莫言，约克纳帕塔法县之于福克纳，马孔多镇之于马尔克斯……只是优秀者对精神故乡的热爱更甚于常人。他们爱故乡胜过爱权势富贵，胜过爱自己的生命。他们终其一生都在向精神故乡迈进，在迈进的路途中为世人留下精神财富。然而人类物质文明发展得越富足，人们对名利的追求就越贪婪。对于芸芸众生来说，名利是最现实的、最能带来福报的东西，何必去追求虚无缥缈的像梦一般的精神故乡，所以虽然心向往精神故乡的大有人在，但真正践行的少而又少，正如《红楼梦》中跛足道人所唱的《好了歌》："世人都晓神仙好，只有功名忘不了……世人都晓神仙好，只有金银忘不了……"然而倘若一个人只知名利，那他和动物只知吃喝何异？

此心安处是吾乡。拥有精神故乡的人才是最富足的人，因为他深谙人生的意义！对那些拥有精神故乡的人心存敬畏吧，正如散文家周国平所说："不用万里跋涉去寻找，一份丰富而美好的内心生活，就可以让我们如此接近神圣，接近幸福！"

时光如水不停留

“天地者，万物之逆旅也；光阴者，百代之过客也”。天地只是万物寄身的旅店，而光阴是制造朝代兴替的匆匆过客。我们都是脸上写满疲惫行色的旅人，会偶尔在旅店暂时托身，之后奔向不可知的未来。相比天地宇宙、岁月光阴的永恒，人类何其渺小而人生何其短暂，欢景难在而欢乐无常，是以子在川上曰“逝者如斯夫”;苏轼吟诵“大江东去,浪淘尽,千古风流人物”“人生到处知何似，应似飞鸿踏雪泥”；李白高唱“弃我去者，昨日之日不可留，乱我心者，今日之日多烦忧”“君不见高堂明镜悲白发，朝如青丝暮成雪”；杨慎言“滚滚长江东逝水，浪花淘尽英雄”；陈子昂说“前不见古人，后不见来者，念天地之悠悠，独怆然而涕下”。相对于时间的绵长和空间的廓远，千古知音难觅的孤独感便会油然而生，怎不令人顿生人生如梦、及时行乐之悲叹！

然而中国文人骨子里有很重的担任精神，他们会“天高地迥，觉宇宙之无穷，兴尽悲来，识盈虚之有数”，但绝不沉沦堕落。得意时儒家，失意时道家，始终坚持“乐而不淫，哀而不伤”的信念，积极乐观面对苦难伤痛。李白身处开元盛世,对国家的兴盛、个人的发展都抱有乐观的期望。他在《春夜宴从弟桃花园序》中，虽有“浮生若梦”的感慨，但并不因此生出消极情绪。豪放不羁的性格，强烈的建功立业抱负，追求个性自由的精神，让他在文中所表达的并不是醉生梦死、一味追求宴饮享乐的消极，而是一种珍惜时间，热爱生活的情绪。

王羲之生活在社会矛盾重重、奢侈享乐之风甚盛的东晋，在诸多士大夫意志萎靡，追求老庄思想、崇尚清谈玄理之风的时候，王羲之却在《兰亭集序》中由美景宴饮之乐感悟思考人生之乐，情调虽然略显感伤，却认为“死生亦大矣”，活着就该有所作为，生死毕竟是不一样的，折射出他对生命的珍重。

苏轼因为“乌台诗案”被贬黄州，生活凄苦，也曾消极苦闷，然而最终，他以博大的胸怀将苦难挫折诗化了。在《前赤壁赋》中，面对如画美景，苏轼如醉如痴。极乐之时必会极悲，他以主客问答的方式，借客人之口表达了“时光易逝，英雄难再”的悲凉，又很快从悲凉中解脱出来，以己之口说出“自其不变者而观之，则物与我皆无尽也，而又何羡乎”的豁达之语，显示出哲学家的超脱，所谓沉沦堕落，在苏轼面前，无处遁形！

王勃年少成才，却处处因才遭人嫉妒，仕途坎坷，然而在《滕王阁序》中，王勃依旧喊出“老当益壮，宁移白首之心？穷且益坚，不坠青云之志”的豪言壮语，给后世多少身处困境的仁人志士以精神上的安慰与鼓励。

欧阳修被贬滁州，却没有伤感抱怨，而是在《醉翁亭记》中油然感慨“人知从太守游而乐，而不知太守之乐其乐也”，与民同乐的思想令他的人生壮丽洒脱起来，何来堕落沉沦？

一个王朝走向兴盛之时，文人也会频发清丽之音、奋发之气，悲伤也只表现为悲慨悲壮。而一个王朝百病缠身、衰败之气弥漫时，其音奢靡，其象驳杂，悲伤便会表现为悲怨悲愤。时代不同，环境不同，经历不同，文人的生命气质和精神观就不同。然而，不论何朝何代、何时何地，“铁肩担道义，妙手著文章”的文人都是我们的精神偶像，他们不管在失意之时还是得意之机，都能以积极向上、意气风发的心态面对外界。在纷扰熙攘的现代社会，请以他们为楷模，给自己建造一个充实丰盈的人生！

清理

过段时间清理自己，已经成了习惯。

带着干净的思想生活，算是我的追求。然而何谓思想的干净？襁褓中的婴儿，一切喜怒哀乐都通过哭声无所顾忌地表达，思想最为干净。街上飞奔的少年，眼睛里透着初涉世事的纯真，思想只是稍微沾染尘世的灰尘。中年人的脸上，多是为生计辛苦奔波的疲累，言谈间不自觉透着世俗的精明，思想基本被世事的浑浊幕布遮盖得少有缝隙。老年人浑身散发着病痛难忍的气息，目光很少投射到远方，思想的容器里满装着看透世事的无所谓。人的一生，思想会因为年龄、人生际遇的不同发生 N 次变化，保持一颗赤子之心何其艰难！

清理自己就像清理房间，都是为了追求干净。房间服务于人的生活，思想服务于人的精神。房间需要每天打扫，思想需要过段时间清理。我愿意在一段紧张忙碌后的闲暇中清理思想，却不愿每天奴仆般打扫房间。究其原因，思想的清理让我感觉心灵愉悦，房间的清理却让我倍感肉体疲累。

春节后还未正式上班，便被单位电话搅扰，让我担任某省级刊物专门为宣传学校特色而做的专刊的统稿兼主编，想到前两年为学校做宣传的辛苦和焦虑，我婉言推辞，然而喜听好话的耳朵终究架不住甜言蜜语的游说，勉强应承下来。正式接手，才发现这实在是一项浩大的工程，于是在上班后的三个星期里，除了完成手头的本职工作，就投入到疯狂的写稿、采稿、约稿、编稿、校稿的工作中，连续加班没有休息过一天，累成了一只将死的狗。可悲的是这只将死的狗还因为担心稿件质量，担心专刊一旦印刷出来成为他人笑柄而夜夜失眠，第二天早晨还得赶着去学校上七点半的早自习，下午还要坚持看下午自习到十九点，晚上还得上二十点开始、二十三点半才结束的晚自习和夜自习！

疯狂总要付出代价。不间歇对着电脑写稿、校稿的某个晚上，眼睛严重不适，似乎要暴盲，几年不犯的结膜炎（俗称的红眼病）泛滥了。我却实在想不出这段时间要眼红谁，突然复发这样的眼病，一时心乱如麻，有些后悔接手这档事情，后悔得深了，开始考虑这事即使完成而且完成得很漂亮，对于我有无实实在在的好处。

关机走出教学楼的时候，月亮幽幽地逗留在学校东南面居民楼后50度角的天空，楼顶矗立着的一台台太阳能热水器像极了对月嚎叫的狼群。我呆立在操场的草坪上，正月的寒风扫射过身体，思绪却热浪翻涌。拍了题名为“月亮与狼”的图片发到朋友圈，写了几个字的说明:“腾格里狼！”电影《狼图腾》里狼群围剿马群的强悍凶猛和飞跃羊圈时前爪柔若丝带搭在墙上的镜头在眼前铺展开来，心逐渐安静下来。是“腾格里狼”这几个字清理了我混乱的思绪，作为腾格里沙漠的子民，碧血黄沙中锻造出来的儿女，深深懂得负重前行和信守承诺的含义，怎可以轻易被眼疾和所谓劳累逼得缴械投降？毕竟骨子里流的是狼的血液，怎可以如此羸弱没有狼性？别人眼里看到的云淡风轻，在自己已是几番翻江倒海。没有哪一颗珍珠不是历经磨砺而成，没有哪一株鲜花不是风霜雨雪侵袭过后开得娇艳，没有哪一个人不是历经艰难痛苦方涅槃重生！

于是调整心态，扫去阴霾悲观的情绪，放慢校稿速度，休养眼睛。两三天后眼疾略有好转，我又重新投入疯狂的编辑工作中。然而编校工作还是不能按照我的既定计划完成，稿子还在一遍遍校对，内容还在根据学校意图不停修改添加。我一心想着赶紧结束这活儿，毕竟教学是主业，我不能整天全身心投入在这件事上忽略学生的存在。教学和我之间，就像一对欢喜冤家，打打闹闹却始终不离不弃，我成就着教学，教学也在成就着我。随时袭来的教学之外的工作，比如正在行进中的编审工作，就像小情人，不断考验着我付出的多寡和智慧的深浅，但不管小情人怎样妖娆挑逗，却始终不会撼动教学这个冤家在我心中的地位。

又一个平静的晚上，我在办公室为写一篇稿子冥思苦想，时间已经是晚上十一点半，抬头望向窗外，钟楼的两面大钟在黑夜里发着熠熠的光芒，像极了黑夜的两只眼睛，抑或《千与千寻》中某个诡异的场景。拍了照片发到微信圈,缀上一句话:“夜的眼,安静如死亡！”闭上眼睛,如等待死神来临般，静静等待思绪流淌过脑海。有时候，忙碌也是一种对思想的清理方式，忙碌中无暇他顾，反而保持了心无旁骛的单纯。忙碌中的充实，胜过矫揉造作的呻吟！

编审工作总算随着我把全部文稿发往杂志社而告一段落，我知道这项活儿还没有全部结束，还需要继续和杂志社沟通，还需要在排好版面之后反复进行修改校对，但至少我可以有一段空闲时光搞好我的教学，可以在好心情的指引下再次清理我的思想。比如删除某些道不同志不合的 QQ 好友与微信好友。某些人，远了就是远了，徒然伤悲于事无补。比如看着手机通讯簿里熟悉的号码，却强忍着牵挂的情愫不拨电话。某些人，保持适当的交往距离，方能换得友谊地久天长。

杨树坚硬的枝条在春风的吹拂下摇摆得柔软了些，仿佛天空的经络，亦如思想的触角。如同冬季总是周而复始地清理着自然万物的废墟，春季总是让万物重新焕发生机一般，清理思想的垃圾，随时清除掉名利的杂草，清除掉偶尔薄如蝉翼的恶的意念，清除掉偶尔刻薄寡情的言辞，保持大脑存储器的空置状态，让思维和精神重新焕发出活力，如手机恢复到出厂设置一般，将心灵恢复到赤子之心。只带着灵魂上路，在人生的旅程中，会走得更自信。

那么去戈壁吧，最好的清理思想的去处。仰望祁连山巍峨高耸的雪峰，俯瞰讨赖河滚滚流淌的河水，大自然是最好的擦去思想污垢的橡皮擦，无须说教，思想的干净是它最不着痕迹的珍贵馈赠。

回家

二十多岁的时候，喜欢听萨克斯演奏的《回家》，每每被萨克斯刺耳粗犷的声音吸引，沉浸在伤感的海里，舒缓缠绵的乐曲让我沉下去沉下去，一直跌到深深的海底，情绪失落到要爆炸，却不想浮出海面。三十岁的时候，再听这首《回家》，却觉得萨克斯演奏油滑轻浮，远远涵盖不了回家的感觉。

我十三岁就离家在县城上学，寄居在一个亲戚家里，虽然亲戚对我很好，但每周一次的回家从不间断，除了取生活用品，农忙的时候也要帮家里干活。但不管多忙，母亲总要为我做一顿丰盛的饭菜，为我带够一周的吃穿用度，走的时候千叮咛万嘱咐，唯恐我在外受伤害。若我没有按时回家，母亲便会一趟一趟到村口张望，直到我的身影出现。我还记得有一次，又到了回家的时间，而我却被女友拽到了她家并住在那里，我母亲都快急疯了，父亲不在家，母亲便托我四叔骑四十分钟的自行车进城找我，直到找到我，母亲才放下心来。

三年的时光过得很快，我考到了离家百里之外的师范学校上学，一两个月回家一次。父母每次见我回来都很欣喜，父亲忙着杀羊或杀鸡，母亲则检查我的衣服有无需要缝补的地方，就连一粒掉了的纽扣都会细心地替我缝好。在家的时候，父母从不让我穿得花里胡哨，也从不让我讲普通话，怕乡亲们指指点点，总是教导我不管穿衣还是做人最好本分些。弟弟妹妹们则在我出发的时候认真给我准备行装，简直就是全家总动员。我奶奶曾说每次我回家，

家里就像过节，全家人的脸上都有了喜色。

现在想来，家在我心中留下了永不磨灭的痕迹，其中最主要的就是父母的影响。直到现在，我还忠实地贯彻着父母的教导，不管在外面怎样挥霍，回老家肯定穿朴素的衣服，满口家乡话，丝毫不像多年在外的人，这也是乡亲们至今不排斥我的原因，在他们心中，我一直是他们的一份子。

我是家里的长女，考上师范学校意味着我会拥有一份工作，那时弟妹们还都在上学，父母对我抱有很大的期望，指望我能尽快工作以减轻家里的负担。但我并不甘心做一个小学老师，毕业前夕我参加了保送考试，被保送进了大学。父母并没对我的决定失望，相反他们很高兴，说我给弟弟妹妹们做出了榜样。离家的距离越来越远，但家在我心中的位置越来越重要，“五一”和“十一”是一定要回家的，寒暑假更是要回。那时已经时兴假期打工挣学费，我的同学们或做家教或办补习班或因为恋爱而滞留学校不归，但我从不滞留，快放假的时候，家就像冲锋的号角，呼唤着我令我坐卧不安，早几天就买好火车票，恨不得马上飞回家去。

在家的日子温馨而惬意。一家人在地上干活，看着翻滚的麦浪，闻着泥土的气息，听着家长里短奇闻逸事，心情就会很轻松，和弟妹们比赛谁割麦子割得快，谁能扛起整袋子的粮食，谁能把手扶拖拉机开得又快又好……父母总是不让我和弟弟妹妹们多干活，说都是学生娃会累坏身子骨，那时我们都年少气盛不服输，谈笑间，活就干完了，也不觉得累。和家人一起，干农活也是一种享受。

夏天有月亮的晚上，在院子里铺上毡，和弟弟妹妹们躺着，父亲给玉米地浇水去了，母亲讲着家族古老的故事。菜园里的青蛙呱呱地叫着，屋檐下的鸽子悄无声息，风中的树叶发出婆娑的响声，茄子和辣椒都在静静地生长，白天的喧闹潮水一样退去，困意一阵阵泛上来，不知不觉已经睡着，小院里的夜也和我们一起睡了。

下雨天是我最盼望的日子，因为有雨水，父母便不让我们上地干活，怕落下手脚麻木的病，所以就在家里休息，姐弟几个常常睡到雨过天晴才起床。母亲照例很早就起来了，为我们做粽子或者炸韭菜盒子吃，香气弥漫了半条街。

工作了，我还是眷恋家，虽然它远在千里之外，但一有机会我依旧会跑回家，回家对于我已成了一种习惯。许多年了，我只有两个春节在嘉峪关度过，其他都在家，虽然对家的称呼早已变成了老家，但它还是我心中不变的牵挂和向往。

有时我想，家吸引我的到底是什么呢？还是二十年前的老式廊房，不复有当年的风光气派，夹在乡邻们红砖贴面青瓦勾边高大宽敞的房子中间，更显低矮寒碜。院子里的菜园还在，只是规模小了很多，几年前翻修上房的时候几乎把一半的菜园填平了，还砍了几棵果树。菜园里还是种满了各种菜，只是多数都成了羊和兔子的佳肴。剩下的六棵果树依旧每年开花结果，但摘下的果子多数送了乡邻。种果树的人老了，牙口不好咬不动爽脆香甜的果子。吃果子的人走了，姐弟四个早已远走他乡。我在嘉峪关，妹妹和大弟在拉萨落脚，小弟已在重庆安家，都是几年才回家一次。只有两个垂暮之年的老人，家，变得寂静了。

没有了弟弟和妹妹们的家少了欢笑。回到家，我几乎大门不出二门不迈。不联系老同学，不走亲戚，不想工作中的不顺，不看书，不思考，只是陪着母亲闲话家常，在母亲缓慢的动作和淡淡的叙述中，时光缓缓地流淌。

也陪着母亲上地，浇水割草撒肥。棉花吐着白色的花蕊，苜蓿摆动着修长的身躯，向日葵低着沉重的头……农作物都长得生机勃勃，乡村的美景让我迷醉。偶尔，也去村头的沙丘上静坐，看孩子们嬉戏，看羊在收割后的庄稼地里吃草，看白杨树纷纷扬扬的落叶。乡村的宁静让我陶醉。心情变得澄澈而透明。家，是心灵的休憩场所。

冬天的夜晚，屋外滴水成冰，屋内炉火通红，斜歪在火炕上，父亲便和我谈论起历史，父亲是个爱看书尤其爱看历史书的人，这在农民中并不多见。他通过历史反观现实，洞察世事，每次听他教诲，我都会获益匪浅。即使在嘉峪关，遇到想不通的事，我还是会电话请教父亲。四五年前，我被到南方去的念头烧得坐立不安，像只饥饿的老鼠搜寻关于南方的一切，准备辞职到南方，是父亲让我认真思考我的生存状态，安抚我浮躁的心。家，教会我很多。

家对于我，就像陶乐庄园之于斯佳丽，每次斯佳丽处境艰难，便会回到陶乐庄园。自小生活的庄园会给她力量，使她每次从庄园出发又会信心百倍，所以我从来不怀疑斯佳丽能重新找回瑞特的爱，有了陶乐庄园赐予她的力量，没什么她做不到的。家，是斯佳丽出发前的准备，也是我出发前的准备。

有两年时间，父母离家去了拉萨，家交给我的舅舅打理，我仿佛失去了根，有种像浮萍四处飘荡的凄凉感觉。不停地往拉萨打电话，还是排解不了这种凄凉，失去父母的家不再是家，那两年我没有回过家，直到父母从拉萨回来。那段时间，我真正体会到家对我就像根之于树一样重要。

时间淡去了回忆。或许城市里纸醉金迷的生活熏染了我，或许我已不复有单纯感受亲情的能力，慢慢地，我对家的感觉有了变化。家里实在太安静了，回到家，不再心静如水，在家里进进出出，一种焦虑弥漫在心里，原来感觉亲切的一切不再亲切。还是父亲的教导、母亲的唠叨，我却听得心不在焉；还是乡亲们友好的问候，我却言不由衷；还是熟悉的村落、苍凉的原野，我却只看到它的破败与守旧。回家，对我来说更多地转化为责任，做女儿的责任。我在家里忙忙碌碌，安排好父母的生活，留下足够的钱就匆匆离开。我意识到这里已不属于我，父母的辛劳让我愧疚，他们恨不得一分钱掰成两半使的做法让我心酸，我暗下决心要节俭要赚更多的钱让父母过优裕的生活，可是离开家，这种想法便烟消云散，照旧大把花钱夜夜笙歌醉生梦死。家，让我有一种负罪感。

我找出很多理由急着离开，好像有很多工作等着我去做，可回到工作地，思家的情绪又在心里弥散，挥之不去。于是又在家与工作地之间奔波，忍受着车船劳顿的痛苦，似乎回家的真正意义就在于奔波。

不得不承认，我回不去了，我已变成鸟中之兽，兽中之鸟。异乡的城市，我始终是过客，不想融入也融入不进；面对老家，也不复有先前依恋的情感。我像一只离群的大雁，不知道该栖息在哪棵伟岸的树上。

若干年后，当我的最后一个亲人也悄然辞世，家，只能是我美好痛楚的回忆。而我，依旧在路上。

怀念一只猫

前年回老家，发现老妈养了一只猫，是五个月大的一只母猫，褐灰色相间的花纹，眼睛一只发绿一只发黄，很可爱的样子。老妈说这只猫是孬种，总是打不起精神，病恹恹地趴在屋檐下。夜里是它最精神的时候，它会跑到院子里捉小虫子吃，自从有一次捉虫子时，它被邻居家的大黑猫咬得屁滚尿流满地找毛之后，晚上它便很少再到院子里去。

一个下午，它在厨房刚进门的地方打盹，正好老妈急急到厨房找东西，没看见它，一脚踩到它的身上，它悲惨地尖叫一声便没了生气。这一脚差点要了它的命，此后两个多月的时间里，老妈尽心尽力喂养，它总算活过来，但比以前更瘦弱了。谁都可以欺负它，鸽子在它身边悠闲地散步，鸡和它抢食吃，就连老鼠都敢在它面前逞凶。农村人养动物是讲究实用的，养狗是为了看家护院，养牛是为了犁地耕田，养猪是为了吃肉卖钱，自然，养猫是为了捉老鼠，这样一只不能捉老鼠的猫，老妈对它很失望，但又怜惜它是一条生命，所以容忍它在家里进进出出。

奇怪的是，我的女儿和它一见如故，每天抱在怀里舍不得丢下，逗它玩，和它说话，哄它睡觉，亲吻它，像照顾自己的小妹妹一样。女儿为它取名“咪咪”，于是它终于有了自己的名字。而咪咪也像找到了知己，整天缠在女儿身边。女儿出去玩，它在女儿脚边左摇右摆；女儿写作业，它温驯地趴在女儿腿上；女儿睡觉，它也睡在女儿臂弯。我不让它和女儿过于亲近，怕有传染病，但它和女儿好像有默契，总在我不注意时纠缠在一起，我无可奈何，只好由它吧。

回嘉峪关的时候，女儿吵着闹着要把咪咪带走，我并不赞成女儿养猫，因为太麻烦。要给它洗澡，要培养它的大小便习惯，还要变花样给它弄吃的，所以尽管女儿再三要求养猫或养狗，我都一口拒绝。但这次，看着女儿哀求的眼神，我心软了。

刚开始，咪咪很不习惯关起门来自成一统的楼房生活，毕竟没有农村的院子跑起来痛快，它不停地抓挠门并拿爪子拍打，它抓挠沙发抓挠茶几，在屋子里来回奔跑。只有在女儿放学回家时它才有些许安静。女儿和以前一样宠它爱它，受了委屈不和父母说却和它说，女儿带了同班同学来看它，但它很认生，总是站得远远的并不靠近。

它慢慢习惯了这个新家，只是比以前更沉默、更懒惰，吃得更少，大部分时间卧在沙发上闭目养神，它不再抓挠门，或许它知道这只是徒劳。

一天，女儿看见楼下的草坪上有一只小狗撒欢儿，忽然想带咪咪出去透透气，于是抱着咪咪下了楼。咪咪被久违的阳光吓坏了，躲在一楼阳台底下死活不出来，女儿好不容易叫出它来，它却成了那只欢快奔跑的小狗追逐的目标，它被小狗吓破了胆，一头撞到柳树上，顾不得叫就又惊慌失措地逃窜，直到不见踪影，找回它后，女儿再不说抱咪咪出去透气的话了。

半年后，春天到了，咪咪忽然整夜整夜地啼叫不停，那叫声就像一个小婴儿在啼哭，白天它倒是很安静。我觉得很恐怖，就上网查了一下，原来咪咪想要恋爱了，我担心它的叫声会招致邻居的抗议，就不顾女儿的不满，把咪咪放到地下室，想等它过了这个时期情绪稳定了再抱上来。

它依旧大声啼叫，引来许多孩子在地下室窗口围观。女儿一放学就去地下室看它，给它送吃的。一次，女儿回来说有一只很壮硕的白猫在地下室的窗口外徘徊，我并没在意。

一天下午，女儿带着哭腔告诉我咪咪不见了，我大惊失色，匆忙去找，然而四处都没有咪咪的踪影。后来，前楼的小孩告诉我说它跟一只大白猫跑了，我回到地下室一看，窗户上的细铁丝网已被撕开一个洞，不知道是那些好事的小孩还是那只为爱情不顾一切的白猫干的，总之，咪咪不见了，此后我再没见过它。

咪咪丢了，真正伤心的是女儿，她哭了好几天。

昨天在路上，一辆汽车呼啸而过，尖厉的刹车声中，一只穿路而过的狮子狗被轧死，司机只是回头看了看就扬长而去，路中间留下一具狗的尸体。扩散的鲜血使我晕眩，我想起了咪咪，它还好吗？

夜晚梦到咪咪：深冬的早晨，它似乎刚从水里出来，躲在一辆汽车底下，冻得瑟瑟发抖，眼睛里满是无助和无奈，它的身边，并没有那只肥大的白猫。

醒来我再无法入睡。

咪咪终于成了一只流浪猫，不知此时它在何处流浪？那只大白猫是否还会一心一意照顾它？它太普通，那些喜欢波斯猫的城里人是看不上它的，自然不会收养它；它那样瘦弱，没有任何本领，乡下人也不会白养活它：它怎样在这个世界上生存？

或许，流浪是这只猫的宿命。

逃情

第一次看到“逃情”二字，是林清玄的散文，一时形同痴呆，只管躲到一边捧着文章细细品赏。瑞特下定决心和斯嘉丽分手，原因便是不能忍受深深爱着的枕边人心里一直记挂着的却不是自己，痛苦之下，决意逃情。可是，情怎可以逃脱？若真能逃脱，艾玛殊也不会为了营救嘉芙莲而将地图交给德军，自己背上叛徒的骂名；放翁先生也不会在重游沈园时满怀萧瑟写下《钗头凤》剖白心迹；拉尔夫也不会对麦琪终生爱恋：人世间也就不会有诸多痴男怨女对天嗟叹“问世间情为何物，直教人生死相许”了。

每一次读茨威格《一个陌生女人的来信》，都为女人卑微而狂热的爱唏嘘。女人一辈子爱他，爱这个浪荡子，为他生下一子，虽然堕入风尘，却始终执着而绝望地爱着他！爱子染病而亡，女人的精神支柱如土委地，如果不是临死前一封信告白，这个薄情的男人就会始终对此一无所知！女人这不抱希望却热情奔放的爱情，好似孩子般单纯洁净但徒劳等待的爱情，用所有的时间和精力去关注一个男人的疯狂举动，飞蛾扑火般的惨烈毁灭，在常人看来的确不可思议，可是这种如小王子那只等爱的狐狸一般的偏执更能反映出女人的情动于心。“逃情”二字,在女人的人生词典里根本不存在,只有死才能迫使她逃出情感的枷锁，只是在那强大炽烈的感情面前，死也如晴空微雪般无足轻重了。

世间有饮食男女，就会有爱情。情让有情人无畏无惧，反衬得无情人人性狰狞。韩凭夫妇不惧权势为情而死，将好色无情的宋康王牢牢钉到了耻辱柱上；刘兰芝、焦仲卿“举身赴清池”“自挂东南枝”的决绝，将封建家长焦母的难以沟通和独断专行展示在世人面前。痴情总被无情伤，有情人让人怜惜，究其原因，便在于所谓权势、所谓礼教只是对最基本人性的压制而已！任情纵性固然不容于伦理道德，却也更易成就千古绝唱，只是这绝唱常常需要舍弃生命来成全。

然而就算真爱有悲剧倾向，逃情也不是真爱之人最终选择！情到深处各种痴狂疯傻，却始终不曾逃情的，李莫愁便是。李莫愁因为恋人陆展元移情何沅君，倍受打击而性情大变，成为江湖上杀人如麻的女魔头，然而即使令人闻风丧胆怨恨深重，李莫愁始终深情于陆展元，陷绝情谷身中情花之毒，葬身火海之际，仍唱着“问世间情为何物，直教人生死相许”的诗句。周芷若同样为情所困，因为深爱张无忌而处心积虑，做出诸般阴毒之事，还好能够良心发现及时回头，只是那份痴情，恐怕会成为一生的心魔而逃脱不掉了。

林清玄说：“逃情最有效的方法可能是更勇敢地去爱，因为情可以病，也可以治病。”只是在一个对爱情心怀敬畏的人心里，对此总是患得患失，因为他将爱情看作一只精美的玻璃酒樽，双手小心翼翼捧着，都唯恐掉落在地打碎，又哪敢放胆将这玻璃杯随意抛掷玩耍，勇敢去爱呢？

或许，逃情最有效的方法就是远离。因为爱，所以远离。如同霍青桐之于陈家洛，小昭之于张无忌。爱他，所以要成全他的幸福，尽管内心，终无可逃！

一直很佩服简爱的堂兄，为了实现当传教士的愿望而放弃最爱的女孩，最后一次以五分钟的时间认真想念过这个女孩之后，很平静地开始为实现愿望而努力工作。这样一个悲喜有度极其理智的人，在我眼里是很不讨喜的，也许他会事业成功，逃情于他而言轻而易举，但是那种骨子里对待感情的冷酷注定他只是一个不懂情趣、没有温度、难解风月的呆子。

“不如我们从头来过”，不由自主念出王家卫这句台词的时候，也许你正在二楼的房间临窗眺望，缭绕的水汽弥漫过思绪。可是我们从来没有开始过，何来的从头来过呢？只是一个“情”字，却深深嵌进心灵，每一次的出走抑或回归，只是逃情的方式罢了，然而即使这两种方式，也终究难逃情劫，因为易安居士早就说过“此情无计可消除，才下眉头，却上心头”。情不可以逃，所谓“逃情”，只是深陷情海无法自救之人的暂时自慰之语罢了，若非如此，“孽海情天”宫门，也不会大书一副对联云“后天高地，堪叹古今情不尽；痴男怨女，可怜风月债难偿”了。

门当户对

朋友每每谈及他不幸福的婚姻，总是一副悔不当初的表情，说是门不当户不对惹的祸。细细想来，婚姻讲究门当户对，特别是观念上的门当户对，这话近乎真理。

每个人成长的家庭环境不一样，教养气质便不一样，与其说婚姻是找一个爱人搭伴过日子，不如说是找一个家庭一起过日子。人性是有遗传的，父母具有怎样的秉性，孩子大致也会有怎样的秉性，举止猥琐、心术不正的父母，培养出来的孩子也不会舒展正直到哪里去，所以看一个人的品行如何，先看看他有怎样的父母。长于书香门第的儿子和生于卖菜大妈家的女儿，言行中显示出的教养气质很不一样，这样的男女结合，彼此受到的痛苦折磨显得格外惨烈悲壮些，这就犹如师承不同门派的武学弟子，需先将各自武功尽数散去，另起炉灶，方能共同学得一门新功，达到令狐冲和任盈盈琴箫和鸣之境界。灰姑娘和王子最终过上了幸福美满生活的爱情故事，常常令现实中的我们艳羡不已，然而童话都是骗人的，灰姑娘和王子结婚以后呢？相差悬殊的教养气质，还能让他们在几十年漫长的婚姻生活中保持最初的惊艳吗？大概童话作者也对此有所怀疑，所以将美好戛然而止在他们刚刚步入婚姻殿堂吧。

文学泰斗列夫·托尔斯泰和妻子的婚姻，便是门户不当对的苦果。托尔斯泰出身贵族，自小受到良好的教育，妻子索尼娅是一个宫廷医官的女儿，只是粗通文墨。相爱的时候，他 34 岁，她 18 岁，爱情就像火焰点燃了他们的灵魂，蒙蔽了他们的双眼，教养、气质、境遇的不同，使他们在48年的婚姻里，争吵不断，渐行渐远。索尼娅为托尔斯泰生了13个孩子，活下来8个，她经常挺着大肚子参与或者指挥工人干活，过问每个孩子的生活学习状况，晚上为丈夫一遍遍抄写书稿，亲手为丈夫缝制衣衫，竭尽全力维持着这个大家庭的运转。倘若托尔斯泰是个普通人，可以说索尼娅尽到了一个做普通人妻子的责任，然而她面对的是托尔斯泰，作为大文豪的妻子，她实在缺乏可与之比肩的艺术修养。托尔斯泰宁可和庄园管理人的知识女性妻子谈论哲学、政治、艺术，也不愿和妻子多说一句话。八十岁的时候，托尔斯泰实在忍受不了妻子的纠缠，离家出走，病倒在一个小火车站，却仍然坚决拒绝妻子探望，索尼娅只能痛苦焦虑地在病房外面徘徊，托尔斯泰昏迷之际，索菲亚才得以见到丈夫最后一面。门不当户不对，缺乏共同的情趣爱好，是托尔斯泰和索尼娅婚姻悲剧的主要因素，索尼娅爱丈夫，却不理解丈夫，不懂得共同的兴趣爱好对婚姻的重要性，辛勤劳作不能赢得丈夫欢心，撒泼辱骂的示爱方式只会让托尔斯泰离她更远。

《飘》的主人公斯嘉丽痴迷于埃斯利，认为埃斯利就是自己心目中的完美爱人，为此不惜放下自尊和矜持向埃斯利表白。尽管埃斯利喜欢斯嘉丽的美丽狡黠和古灵精怪，然而还是选择了和自己有共同兴趣爱好的同为没落贵族的梅兰妮为妻，而事实也证明埃斯利的选择非常正确，虽然他百无一用，沦落到颓废贫穷，但是梅兰妮对他不离不弃。共同的身份教养，对事物的共同看法，使他们相濡以沫，爱情始终没有走开。

才女李清照的爱情际遇，更是婚姻应该门当户对的佐证。李清照乃官宦小姐，嫁给同为官宦子弟的赵明诚，夫妻二人都爱好金石书画、诗词曲赋，每日沉迷于鉴赏品评古玩当中，兼以吟诗作赋之趣，可谓情投意合，共同的学术喜好富足了他们的婚姻生活，他们为后人留下了一段又一段爱情佳话。

北宋灭亡，赵明诚遗憾离世，使晚年的李清照遭受了国破家亡的双重打击，不得已嫁给了一个叫张汝舟的普通官员，然而张汝舟只是觊觎李清照的古董，并不是真的欣赏爱恋李清照。心怀鬼胎的张汝舟发现李清照的古玩所剩无几，残暴无赖的真面目便很快暴露出来，以李清照高尚磊落的个性，岂能容忍卑鄙猥琐的张汝舟赖在身旁，于是她不惜以坐牢为代价，终止了与张汝舟的婚姻。两个品行志趣大相径庭的人，缺乏精神共性的人，怎可能携手走到婚姻的终点？更何况张汝舟是如此的品行不端。

当然也有例外，如胡适与江冬秀，林语堂与廖翠凤。虽然他们的婚姻门不当户不对，夫妻之间缺乏共同的艺术爱好和品位，然而胡林二人都有相当的包容心，尤其善于在婚姻中发现对方的优点。作为大学教授的胡适，常常亲自教小脚太太江冬秀识字，看到江冬秀写给自己的字迹笨拙、错别字甚多的家信，还特别高兴，认为有一种天真拙朴的可爱，为此还赋诗一首："病中得她书，不满八行字。全无要紧话，颇使我欢喜。"作为文化名人的林语堂，娶了旧式家庭出身的廖翠凤，然而林语堂并没有因此嫌弃廖翠凤，反而对之敬重有加。林语堂谈到夫妻相处之道时认为："怎样做个好丈夫？就是在太太喜欢的时候，你跟着喜欢；可是太太生气的时候，你不要跟着生气。"正是他们对妻子的尊重和包容，才在婚姻中逐渐滋生出爱情，才使他们的婚姻坚如磐石，为世人称道。

因此想要结婚好好过日子的年轻人，如果没有胡适和林语堂那样足够的包容心，没有"把爱情当点心，把婚姻当饭菜"的决心，就轻易不要找门第不登对的爱人携手今生！找一个能在精神上滋养你的爱人比找一个能在经济上滋养你的爱人幸运百倍，亦幸福百倍。宁在宝马车上哭也不在自行车上笑是整天幻想嫁入豪门的平民女孩的梦想，然而这些女孩们忽视了一个事实，即自己有无与豪门相匹配的资本。当然，如果并不觉得在宝马车里哭是件很痛苦的事情，那就哭着过吧，不觉得自行车很寒碜，那就笑着过吧。聪明的女孩知道自己在婚姻中需要的是什么。精神上不对等的婚姻只会让你的人生更加悲惨，婚姻的真谛在于：找对适合你的人。

桃之夭夭与桑之落矣

临近年末，各种总结。一日盘点，正为自己今年取得的业绩沾沾自喜，同事忽然说：“别得意了，你干得再好，也毕竟年纪已大，不过是桑之落矣，其黄而陨；小 W 工作业绩虽然没有你好，但她还年轻，又是单位大力培养的对象，前程灿烂无比，人家可是桃之夭夭，灼灼其华呢。”我顿时无语，哄笑之余，想到了一位央企女高管在招聘会现场说的肺腑之言：“其实我很清楚，我招聘并带出的每一个年轻人，将来某天都有可能成为我强有力的竞争对手，甚至将我取而代之，然而出于对公司利益的考虑，也只能尽心竭力招聘并带好他们。”不由有种“长江后浪推前浪，前浪拍死在沙滩上”的悲凉。

老员工特别是有才的老员工，由于在本职岗位锻造多年，富有工作经验，平日看似吊儿郎当，却常常不费吹灰之力就将业绩做到极好，加上非常熟悉单位的各种运作方式，对单位的未来发展看得清楚，想得深远，很有前瞻性和预见性，多能提出建设性的意见建议。然而有本事的人都是有脾气的人，恃才傲物便在所难免，看到单位不合理的做法提出批评也很自然。偏偏有一些心胸狭隘的领导，不能容忍这样的员工存在，只要觉得触犯了自己的权威，不管你有才还是无才，统统晾到一边闲置不用，让老员工空有满腹才华却无用武之地，然而拖家带口，又不能决然辞职，只能向现实妥协，闭口不言，浑浑噩噩混日子，不相信你可以到处看看，某些单位像这样的老员工有很多。

职场永远是属于年轻人的。相比老员工的任性尖刻，年轻员工是听话的

群体，试问哪个领导不喜欢听话的员工？宁可重用一个听话的庸才，也不用一个棱角分明的干将，这是某些领导的用人方略，如果是有才又听话的年轻人，自然更得领导赏识，日后的提拔升迁指日可待。然而大部分的年轻人，尚处在学习阶段，整日卖力工作，也难比老员工的半日功效，所以工作卖力而业绩一般的年轻人，在一些单位也比比皆是。

一个单位要想做强、做大，老员工和新员工都要有足够的工作积极性，老员工的经验加上年轻员工的肯干，何愁单位不兴旺发达。老员工毕竟工作多年，更需要的是领导的尊重，是尊严的不可侵犯。一旦获得足够的尊重，"士为知己者死"，干起活来自然更卖力。至于报酬，丰厚当然好，不丰厚也不会有所谓。年轻员工各方面尚处在起步阶段，各方面的开销很大，需要的是领导对自己勤劳的肯定，这种肯定用金钱衡量也无不可。

世界上只有两种人，一种为名，一种为利。老员工要名，年轻员工要利，要名的就给他名，要利的就给他利。不要觉得老员工已经力气用尽，没有油水可榨，就像扔块破抹布一样毫不留情将之丢弃，丝毫不念及他们之前为单位立下的汗马功劳，让老员工产生心理上的强烈失衡而走向对立面，不但消极怠工还会到处传播负面情绪。不要觉得年轻员工好用，就死命使用，还少给甚至不给待遇，将年轻员工用到见工作就躲的地步，让他们心理上对工作产生惧怕感。用人也要有度，善于揣测被用者的心思，才能让被用者更好地发挥作用。

做领导的要有宽广的胸怀和气度。既要有容忍老员工说怪话的胸怀，也要有谅解年轻员工发牢骚的气度；既能用名激发老员工的工作精神，也要以利点燃年轻员工的工作热情。做大手笔不拘一格网罗人才并以重金封赏令人才为自己卖命的刘邦，而不是小家子气十足吝于封赏只会挎着篮子哭哭啼啼看望受伤士兵导致人才匮乏的项羽。当然，如果领导贪心十足，凡事只考虑自己，既要名又要利，丝毫不顾及属下的感受和利益，那么距离领导的垮台和单位业绩的大幅度下滑也就不远了。

谁都会有从职场中心向边缘退居的时候，不管你是主动请退还是被逼无奈。所以，善待老员工，优待新员工，让前浪被拍死的时候，体面尊严一些，让后浪上位的时候，低调稳重一些。谁都别张狂，也许老员工的今天，就是一些新员工和某些领导的明天。

军乐团

参加一项教研活动，住在一所大学招待所。

每晚九点和早晨六点半，刺耳的鼓乐会准时响起，这对于我这样习惯于晚上码字、早晨睡懒觉的人来说，是一种折磨。小号奏出的乐句犹如原声唱腔，透着一股子压制不住的稚嫩和野性；小军鼓细细密密的鼓点像是筛子筛着雨滴，轻轻击打着心房；定音鼓浑厚深沉的乐音在我文思晦涩的时候，不失时机钻进我的耳膜。我每每被这鼓乐声吵得直想对着窗户大骂，但终于还是没有骂，知道骂了也没用，就像这世界不会因为个别人的殉职或者自杀而改变了它的五彩颜色一般。

中午吃饭时说起这事，同人告诉我这是大学生军乐团在训练，除了周日休息，其他日子风雨无阻。我忽然觉得也许该认真听听这些大学生们的演奏，至少也要对他们的坚持心存敬佩，对于喜欢赖床、做事毅力不是很好的一部分大学生来说，能在早晨六点半离开被窝参加训练已属不易，更何况常年坚持。

同人又说军乐团的训练地点，就在体育馆负一层，也就是我和同人们居住的被封闭的招待所后面，难怪我会听得如此真切了。很快又想到大多数楼房的负一层，空间很小窗户很小，空气流通不畅，很闷热，更觉得军乐团的大学生们不易。

某个晚上九点，我一边敲着文字，一边竖着耳朵听军乐团演奏。

先是音准训练，从 do 到 si 反反复复，之后便是两三个乐句的反复练习，这让我想起上武威师范时候的音乐课。每次上课，那个打扮得很洋气、风度气质俱佳的、据说是退休后返聘的老太太也是这样的训练步骤。先是全体站立，在老太太钢琴伴奏下练嗓子，一点一点升高音阶，觉得同学们的嗓子吊得差不多了，老太太才开始教学视唱。老太太很是严肃认真，哪个同学唱错了、跑调了，或者偷懒降低一个八度唱，她立刻就会毫不留情指出来，所以同学们或许在语文课上打盹，但绝对不敢在老太太的音乐课上懈怠。一节课就在这样的全神贯注中迅速结束了，我到现在还能识谱，会翻唱出喜欢的歌曲，完全得益于当时老太太的严格训练。

接下来便是完整的歌曲演奏。一首《向前进》被大学生们演奏得很是雄壮，非常鼓舞人心;《走进新时代》又让演奏染上了许多柔美色彩;《打靶归来》演奏到高潮处，会有齐刷刷的“1、2、3、4”口令声传来;《在那遥远的地方》让我烦躁的心情顿时像一片宁静的草原；《中国，中国，鲜红的太阳永不落》勾起我对先烈们浴血奋战的深情回忆；《圣母颂》则让我心中升起圣洁之感；《运动员进行曲》的旋律熟悉得就像我的私人曲目。之后又是一支不知名的曲子，听得出小号在高音部分有点吃力，长号在急促的地方有点跟不上节奏，但是能演奏到这个程度，显然经过了相当长一段时间训练了。

最后一个乐句短促有力，定音鼓一声沉重敲击，乐曲戛然而止！一小时的训练结束了。

后来几乎每个晚上，我都要侧耳聆听大学生们基本趋于流畅的演奏，才发现他们会演奏很多歌曲，基本以老歌为主，但我甚至说不出某些歌曲的名字，只是觉得好听。我的思绪很容易被淹没在他们的演奏中，像一条自由游动于水中的鱼，游离于文字的围墙之外。

遇到军乐团休息的晚上，听不见演奏，忽然感觉极度不适应，空气中都充满了失落的味道。才明白在这被封闭的一个月里，他们已经悄悄占据了我的生活，成为我精神慰藉的一剂良药。

也许某个晚上或者早晨，我该偷偷下楼去，亲临现场感受一下军乐团激情飞扬的现场演奏，缅怀追忆那被似水流年渐渐淹没的青春过往！

于是某次晨练，我特意拐到体育馆前，从窗户朝地下室窥看。一面墙边放着一张小桌子，桌子上胡乱摆了曲谱。其他三面墙边整整齐齐摆着两排椅子和曲谱架子，但是没有人坐着。他们都原地踏着行进的步伐，卖力侍弄着手头的乐器，表情凝重而陶醉，小号、中号、长号、圆号、长笛、萨克斯等军乐团使用的常规乐器，汇聚在这里，交融成音乐的海洋。

这是一队意气风发的大学生，满脸的自信和无畏，满身的朝气和干劲。他们，就是当年的我们，这让我和这群素不相识的军乐队的大学生之间，有了无须言说的亲切感。至少在被封闭的这段日子里，我会每天聆听他们的演奏，感受我已失去，却复活在他们身上的青春。

遇见端午节

在外地参加培训二十多天，每天数着日子计算回家行程的生活中，端午节到了。

没有哪一个端午节像今年的端午节一样，更令我感受到节日的氛围，更想念远在老家的父母。

端午节前一天中午，我们由桌餐改吃自助餐。取菜的时候，才发现餐厅特意做了端午节米糕，于是毫不犹豫地取了一块。米糕是张掖的端午节美食，将糯米和红枣放在粽叶上蒸熟了，再撒上白糖或者抹上蜂蜜，既有粽叶似有若无的清香，又有糯米和红枣的甜腻，软软的非常好吃。

端午节的午餐，餐厅特意给每个人准备了粽子，这是纯正的粽叶包就的粽子，糯米里面加了红豆、红枣，吃起来清香可口。

然而再好吃的粽子，对我而言也比不上老家民勤的油饼卷粽子，今年老妈身体不太好，也不知道端午节做这道美食了没有。

每年老家过端午节，家家都要做粽子蒸扇子。老家叫作粽子的，其实类似于张掖的米糕，但是比米糕更软、更好吃。把大米或者糯米放在铁锅里煮，快要煮熟了，再把提前一晚上泡软了的红枣放进去，等米和红枣完全熟了，像一锅米稠饭的时候，把化好的红糖水倒进锅里一起搅拌，直到红枣完全搅碎和米融合在一起为止。当然如果煮米的水放得足够多，又不想让粽子太甜，不加红糖水也可以。

做好了粽子，该炸油饼了。老家卷粽子的油饼是烫面油饼。在面粉里掺入少许薄荷叶子碾成的粉末，把滚烫的开水浇在面粉上烫好面，然后把面粉揪成一个个小团，揉均匀了，擀成薄薄的圆形面皮，放在油锅里炸，面皮颜色稍微发黄就捞出锅。炸油饼的油最好是绿色的胡麻油，炸出来的油饼看上去才显得绿中透亮。黄主任曾说起一次出差到民勤吃到的烫面油饼，说口感极好，别有风味，其实就是这种油饼。

等油饼晾凉了，再把粽子放到油饼上卷成棒条状，一个油饼卷粽子就做好了。绿色的油饼配上黏糊糊的、点缀着深红色小枣的暗黄色米糕，油而不肥，甜而不腻，正是上等佳肴。

美食家蔡澜曾经列过一份“死前必吃”清单，潮州的炭烧响螺、香港龙虾、法国白芦笋、南斯拉夫稻草煨烤的羊肉、印度咖喱等，都在这份清单之中。但我以为，倘若蔡先生吃过民勤的油饼卷粽子，定会赞不绝口，也会将此美食列入榜单吧。

当然老家端午节的美食不止油饼卷粽子，还有扇子。

扇子其实是一种面食，因外形酷似手摇折扇而得名。据说这是民勤移民文化的一种体现。目前的民勤人，大部分是明朝洪武至成化时期从浙江宁波和江南应天府迁徙过来的，江浙一带有在端午节这天给亲友送扇子的习俗，但是地处西北的民勤不产竹子和芭蕉，于是创造出了面扇，作为端午节这天亲友间相互赠送的礼物。

扇子一般在端午节前就要蒸好，是用发面蒸做的。先发好面，然后再几次兑入面粉，最后一次兑入面粉后，揉匀，将面团擀成约半寸厚的面层，将胡麻、姜黄、薄荷、红曲碾成粉末，分别均匀撒在不同面层上，然后将三四个面层叠加，切成三角形，把三角形最尖的那个角向上折叠三次，然后用刀背在正中间轻轻压下一条线，一个像鸡头般昂首的造型便做好了。把做好的扇子放在热炕上醒好,就可以放在木质蒸板上,进入大铁锅蒸了。蒸熟出锅后，还要用九根细竹棍扎成的装饰工具，在扇子的两个角点上排列成正方形状的红色小点，黑色、绿色、红色、黄色相间的面层，像红星星一样点缀在白面之上的红色小点，看着赏心悦目。而面香味混合着面层上香料的香味，吃起来格外香甜。

我们姐弟四个都很喜欢吃油饼卷粽子和扇子，所以童年时候起，盼着过端午节，其实就是盼着吃这两种美食，就像盼望过春节就是盼望得到压岁钱

和穿新衣服一样。后来生活条件好了，只要想吃，老妈会随时做给我们吃，这更让我对这两种美食情有独钟。

而今，我已离开老家二十多年，也吃过了许多地方不同风味的端午节美食,然而唯有老家的油饼卷粽子和蒸扇子,百吃不厌,一想起来就会馋涎欲滴。只可惜老妈老了，而我只是理论上会做这两种美食，今后想吃的时候，特别是端午节想吃的时候，谁做给我吃呢?

我忽然觉得有向老妈学学这些手艺的必要了,在今年这个特殊的端午节。油饼卷粽子和蒸扇子的味道，就是老妈的味道，家乡的味道。拥有这两种味道，不论走到哪里，老妈就在身边，家乡就在身边。

我的 2013

盘点 2013 年，汗水与泪水齐飞，执着与放下并存。

2013 年 6 月，带了三年的学生走进了高考的考场，我却因为脚伤和皮下手术而在家里养伤，然而还是记挂着学生的成绩，默默祈祷他们都能考入理想的大学，毕竟朝夕相处三年，我和他们之间建立了深厚的友谊。文静秀气的王畅，弹奏得一手好琵琶，每年学校的文艺会演中总少不了她的身影；机智大胆的陈政劼，每当全班同学学习累了的时候，他便故意挑起尖锐的话题转移我的注意力，让我洋洋洒洒阐述观点而同学们乐得侧耳倾听；身残志坚的郭瑞泽，常常会听到他对时事的别样见解；平日里不甚谈笑的段鹏，高考前有一次惊人之举——独自一人骑行到八十公里外的金塔；不显山不露水的杨肯，习惯于每个晚自习后到操场上跑步，借以舒缓疲惫的神经；学习成绩一贯稳居文科第一的金逸堃，是高三年级众多男生心目中的女神；习惯于无拘无束、洋洋洒洒写文章的刘畅，演起戏来也毫不含糊，周繁漪被她演得形神毕肖……就是这些个性各异、多才多艺的学生，让我在高三的教学中不敢有丝毫怠慢，责任心高涨到爆棚，焦虑度也膨胀到最大。每天凌晨一睁开眼睛，便会考虑今天应给学生进行哪方面的复习与提升，每天晚上十二点，还在埋头批改试卷。一个考点一个考点地准备复习课件与资料，一点一点纠正并规范他们的答题步骤，一步一步提升他们的语文成绩，虽然辛苦，却也乐在其中。也常常会为学生高考成绩的不可预测而焦虑，然而还要装出一副成竹在胸的样子，将学生的自信心激发到最大。不想做试卷的时候，我也会搜集热点新闻或者时鲜好书给他们阅读，鼓励他们新奇大胆的表达。就在挥汗如雨和忐忑不安中，时间行走到了高考前夕，看着最后一次模拟考试中他们完整娴熟的答案，没有一位同学跑题的作文，我终于松了一口气：他们可以在高考考场上交出一份满意的答卷了。果然，高考成绩揭晓后，他们的语文成绩前所未有的骄人，我一直以来悬着的心终于彻底放下了。

然而和他们一起度过的三年中的点点滴滴，还清晰如印地刻在我心上……高一的课本剧演出，他们齐心协力，一个班居然排演了两个高水平话剧，并且都想代表本班参加学校的课本剧演出。然而名额只有一个，于是话剧《雷雨》代表班级参演，而自编自导自演的话剧《以爱之名》，便以“军海话剧社”（剧社名称是以班主任何军海的名字命名的）的名义参演。演出结果，《雷雨》获得了三等奖，而讲述战争中父母和孩子之间生离死别感情的《以爱之名》则以绝对优势获得了第一名。我到现在还不能忘记演出当时的情景：台上的演员沉浸在剧情中不能自拔，演到泪奔，而台下的评委和学生寂寂无声，看到泪流。他们用青春的热情和才华，给全校师生奉献了一场视觉盛宴！

高二语文选修课，选讲《红楼梦》，他们组成了八个小组，每组主讲一个专题。他们用一周的时间准备，每个人都有明确的分工，搜集资料的，制作课件的，主讲的，个个摩拳擦掌，跃跃欲试。到了集中展示的时候，他们搜集的资料堪称齐全，制作的课件堪称精美，讲法各不相同，令我直呼有才！其间恰逢省教育厅专家到校调研新课程推进情况，直接推门听课，他们在课堂上精彩的表现，令专家赞不绝口！

类似的事件还有很多！影视赏析课上的个性发言，欣赏古诗词时的投入与陶醉，练字时的专注与凝神……正是他们一次次出色的表现，让我意识到我遇到的是多么优秀的一群学生。他们超强的可塑性、浓烈的好奇心、旺盛的表现欲、执着的求知力，让我觉得，如果我不能将他们的人文素养进一步提升，就是对他们的不负责任甚至犯罪，是在向全世界宣布我的无能！

高考结束后，他们来家里看望我，单调的校服被各色花裙子、花衬衫代替。没有了冲刺高考的疲倦与沉重，他们个个显得精神抖擞。听他们畅谈人生理想，突然觉得他们一下子长大了，变漂亮了，即将高飞了，心中竟有万般不舍。三年，我和他们同喜同悲，了解他们就像了解我的孩子，然而再强大的感情也羁绊不住别离的脚步，他们终归是要离开我到高一级学府深造的，就像孩子终归要离开母亲独自闯荡社会一样。

如今，他们都升入了心仪的大学继续深造，我也进入了新的工作状态，然而还是经常想起他们，想起曾经和他们的种种，脸上便会不由自主浮起微笑。

2013 年下半年，我几乎是在沮丧和失落中度过的，十月份兰州赛课的情景恍如昨天，整件事情就像一把刀插在我的心口上，令我疼痛难忍又不能长声呻吟，只能强迫自己遗忘，将这毒瘤生生割去。

事情的经过是这样的：

2013 年 4 月的一天早晨，我习惯性浏览甘肃省教科所网站，一条消息引起了我的关注，消息的大致内容是说省教科所和省工会、省社会劳动保障厅等单位合作，拟在 2013 年 10 月举办教师技能考核大赛，一类学科的第一名将被授予省级五一劳动奖章，第二名至第六名将被授予省级“师德标兵”称号，其他选手会被授予“教学能手”称号。语文是一类学科，这意味着只要能参加这次比赛，最差也会获得“教学能手”称号。很快有关教学技能大赛的正式文件便下发到学校了，语文学科的名额分配到了我校，鉴于本次课赛的奖项太大，学校领导对课赛很重视，要派最得力的语文老师参加。很快学校就出台了几条基本规则，开始组织选人，主要从讲课和述职两方面进行，要求够条件的语文老师都要参加本次比赛。我是够条件的，然而没有要报名的想法，我已经参加过省级和国家级的课赛，也拿过奖，更何况年过四十，没有了年轻人的激情和表演兴趣，就没必要和年轻教师争这个名额了。正打算放弃，一个私交很好的朋友却正言相告，说这是一个很好的机会，一个有可能获得综合奖的机会，从功利的角度讲，我需要一个综合奖，让我一定好好把握住这个机会。我一直为自己从来没有获得过综合奖而耿耿于怀，他的话正中软肋，便决定报名参加选拔。

当时正是五月份，高三最紧张的时候，但既然报名了，便不能随意为之。讲课篇目抽定之后，我便用了两个晚上工夫，拟出了讲课思路，担心正式上课时出状况，又试讲了一下，邀请了语文组几位老师听课指导，并根据听课老师的建议对教案进行了修改。

正式讲课的时候，看到后面正襟危坐的几个评委，我才发现学校对这次选拔的确非常重视，评委都是邀请的外校老师，几乎都是我不熟识的。好在我的发挥很好，学生配合也到位，课堂气氛轻松愉悦，课的效果很好。

讲完课的我一身轻松，便又去听了三节其他参赛教师的课，才发现这真是一次高水平的选拔，大家都使出了浑身解数。何老师的课大气厚重，魏老师的教学设计别出心裁，刘老师的课堂导入自然而独具特色。

讲课结果揭晓，我得了第一，欣喜若狂。

然而讲课只占选拔的 60%，还有 40% 需要通过述职来获得，于是第二天下午，面对着专业技术委员会，我们又分别就自己近年来的教育教学情况进行了汇报。结果揭晓，我又得了第一，这个参加省里教学技能大赛的名额理所当然属于我了。

六月、七月，我在家养病，无暇准备课赛，不表。

八月，忙完了军训之后，参加技能大赛的事情便提上了日程。

于是我开始每天晚上备课，两三天上一次公开课。请语文组同行提出宝贵建议，再对课做出调整，这是我九月份工作的常态。虽然疲累，然而充实，非常充实。上兰州正式参加课赛前，我居然讲了十八节公开课，备写并修改了十八份教案，当然也做了十八个课件，几乎将可能遇到的经典篇目都备讲到了。我从这次魔鬼般的讲课训练中收益多多，虽然这些篇目都是讲过好几遍的。这一个月备讲，我主要抓了两点，即调动学生参与的积极性和挖掘文本的文化内涵，重视前者是因为充分考虑到新课程在甘肃省的初步实施，重视后者则是因为高中语文课不能只追求表面热闹，还应培养学生的文化情趣和一定的审美能力，当然还有对自己讲课的定位，我一直觉得作为语文老师，我的基本语文素养并不好，比如普通话说得并不标准，粉笔字写得不够漂亮，朗诵水平一般，缺乏和学生交流的亲和力，等等。力求讲出文本的文化味，使课显得厚重大气，是我一直以来追求的讲课目标。

十月中旬，高中语文教学技能大赛在兰州二中正式举行，抽到参赛篇目之后，有一天半的准备时间。这篇《作为生物的社会》正好是我试讲过的课，然而还是从教案到课件到试讲严格进行了打磨。正式讲课的时候，从导课时的动画片，到中间的讨论，再到结尾时对文本的升华，都实施得很好，课的层次清晰，课堂气氛热烈，教学目标落到了实处，应该说这节课上得很成功。讲完课，我像放下了千斤重负，混沌了几天的头脑清醒起来。

令我没有一点思想准备的是，我居然没有拿奖，连三等奖都没有拿到！这让我觉得赛前一个多月的磨课基本属于白费工夫，失落异常。此后很长一段时间，我心意难平，由内而外的疲累，让我提不起精神做事，唯一让我努力做的事情只有一件：遗忘。

可是我记住了这次课赛中帮过我的人，从关心我鼓励我的校长到陪着我熬夜备课、为我出谋划策的可爱可敬的同行们，没有你们我怎么办？请允许我用如此煽情的语句表达我对你们的感谢！

2013 年，我继续执着了两件事：减肥和写字。

说到减肥，源于小时候看过的一部日本电影。电影名字忘记了，只记得女主角赤脚从楼梯上走下来的时候，那双纤纤玉足晃花了我的眼，而她举手之间，骨感的、白皙如葱根的手指尤其让我迷乱。我从小就身体壮实，手脚都长得肥肥胖胖，因此拥有一双玉足和玉手便成了我的梦想，然而我一贯是对自己很放松的人，从来管不住嘴，又非常懒于运动，所以梦想也只是单纯的梦想而已，没有大力减肥的决心。2010 年，登泰山时的气喘吁吁和照片上臃肿肥胖的身躯，让我忽然意识到身体健康和形象的重要性，于是下定决心减肥。经过一段时间的忍饥挨饿和体育锻炼，体重一度从 150 斤下降到 120 斤，看着有点骨感的双手和稍微修长的双脚，我且惊且喜，以前心仪但没有特大号的衣服也能穿上身了，整个人变得美丽自信起来，疯狂网购各式服装便顺理成章。细数起来，我的很多衣服都是在减肥之后买的。

然而减肥成功以后，保持是一件极其困难的事情，稍微放松一点，体重便会迅速飙升，终于明白了“减肥是女人一辈子的事业”这句话后面的心酸。两个月养病，体重大幅增加，为了那些漂亮衣服还能穿在身上，下半年，我又开始了疯狂减肥的痛苦历程。

有人说：千万不要和两种人为敌，减肥成功的女人和戒烟成功的男人。连这两件最难做的事情都能做好，还有什么困难能挡住他（她）！在我看来，能保持减肥成果，让体重不再反弹的女人才是最可怕的。三年来，我一直为保持体重处心积虑，试过各种方法，硬生生从一个胡吃海喝大快朵颐的肥胖女人变成了养生专家，也后悔当初冲动之下的减肥行为，然而再吃回以前痴肥的样子又心有不甘，更何况不能忍受别人像看一头猪一样的眼神，只好在减肥与保持体重的路上一边纠结，一边前行。

写字是我从小的理想。从小到大，我一直渴望能成为一名作家，像鲁迅那样快意恩仇，针砭人间时弊，引起疗救的注意，然而终归，我只是做了一

名普通的高中语文老师，当作家成了遥不可及的梦。但还是不可救药地喜欢文字，喜欢文字中展现的多样世界。文字于我，像是有一种魔力，吸引着我不停靠近。偶有闲暇，便会舞文弄墨一番，也曾为所写文字的灵感闪耀而沾沾自喜，更多还是为所写文字太过普通而沮丧不已，看过名家的高妙文字，更让我好几天甚至几个月都不想提笔，于是我常常因为文字的好坏或喜或悲，情绪反复无常。但是教语文还是和作家之间有诸多联系，或许 2013 年纠结的事情太多，某一天，忽然醒悟：一个人的心境好坏会渗透到文字当中，太多功利心不利于写字，浮躁心和暴戾气都不利于写出清新秀美的文字。年过四十的我，不可能还做作家梦，然而坚持记录下人生轨迹，将文字作为发泄不良情绪的渠道，修正某些邪恶的念想，向品德高尚的人积极靠拢，又何尝不是一件乐事！因此闲暇之余，坚持做一个码字者，是我乐于追求的生活状态！

2013 年，我终于学会了放下。之前曾让我彻夜不能安眠的某人和经常纠结于内心的某事，都让我硬生生切割粉碎，彻底删除到记忆的忘川。临近年末的某天下午，当我行走于东湖边，对着云层中的太阳，拍出阴霾和阳光两张截然不同的照片时，忽然悟到：有时候，执着和放下只在一念之间，只有一个转身的距离！一厢情愿的友谊，自认为纯洁高尚的爱情，高调标榜的所谓人生境界，都只是意淫的产物罢了，禁不起现实一丁点儿触碰。尽管也向往知己间的倾心长谈，然而一句看似无意的话语，一个看似无心的举动，都可能牵动敏感如我的脆弱神经，引发一场心灵地震，终结一段深久的友谊抑或爱情。因此在除夕夜，收到他或者她发来的贺年短信，全然没有往年的惊喜和浮想联翩，更没有费尽心思写诗祝福，只是将别人转发来的陈词滥调再机械地复制粘贴予以回复。既然无力改变和拥有，干脆选择放下，不管方式是主动还是被动，终于狠狠理解了陈奕迅《十年》所唱“情人最后难免沦为朋友”的丰富内涵。放下，意味着平静，但也意味着更孤独。呼朋引伴打台球羽毛球，静卧沙发看电影电视，只是祛除孤独的手段罢了。

时间永远向前。站在 2014 年的门里回看 2013 年，当时感觉巍然不可攀越的高山已然成为低矮的台阶，那些曾让我痛不欲生的失败伤痛只留下了模糊的背影。一切终将过去，没有什么大不了！人生的长河里，我们会遇见过去，更会预见未来。2014 年，放平心态，让不美好的变为美好，让美好的更加美好，让生活变得更加多姿多彩！

窗外

白云又悠闲地在天空中散步了。

听不见小鸟的私语，却有一种尖细的声音连绵不断地刺激我的耳膜，若有若无，渺茫而又真切。几只鸽子在楼群中无声地飞翔，急速转向，终于变成了几个小黑点，可它们扇动的双翅却一直在我的眼前，真想像它们一样自由自在。

太阳光透过窗玻璃照在我的身上，很热，阳光在桌面上跳跃，刺得我的双眼不住地皱缩，我就坐在这片白光里，笔底下汩汩流出思绪。

在这个城市看不到季节的更替，日历告诉我现在是春天，窗外的柳树却以它干枯的枝叶向我证明，现在是冬天的延续。

我的确没有看到春天的影子，也没有听到春天的脚步声，在这个三月的北方小城，寒风肆虐，沙尘四起，人们依旧穿着冬天的衣服，想象中的春天始终没有来。

江南该是春的海洋了吧？我没有到过江南，自然无法描述江南春天的美，它像一位风姿绰约的仙子，只留给我一个魅力无穷的背影。

这是一个适合想念朋友的上午，值得想念的朋友并不多。

窗外三百米处，学校的高中部教学楼已盖到第三层。几声长长的“花儿”从那里传来，是一个女人的声音，听不清唱的是什么内容，但我的心被这苍凉悠远、野性十足的花儿打动了，她在缅怀初恋的情人，还是在想念遥远的家和她可爱的孩子？

久违了，花儿。

“你们听过‘花儿’吗？我唱一首‘花儿’给你们听，好不好？”他对我们说，然后深吸了一口气，手轻轻按在胸口上，唱了起来。

一溜溜山来两溜溜山，
脚户哥下了个四川。
脚踏上大路心想着你，
三站路踏成了两站。

我们早已笑作一团，年少的我们，怎么会被这乡村俚俗粗野的歌曲所吸引？在我们眼里，花儿只是小雅，怎么能和被我们默认为大雅的流行歌曲相提并论呢？

她并不生气，只说：“真是糟蹋了这么好的歌，还有我的好嗓子。”

如今，唱花儿的她早已去往别处，她的身影在我的记忆中渐行渐远。听花儿的朋友，一个早在十年前溺水身亡；一个在九年前卧轨自杀；一个现在正经受着丧父丧妻的悲痛，只和一个三岁的女儿相依为命；我最知心的女友，则一直蜗居在一所乡村中学，忍受着很严重的心脏病的折磨。而我，却对他们的苦难无能为力，我只能深深地叹息。只有那花儿，在某个寂寞的时刻，譬如这个上午，在我的记忆中凸现，回响在我心间。

我的目光再次伸向窗外。工人们在脚手架上忙碌，像一只只游动的大壁虎。高高的塔吊在白云间缓慢地转着方向，顶端招展的小红旗告诉我有微风吹过。

鸽群已经在我斜对面的楼顶边缘栖息了，我的目光不能再向更远处伸展，楼群挡住了我的视线。许多时候，我就这样静静地坐在窗前，看着窗外熟悉的景物，思考着我和朋友们的生存状态。

是体育课的时间了，学生们潮一般地涌向操场，他们跳着、笑着，肆无忌惮地挥霍着他们的青春。我的目光追逐着他们，忽然觉得自己很衰老。在没完没了的衣食奔波中，岁月悄悄爬上了额头，已经不知道享受生活是什么滋味，年少的轻狂早已随着朋友的远去无影无踪，只剩下一颗孤寂的心。

鸽群又从楼顶起飞，开始了它们新一轮的巡航。

我坐在窗前，在这片白光里，给我的朋友们写第一封信。

梦里花落知多少

人从婴儿时期就开始做梦，不管梦境是好是坏，千万别把他从梦中惊醒。一位作家说过："如果人世间没有梦，这个世界将减少多少颜色和滋味！"在中国文学史上，庄子、李白、苏轼都和梦很有缘。

庄子曾经讲过这样一个故事：我有一天梦见自己变成蝴蝶，正在飞呀飞，真是自由又自在！这个时候，我只晓得我是蝴蝶，不晓得我是庄周，等到突然梦醒，我变成庄周，不是蝴蝶了。这个故事一般被称作"庄周梦蝶"，在一般人看来，一个人在醒时的所见所感是真实的，梦境是幻觉，是不真实的。庄子却以为不然，在庄周看来，梦就是醒，醒就是梦，它们都只是一种现象，是道运动中的一种形态、一个阶段而已。在这个故事中，蝴蝶象征着人性无拘无束、天真烂漫的本质。异化成蝶使庄子忘却了俗世的纷扰苦恼，超脱于尘世之外，也就不难理解在妻子死去之时，庄子为什么"鼓盆而歌"了。

庄子的这种物化表达方式以及对自由自在洒脱人生的追求，引起了后人的极大兴趣：人生的真谛究竟是什么？

幻想的翅膀展开后，人生是一幅绚烂的画卷。唐朝大诗人李白"安能摧眉折腰事权贵，使我不得开心颜"的人格魅力，历来为后人称赞。究李白一生，也和梦结下了不解之缘，李白一生都在做着两种梦：济世安邦梦和游仙梦。他一直认为自己是王佐之才，天宝元年（742），李白应玄宗之征入长安，出蜀之时即在诗中写道："仰天大笑出门去，我辈岂是蓬蒿人。"他不屑于科举仕进，幻想从一介布衣跃为帝王师，常在诗中以管仲、乐毅自比，但在长安，李白并没受到唐玄宗的重用，报国之志无从施展，落得个“赐金放还”的下场。但李白似乎从未怀疑过自己的经世之才，四十多岁的时候还去追随永王李璘，被流放夜郎之后仍然不改初衷，六十一岁时还在为自己的政治理想奔波，直到病死途中。

翦伯赞曾说：“李白的政治理想是非常抽象的。”李白表达政治理想的诗作很多，但他本人却几乎没有什么政治作为。可见李白是个一辈子都在做济世安邦梦并从未醒过的人。

现实生活中政治理想的不能实现，使李白苦闷迷茫，“我本不弃世，世人自弃我”，他只好逸出人间而腾入仙界，以“三十六帝之外臣”自居。《梦游天姥吟留别》充分表达了他对理想世界的追求，惊心动魄的山光水色，缥缈迷离的云天烟树，目眩神迷的众仙齐聚……在梦中，李白是自由的、快乐的，梦醒后，依旧是惨淡的现实、无尽的空虚……正如屈原遭谗后卜问巫咸灵氛、上叩重华下问宓妃的心境，李白写梦境的优美，正是反衬现实世界的丑恶；写对仙境的向往和追求，正是表达自己对于现实环境的失望。

一位哲人说过：“历史之习惯，在于扼杀人才。”这在大文豪苏轼身上应验了，一场被称作“乌台诗案”的政治哀伤，在苏轼一生中，无疑是料峭春寒中的一场噩梦。到达黄州赤壁的苏轼，已经伤痕累累、疲惫不堪，他开始重新认识社会，重新评价人生的意义。

乌台诗案之前的苏轼，锐意进取、济世报国的入世精神十分强劲，他深切关注百姓疾苦：“秋禾不满眼，宿麦种亦稀。永愧此邦人，芒刺在肤肌。平生五千卷，一字不救饥。”也渴望在沙场上一展雄威：“鬓微霜，又何妨？持节云中，何日遣冯唐？”乌台诗案之后的苏轼，更倾向于佛家和道家思想。他“寓僧舍”“随僧餐”“惟佛经以遣日”，企图在宗教中得到解脱，于是，在《赤壁赋》中，他和大自然展开了一场壮丽的对话。

时间像个淘金者，它把追求者的痛苦和遗憾省略了，只留下闪闪发光的金子。五千年的灿烂文化是一个偌大的花园，在漫长的历史中，不知有多少绚丽的花朵悄然凋谢，然而，文学是一叶方舟，它以美为桨，以真为橹，以善作帆，载着人类不泯的良知。文学是一个梦，多少人投身此中，如饥似渴如痴如醉、殚精竭虑万死不辞。文学是一个永恒的梦，它跨越了今天与昨天，连接着理想与现实，昭示着真理，呼唤着人类善与美的永存。

婚宴

我一向讨厌参加婚宴，倒不是心疼份子钱，而是结婚典礼的千篇一律。加上在我看来，婚礼意味着一场悲剧的开始，更让我觉得无聊伤感。新郎向新娘宣誓效忠，新郎当众亲吻新娘，新郎新娘向父母行礼，等等，间或夹杂几个搞笑段子，主持人总是游刃有余地一项一项程序进行，以博得来宾阵阵笑声。只可惜现今各种宴会甚多，没事都要朋友五六个小聚，更何况结婚这样的大聚，来宾多是久经场面之人，这种俗套的段子也只是引得几声干笑和稀稀疏疏的掌声。

因此每次参加婚宴，我都姗姗来迟，好躲过典礼程序直接进入开宴程序，似乎参加婚宴的目的不是为了祝福新人，而是为了吃饭和随份子钱。说到随份子钱，天水人把它叫作送情，我觉得恰当至极，份子钱就是情意的物质化，精神抚慰远没有物质抚慰来得实际。我每每为自己的这种阴暗想法自责，觉得是对神圣婚礼的亵渎，但事实如此，只是大家都心照不宣罢了。

今天参加同事的婚宴，到酒店才发现来早了，结婚典礼刚刚开始，只好耐心等待。和我同桌的几个人在谈论着新郎新娘的长相，大概是新郎比新娘看上去年轻太多，就听见一个说新娘嫁的不会是高一年级的男班长吧，一阵哄笑，我也傻笑起来。

主持婚礼的是两位如花似玉的少妇，得体的装扮，性感的声线，连珠的妙语，让人眼前一亮。两位美女居然也将婚礼主持得风生水起，博得宾客阵阵掌声。

新郎新娘照例是全场关注的焦点。新郎一边嚼着口香糖，一边回答着主持人刁钻的问题，不知是借口香糖掩饰紧张情绪还是性格本就如此漫不经心。两位女主持人把新郎夹在中间，要求他大声说出结婚最大的感想，新郎深吸一口气说道："我终于和我老婆结婚了。"全然不顾新娘羞红的脸，台下就有人起哄说怎么搞的，还没结婚就已经是你老婆了，逗得大家哈哈大笑。到了新郎新娘互叫对方父母为爸妈的环节，也就是甘肃人称之为"拐嘴"的环节，新郎又出奇招，他深情款款地喊"爸""妈"，尾音拖到足够长之后，手一伸又加上两个字"红包"，台下一阵笑声。碰见这样聪明的女婿，岳父岳母只有忙不迭地赶紧掏红包的份儿。

娇媚可人的新娘始终保持甜美微笑，此时突然眼中落泪，语不成句，现场一片静寂。我理解新娘的心情，一个人孤身只影，来到这座小城打拼，期间的辛酸孤独无人能解，眼前的男人是否能够终身依靠，茫茫难测，怎不令人百感交集！

典礼结束，新郎新娘挨桌敬酒，新郎虽然全身簇新，但眼睛里流露的疲惫泄露了连日来为婚礼操心劳神的事实。和大多数新郎一样，他照例是矜持的，嘴唇轻微触碰一下酒杯边沿，就顺手递给身后的伴郎，好像还有很重大的事情等着他做而不敢贪杯喝到烂醉。新娘的服装已经由西式婚纱换成了中式旗袍，脸上虽然还显得泪光点点，但越发光彩照人。想来结婚最累的人还不是新娘，她只需在这天打扮得千娇百媚，做今后回忆中最美的女人即可。

我照例向新郎新娘送上祝福，"白头偕老""百年好合"之类的套话，说得连自己都觉得言不由衷，人说"婚姻是爱情的加油站"，亦有人说"婚姻是爱情的坟墓"，谁对谁错，走进婚姻殿堂的人才能体会。无奈的是，等体会到分明，回首已是百年身。

我听同桌的一群人聊工作聊生活，忽然觉得，至少今天，沾点婚宴的烟火气也是好的。

买书

书架上找不到可看的书了，于是上网买书。

小说一直是我阅读的最爱，但是发现自己抽不出大块时间阅读小说，也没有读小说的心境，随着小说主人公的人生际遇大喜大悲的情绪已很难再有。每年订的《小说月报》摞在书桌上，蒙上了厚厚的灰，这次买书，首选散文。

周涛的散文集必须买，因为他是新疆作家，地域的亲切感产生的共鸣在所难免。新疆一直是我向往的行走目的地之一，在乌鲁木齐国际大巴扎欣赏到的热烈火爆的西域歌舞，在天池边畅想到的西王母和周穆王的浪漫约会，已是陈年旧事。新疆于我，就像一个新嫁娘，掀开她的红盖头一窥楼兰美女的美艳容貌，一直是我臆想中的头等美事。西部的辽远壮阔造就的豪侠之气，让周涛散文，情绪饱满气势磅礴。几年前看《巩乃斯的马》和《秋光里的黄金树》，就被他李白式的滔滔才情所折服，系统阅读他的散文，感受他如椽大笔抒写澎湃情怀的同时，对新疆行一次缓慢的气定神闲的注目礼。

刘亮程的散文集毫无疑问要买。读过《一个人的村庄》，便不可救药喜欢上了他的散文。身上始终带着乡土气息的我，不管走到哪里，生于斯长于斯的村庄都是我永不能忘怀的世外桃源。在刘亮程的散文中，找回太阳底下田野里劳作的苦涩，找回乡人们之间朴素真挚的感情，久居城市的无聊焦虑孤独感，会消解很多吧！我们总是在物欲的沦陷中迷失自己，村庄，也许会让心灵暂时获得宁静。工业文明的高速运转中，哪怕一刻钟的宁静，也是奢侈的享受。细细感受他对村庄的热爱，揣摩他自然贴切思考深刻的表达，是买他散文集的目的。

几年前偶然读到《觅渡，觅渡，渡何处》，深深为梁衡对瞿秋白全面深入的剖析和文化味十足的语言折服。反复阅读记诵这篇文章，意犹未尽之时，查阅了瞿秋白生平，品味了他英勇就义前写的最后一篇文章《多余的话》，深刻的自我剖析令我动容，叹息造化弄人之余，亦为两人高山流水的知己之情庆幸。此种感觉，在读鲍鹏山散文《庄子，在我们无路可走的时候》亦有，倘若不能与庄子做心灵最深处的交谈，断然写不出这样的绝世好文。刘文典曾经在逃往防空洞的路上，看着紧跟在他身后的沈从文说："你跑什么跑？我刘某人是在替庄子跑，我要死了，就没人讲《庄子》了，你替谁跑？"时至今日，自诩为研究庄子第一人的刘教授早已作古，鲍鹏山隔着几千年历史与庄子相望，堪称庄子知己。梁衡和鲍鹏山的文化散文，一直是我想读的，当然会毫不犹豫将二位先生的散文集收归麾下。

经常在《散文》杂志看到朱以撒先生的文章，非常喜欢他的行文风格，一件小小的事都会成为他灵感爆发的源头，不紧不慢缓缓道来，字里行间闪耀着思想的灵光。想收他的三本散文集，却都缺货，未免有点遗憾。

余秀华很特别，看看她的诗集也是好的。虽然不喜欢她那首《穿越大半个中国去睡你》，但是还读过她另外的几首诗，真心觉得美好。一次偶然打开电视，正好她接受访谈，脑瘫导致的面部肌肉扭曲、无法控制的摇头晃脑和流口水，都让我对这个在诗歌创作道路上坚持十八年的女诗人产生了深深的同情和敬佩。买下她的诗集《摇摇晃晃的人间》《月光落在左手上》，向她致敬！

《夜莺与玫瑰》是王尔德写给成年人的童话，轻松淡然的笔调讲述生活中的悲情故事，将有价值的东西撕破给人看，不由你不心情沉重思考生存的意义。买了《夜莺与玫瑰》，想必看完了故事，深夜里的回想也是美好的。

平素也阅读教育类书，因为到底本行是教育。崔允漷教授的《走向专业的听评课》对提升我的听课水平、突破听课瓶颈会有很大帮助，日本教育家佐藤学《静悄悄的革命》风靡中国教育界，对我进行课堂教学改革有帮助，果断收了。

想到几天后，就能依偎在床头，捧着喜欢的散文集、诗集一遍遍阅读，粉红色桃形书签夹在薄薄的书页里，就有一种甘之如饴的感觉。白天疯狗样儿的忙碌、无声的肉体疲累……且让阅读慢慢消化吧，或许，躲进书的世界，我才是真正的我，自在的我！

和一只狗对峙

我正在停车场停车，满脑子想着那篇尚未写成形的论文，突然听见女儿极其惊恐的喊声："老妈，快来救我！"我被吓得浑身一颤，车钥匙从手里滑掉到了地上。赶紧抬头望去，却见女儿满脸惊慌，双手紧拉着一扇楼门，躲在楼门和墙形成的夹角里。她的前面，是那只叫豆豆的肉滚滚的小狗，豆豆正得意地摇着短短的尾巴看着女儿，时不时向女儿脚上扑过去，就像得意的强盗在戏弄成为战利品的俘虏。看着平日里"飞扬跋扈"的女儿被一只小狗吓得手足无措，我不由得笑出声来。女儿却生气了，说："老妈，快过来帮我打狗，你知道我很怕狗的。"于是我一边喊着豆豆的名字，一边做出要打它的姿势，豆豆果然乖巧，看我生气了，便飞快地跑到一楼的阳台底下躲起来，洒下一路清脆的铃铛声。女儿这才惊魂甫定，丢开了楼门，在楼前花园折了一根柳枝，说要找豆豆算账。豆豆大概也知道自己闯了祸，躲在阳台底下，大大的眼睛里闪着狡黠警惕的光，任凭女儿威逼利诱就是死活不出来——它大概也知道阳台底下最安全，因为瘦瘦高高的女儿是钻不进去的。女儿看哄骗不了豆豆，便悻悻地跟我上楼去，嘴里还在唠唠叨叨骂着豆豆该死。

豆豆是五楼一对老夫妻养的一只小狗。老夫妻都是酒钢的退休工人。老公公瘦瘦小小，慈眉善目，见到谁都会面带微笑打招呼；老婆婆的满头白发染成了酒红色，规规矩矩梳在脑后。平日里很少见他们下楼，偶尔会在楼下的花园里碰见，老两口都是极好的人。冬天的一个中午，我家的太阳能热水器坏了，我找了工人来修，需要从另一个楼口才能上到楼顶，而我不知该向谁找通向楼顶门的钥匙，就想从五楼老两口家阁楼上的窗户钻到楼顶。向老公公说明了我的意图后，他满口答应，非常热情。我穿着裙子，钻窗户很不方便，他给我拿了小凳子踩脚，扶着我的胳膊，叮咛我要小心。看我没有穿羽绒服站在楼顶，冻得瑟瑟发抖，他就说让我回家，他替我看着工人干活。我向来很习惯邻里之间关系的冷漠，忽然受到这样的热情待遇，感动异常，脸上的每一条皱纹都布满了友好的笑意。

天气晴好的时候，老两口就会把豆豆放出门，于是豆豆就在楼内楼外到处窜。有时豆豆在楼下撒野，冲撞了谁家的小孩，就会听见老公公呵斥豆豆的声音，原来老公公一直站在五楼的阳台看着豆豆，而豆豆是最听老公公的话的，就会乖乖寻找一个台阶或者花园里的一棵树作为新的目标，继续撒野。百无聊赖的时候，豆豆就躺在马路牙子上睡觉，慵懒的姿态极其迷人，令人不忍心惊醒它的美梦。

或许是爱屋及乌，每次见到豆豆，我都有一种亲切感，哪怕是上班路上的匆忙之中，都会逗着豆豆玩。我只要拍拍手，豆豆就会乐颠颠地跑过来，肉鼓鼓的身子蹭着我的脚，或者立起两条后腿，两只前爪向前伸着，好像是向我示好。看我急着赶路，它就追着我的脚后跟跑，很是恋恋不舍。我坐到车里，它就在车外守候，圆睁着一双无辜的大眼睛。我开车走了，它又追着车跑，直到追出小区，才停在马路边蹲坐成一个剪影，往常摇得很欢的尾巴也显得无精打采。

然而女儿很怕狗，尤其怕豆豆。豆豆似乎也看出了女儿怕它，只要看见女儿，就会撒着欢儿紧追不放，叫声也格外响亮。因此女儿每次出门，都会先从猫眼窥视，再侧耳倾听，确定豆豆不在楼道里，才鬼鬼祟祟快速下楼，直到骑上自行车走出小区，才会长出一口气。有时放学回家，看见豆豆守候在楼门口，女儿就会躲在我身后，露出惴惴的神情。我嘲笑女儿胆小，一向好胜的女儿却对我的嘲笑丝毫不以为意，每每令我的激将法失灵。女儿每天都会咒骂豆豆好几次，然而要是几天看不见豆豆，又会异常烦躁，出门进门的时候就会四处搜寻豆豆的身影。有时楼道里听不见豆豆的吵闹，女儿又会幽默地说豆豆学会讲文明讲礼貌了，懂得不能在楼道里大声喧哗的道理了。而豆豆在女儿回老家的十多天里，似乎也萎靡了许多。女儿和豆豆，就像一对欢喜冤家，看见的时候相互仇视，看不见的时候又相互牵挂。

偶尔在街上看见流浪狗，心里就会想起豆豆。相比流浪狗的居食无着，豆豆得到老夫妻的宠爱照料实属幸运。流浪狗或许会被贩夫走卒捉了去，扒皮剥肉，成为饭桌上的一道佳肴，或者在横穿马路的当口成为车下之鬼，结束短暂的一生。然而我想，豆豆是不会有这些悲惨遭遇的，有善良的主人和关爱它的人呵护，它会过得快乐无忧吧。

夏至，雨至

夏至这天，雨下得有点夸张。

其实也不夸张，中雨而已。只是一大早就下个不停，其间稍微停顿了一会儿，像排球赛的暂停，之后又接着哗哗哗哗，让我怀疑雨神大概得了健忘症，忘了这里是西北。

时间行进得更夸张。

立夏那天，转发了一首有关立夏的深深触动我心的诗给朋友，希望她也有如我一样的感动，她只是淡淡一句“立夏了啊”，这让我瞬间感到了“我本将心向明月，无奈明月照沟渠”的无奈，一个不懂诗歌的俗物，让她欣赏什么诗啊，有点后悔我这随性而为的丑恶行径了。

生活过得不咸不淡，文章写得不咸不淡，教书教得不咸不淡。“就这样了”仿佛成为被时间抓捕归案的逃犯，成为说话的口头禅。

立夏到夏至，不过昨天到今天的距离。

“夏至之日，鹿角解。又五日，蜩始鸣。又五日，半夏生。鹿角不解，兵革不息。蜩不鸣，贵臣放逸。半夏不生，民多厉疾”，《逸周书·时训解》这样描述夏至。《楚尘文化》又这样解释：“夏至日阴气生而阳气始衰，阳性的鹿角开始脱落，雄性的知了因感阴气之生鼓翼而鸣，喜阴的半夏因在仲夏的沼泽地或水田中出生所以得名。”我一遍遍读着这些文字，伴着窗外雨豆砸地的啪啪声。

原来夏至有这么美的内涵！而我只知道夏至是一年中最长的一天。

才发现我所谓的日子，早已被几月几日的干瘪公历数字代替，所谓的农历，所谓的二十四节气，这些代表着悠远传统文化的历法，只是我脑子里一个极其模糊的概念。这让我忽然间羞愧起来，那些满溢着原野耕作的先民的智慧结晶，就这样被我轻描淡写地遗忘了。

中雨转换为小雨，还没有停歇的势头。

在满屋淡淡的阴霾中，我开始默念二十四节气歌，查阅《逸周书·时训解》，品味古人有关节气的诗词，第一次深深触碰这些美不胜收的、令人浮想联翩的节气。

夏至，雨至。

再次从《逸周书·时训解》上抬起头来的时候，忽然想起：

夏至，也是女儿的生日。

过年

要过年了，家里有许多洒扫的活儿要干，却怎么也进入不了干活的状态，宁可心里着急也不愿付诸行动。想来一年就是在干活中度过，对于“干活”二字已经有了本能的反感，才会有这种半死不活的状态吧。

年前在街上遇到一位好友，说起洒扫庭除之事，她说就买点年货好了，何必非要把自己累个半死。想想也是，毕竟现在的日子天天像过年，没必要因为过年而兴师动众，就越发找到了不干活的理由。

记得小时候过年，刚腊月就开始准备，扫房、买年货、洗衣服、煎炸烹煮，一直到大年三十才能勉强休息。当然这些活都是大人们干的，作为小孩子的我们，只惦记着过年的新衣服和压岁钱，其他过年的艰辛是不去想的，过年对于小孩子，还是很快乐的事。

但还是把家里做了简单的收拾，从擦洗厨房到擦洗卫生间，再到洗窗帘洗床单被套，花费了两天时间，之后就是买年货，不紧不慢中，年三十到了。

一大早就被鞭炮声吵醒，手机短信的声音已然响起。记得去年零点钟声敲响之时是短信拜年高峰，快节奏的世界什么都快，今年连短信拜年都提前了。学生的问候，我都一一回信，虽然只是短短几句话，但对于怀有感恩之心的学生，我不应该教会他们傲慢或者怠慢，即使处于长辈位置。朋友的问候我更是不敢拖延，也向他们送上节日祝福。

“每当这个节日来临的时候，忙碌的我们发现，原来团圆、泊静、快乐才是生命的终点”，这是好友发给我的短信，说出了我很久以来想说的对于春节的感悟。今年是全家人过的最团圆的一个年，兄弟姐妹齐聚一堂，看着父母忙这忙那，脸上绽开幸福的花朵，我也觉得兴致高涨：好久没有这样愉快的情绪了。生活无所谓喜乐悲忧，只是麻木机械、按部就班地活着。过完年，弟弟妹妹们又将各奔东西，继续在红尘里寻找各自的位置，但至少这几天，我们的心里是泊静的，没有名利的纷扰。快乐的时光短暂而美好，无论走到哪里，想起今年春节的团聚，心里就会很温暖吧。

大年初一中午，几个同事在饭店欢庆，邀请我和云加盟。大过年的，我不好拿开车作为不喝酒的借口，第一次喝"女儿红"，觉得酸酸甜甜的，像饮料一样很好喝，结果就喝到头重脚轻。我一向对酒过敏，一点儿酒就会让我全身发红、浑身发冷，更何况今天有点贪杯，回到家吐到一塌糊涂。酒亦如人，开始的温柔也许就是最后的惨烈，只是许多人都好面子硬喝，心甘情愿挨那温柔一刀，终不过是贪图眼前享受罢了。

大年初四，我的大弟弟着急上班，先开车踏上回拉萨的路途，带走了没满两岁的小侄儿。没有了小侄儿的喧闹，母亲家里冷清了许多。再没有小侄儿给我开门并站在门口欢迎的场景，也没有他伏在我怀里亲吻我的场景。母亲更是若有所失，毕竟小侄儿是她一手带大的，一遍遍打电话叮咛大弟，说若小侄儿不适应就送回嘉峪关来，别委屈了孩子，让孩子遭罪。

大年初六，我的父亲和妹妹也回了老家。父亲一直不习惯在嘉峪关生活，坚决要回老家种地。我理解父亲，土地是他的生命，是他毕生的依靠，离开土地的父亲，就像涸辙之鲋。农忙时种地、闲暇时打牌，才是他想要的生活。妹妹则记挂着她的生意，打算先到老家看看，之后再回拉萨继续做生意。

正月十五看过花灯，我的小弟弟也要到重庆上班。三月份天气回暖，母亲也要追随父亲回老家去，过年时曾经热闹的母亲家又该冷清孤寂，房门紧锁了。想来团聚就是分别的开始，人生本就是由无数场团聚和分别组成，才会高低起伏流转不定啊。

年前对过年做了很多计划，想认认真真写几篇文章，想仔仔细细看完曾仕强解读的《易经的智慧》，想安安静静看几部一直想看而没能看的电影，等等。但真正过年的时候，却什么都没有做，宅在家里除了吃就是睡，似乎一年的瞌睡都集中在了过年这几天。正常的作息时间被打乱，大感冒了一场，鼻窦炎趁机来犯，半边脸颊发胀发木。忽然觉得在我这个年龄，养生应该是迫切提上日程的事。我一向自恃身体强壮，从不刻意强身健体，反而任意糟蹋作践，似乎灵魂寄住的并不是我自己的身体。也许年后，我该加入打羽毛球的同事行列当中，为身体加分。

过年最有感触的是年龄，岁月如梭，穿来织往，不知不觉已经到了不惑之龄。自己还没觉得人到中年呢，却已经被后起之秀逼到中年。从前敢做的事，敢穿的衣服，敢说的话，现在只有想想的份儿，不敢付诸实施，唯恐年轻人说我为老不尊。多年的奔忙并没有带给我成就感，人生的一半路已经走过，年龄增长带来的一事无成的感觉更加强烈，才更深刻理解了苏轼辛弃疾之流悠远的喟叹。然而四十岁，对于世事亦多少能够参悟，正应了孔子那句“四十不惑”的老话，从雾里看花到逐渐洞明世事，应该是年龄赋予的魅力。

再过几天，我也该上班了。年年岁岁花相似，岁岁年年人不同。人生苦短，欢乐无常，在过年的迎来送往中，会体会得更加分明。

生日

常听见别人说“今天我生日”或者“今天是我父亲（母亲）的生日，我得赶紧回去”之类的话，看着他们高兴之情溢于言表，有时就很羡慕，觉得有人为他们庆祝生日或他们为亲人庆祝生日，真是一件很幸福的事。我也给女儿过生日，然而从没想起给自己过。我出身农村，老家的人从不过生日。细思其中原因，大概是农村人命贱不值钱，得个孩子也没什么大不了，烂命一条，没有庆祝的必要。又或者是农村人最了解活着的艰难，认为孩子到世上来亦不过受苦而已，自然也就悲从中来不加庆祝。加上那时家家生活过得艰难，就更没庆祝的必要了，所以我从小就没有过生日的概念。

今天早晨接到一家蛋糕公司的电话，说今天是我生日，问我生日蛋糕送到哪里，我先是愣了一下：竟有人会记得我的生日。突然想起学校最近出台的一项规定，即在每一位教职工生日时送蛋糕，以显示对员工的人文关怀，没想到这么快就落实了。我有点兴奋，就让他把蛋糕送到学校门房，到门房取蛋糕的辰光，翻看签收单，才发现原来我并不是第一个收到蛋糕的教师，已经有两位先我收到了学校的祝福。几个到门房取报纸的教师祝我生日快乐，我心里很感动，一直以来，同事之间见面不过点头微笑，仅此而已。我以为我已修炼得刀枪不入足够麻木，然而麻木了很久的心还是被这个蛋糕打动了。

女儿一见蛋糕就两眼发亮，她最喜欢吃蛋糕，尤其这种水果蛋糕。

我说今天是我生日，她马上很乖巧地对着我唱生日快乐歌，并说：“妈妈，许个愿吧。”我说：“不许，因为妈妈许愿从来不灵，不许愿的时候反而很灵。”她就笑，说：“看来我们真是母女，好像这话对我也适用。”又问我，“你有没有给我许愿？”我就点着她的鼻子说：“没有啊，因为老妈许愿从不灵，所以就不给你许愿，怕你实现不了我的愿望。”女儿哈哈大笑，满嘴奶油，说：“其实这样也不错哦，老妈生日，我受益。”我说：“你吃了就等于我吃了啊。”女儿傻傻地笑说：“希望你们单位的这项规定一直延续下去，这样我就经常有蛋糕吃了。”末了又遗憾地说，“要是爸爸单位也送生日蛋糕就好了。”我大笑。

晚上，我一个人在办公室静坐，享受喧嚣过后的宁静。整幢楼静悄悄的，只有文字在键盘上舞蹈的声音。收到了大学宿友送的 QQ 生日礼物，想起了大二时过的一次不像生日的生日。我们几个 402 的宿友们闲聊，说到了各自的生日，发现我和雪萍的生日是同一天，而且就在这周的周六。于是周六的下午，几个逛街的宿友回来，为我俩分别买了一张贺卡，写满了宿友们对我俩的祝福。我还记得那张贺卡很大，比一般的贺卡大，粉红色的底子上面撒满了细碎的白花，很淡雅的感觉。我和雪萍都被突如其来的祝福感动了，只可惜那时没想起买生日蛋糕，只是将这份感动放在心底珍藏了十几年。今年国庆节，我去张掖探望大学毕业后再未谋面的雪萍，还提起了这件往事，402 的宿友们，今天是我的生日，我想起了你们!

有些情绪需要经营。或许我该脱掉厚厚的麻木的壳，细心感受生活中的感动。

那些美丽的节日

进入三月，就觉得很懒。

妇女节的晚上，和朋友出去吃饭，之后就在街上溜达，看满街的男人都低眉顺眼，满街的女人都喜气洋洋，就说我们也放纵一回吧，不如喝茶去，庆祝女人的节日，就去了“都市夜归人”。之所以常来这里，是因为这个浪漫的引起诗意联想的名字。店里早已爆满，常坐的摇椅有一对年轻人在喁喁私语，只好到了小包间。约好的另两个朋友没有来，反倒成全了我俩，两个女人边喝茶边聊，从流行时尚到工作孩子，居然也聊得热火朝天，不知不觉到了午夜。平日虽然在一栋楼工作，她在一楼我在三楼，但见面的机会很少，真应该感谢这个节日。

还记得上师范过的第一个妇女节，几个女生说妇女节放假是法定的，所以一早就理直气壮没去上课。教化学的是一位叫姜琴的女老师，四十多岁，不苟言笑，非常像一位女学究。因姓名和著名的江青谐音，所以她只要出现在学生集会上，就会引起一阵骚动，全校学生都要争睹她的芳容，每每这时，她总会露出些微不好意思的表情来。现在想来，看一个四十多岁的女人露出羞涩是一件多么愉悦的事，原来成熟女人也有慌乱的时候。

姜老师一看教室里缺了许多人，很生气，了解清楚事情原委，说了一句：“老妇女还没有休息，小妇女休息啥？把她们叫回来。”班长迅速出了教室，男生们就坏坏地大笑，一会儿，几个待在宿舍的女生就灰头土脸地乖乖回来上课了。

姜老师的这句话令我记忆深刻，所以每到妇女节，若学校没有下达明确的休息通知，我都在老老实实上班，前年如此去年还如此。今年的妇女节，女老师可以不来上早读，但我还是来了，因为高三已进入冲刺阶段，作为班主任我不放心，再者也不想麻烦别人顶替我。妇女节对于我来说，过不过一个样儿，自然也不会在过节前几天，就鬼鬼祟祟打听单位给女职工发什么礼品。除了收到女儿的礼物，想到她一周来神神秘秘地为我准备礼物而高兴了一阵之外，没有更多的感触。

何止妇女节，其他比这隆重许多的节日，也在平淡中度过。繁重的工作压力，已不得不牺牲了很多节日。过节对我来说是一种奢望，每一个节日临近，就盼望着放假，但真正放假的时候，就只想睡觉，完全破坏了节日的美感。有时就想索性不过也罢，不要糟蹋了美丽的节日。

于是，每一个节日，我会在想象中度过：除夕守岁、元夜观灯、端午赛舟、清明踏青、重阳登高、中秋赏月。慢慢品味传统节日的文化内涵。至于西方节日，可能是东西方文化的差异，我总觉得有一种隔阂，尽管也会被狂欢节的热烈忽悠得想跳想唱，但最终还是中国人的含蓄内敛占了上风——喜欢中国传统节日。

渴望有朝一日，能随心所欲过我喜欢过的节日。花朝节去野外为百花庆祝生日；寒食节缅怀介子推；清明节祭拜我故去的奶奶和姥爷；七夕节静听天上牛郎织女笑语；端午节感受屈原的爱国精神；中秋节全家团圆，吃到老妈蒸的月饼……

每一个节日都有它独特的魅力，该用一份美丽的心情去感受。

似水人生

水和人生，本来毫不相干，却被古往今来的哲学家、诗人们拉扯到一起。

老子把圣人与水联系起来，他说："上善若水，水善利万物而不争，处众人之所恶，故几于道。"孔子把智者和水联系起来，他说："智者乐水，仁者乐山；智者动，仁者静；智者乐，仁者寿。"老子重视水的品质，孔子重视水的特点。圣人之心似水，他内心清静睿智，淡泊明志，顺从自然。水从不与他物争高贵与显赫，即使众人厌恶的污秽之地，水也毫无怨言地流淌。即使从天空落到地上，它也是"水往低处流"。它总是甘居下尘，不像许多人不惜以出卖名誉、出卖灵魂为代价，一门心思往上爬。水是圣洁高尚的化身，水流过的地方，丑陋与污秽都不复存在。

天行健，君子以自强不息。水，流过陡峭山崖，发出动人心魄的轰鸣；穿过平旷草原，化为蜿蜒柔和的溪流。不管巍峨高山，还是万丈深渊，都不能挡住水的前进，不怕路途艰难险阻，曲折迂回，水总是向着理想的目标前行。水，以其广博的胸怀接纳四面八方的涓涓细流，正所谓"渤海不拒小流，终能成其深"，最终汇聚成烟波浩淼的大海。

人生如水，像水一样柔软，是一种顺从自然、矢志不移的品质。固然，我们推崇刚强，以为凭着刚强，可以在竞争中取胜，成就人生的伟大与辉煌。因此我们喜欢白衣胜雪、剑气如虹的侠客；我们思慕、敬仰圣贤哲人；我们折服于英雄末路的决绝；我们崇拜战死沙场、马革裹尸还的气概。但我们更

应该将人生的柔韧化作力量，把水般的柔软作为我们出发前的准备。

人生在世，恰似一江春水向东流。孔子站在河岸上看水的流动，便发出"逝者如斯夫，不舍昼夜"的慨叹，河水的流动让他想到韶光易逝。古希腊哲学家赫拉克利特说过："你不能两次走进同一条河流中去，因为当你第二次走进这条河流时，它已经不是原来的河水。"他意识到时间的流动和空间的变化同步于河水的变迁。北宋词人辛弃疾面对浩瀚的长江，不禁吟出"千古兴亡多少事，悠悠，不尽长江滚滚流"的词句。面对厚重沧桑的历史，奔流不息的河水，人生是多么的短暂啊！

"青山遮不住，毕竟东流去。"面对似水人生，多一份宁静，多一份豁达。

简单生活

闲暇的辰光，我晃悠悠地去门房取了报纸，踱到操场浏览，早晨十点多的阳光柔柔地照过来，暖意从脚底缓缓地爬到身上，再蔓延到脸上，绽放成一朵满含笑意的菊花，说不出的舒坦。不由懊悔浪费了太多时间在阴冷的办公室，早该走出来享受这温暖如春的阳光了。

操场修整为草坪刚一年的时间，虽然是塑料草皮，但也足够学生和老师兴奋了，因为每年的春季秋季，之前的土操场就会尘土飞扬，有人戏称它是嘉峪关沙尘暴的发源地。现在的操场绿草如茵，我们再不用饱受尘土之苦了。

说浏览报纸，其实就是看八卦新闻，满足猎奇心理，反正我也不想让太沉重的话题扰乱惬意的心情，看报纸只是散步时不愿被别人打扰的手段罢了。一个人，正好无所顾忌地想心事，胡思乱想过去现在未来他人自己，一句话：想想谁就想谁。

一个人开车的时候，就只想听歌，伤感就像发丝，细细密密从心中滋生，但在这明媚阳光下，看看只穿着短裤背心晨练的人，看看草坪上昂着头优雅漫步的鸽子，我不但不感到伤感，反而想笑出声来。

我现在的生活可以用简单二字形容，上班即抓紧时间做事，下班后就待在家里或辅导孩子作业，或陪老妈聊天，或躺在床上看书。周六周日没课的时候就上街转转，心情无比轻松。这一切，全是不做班主任的好处。说实话，刚卸掉班主任工作的一段时间，我闲得发慌，大把的时间攥在手里不知该向何处抛洒，一向忙碌惯了，突然闲下来还有点不适应。再不用早晨中午上报晨检午检表，再不用拿着成绩册研究每个学生成绩，再不用为组织各种活动伤神，每晚回家，也不再愁容满面心事重重。昨晚我无所事事，在家里走来走去，女儿说我晃得她眼花，要我坐下来。我忽然觉得该好好规划一下我的生活，过去一学年虽然忙，但回想起来，除了教学成绩之外，别的方面一片空白。现在正好可以做做喜欢的事，细心感受那些曾被我忽略的感动，简单但不无聊、悠闲但不颓废地生活。

两个人的中秋

还没来得及欣赏初秋景象，断断续续下了五六天的雨一下子便把季节从初秋直接带到了中秋。长袖T恤还未上身便直接从短袖T恤换成了毛衣。中秋节前一天，天气照例是阴阴的，看不出放晴的迹象，不由担心今年的中秋节，大约看不到月亮了。

今年的中秋，家里只有我和女儿。上午被电话吵醒，再无法入睡，先跑到窗边看天。上天还是很体恤我的心情，中秋节这一天居然露出了太阳的脸，虽然带着寒气，但太阳还是投射出娇弱的光芒，令我的心情也有些许愉快。就让女儿看电视，我独自去看生病的老友，她因为转氨酶奇高住院好几天了，我一直说明天去看她，但明天的明天还是没抽出空来，一直拖到中秋节放假。病房里阴冷潮湿，地上泛着潮气，墙皮也因为潮湿而剥落了不少，里面只住着她一个病人，很冷清的感觉。朋友说各项指标已经基本正常，再住几天就可以出院，我松了一口气，陪她东拉西扯了一阵就告辞出来。

午睡醒来已是下午五点，女儿说既然是中秋节，不如我们到外面吃饭吧。反正我也不想做饭，就说行，去了大唐路美食街。女儿最近对那里的山西刀削面感兴趣，说是绝佳美味，我知道女儿的习惯，她一旦觉得哪样食物好吃，就会天天吃，吃厌了就绝不再吃一口，许多食物就是这样被她吃厌了的。这家面馆的生意很兴隆，店里几乎爆满，再看看周围的饭馆也几乎是满的，大概是过节的缘故。女儿吃了一大碗刀削面，旁边的一位中年女人夸她能吃饭胃口好，女儿最喜欢听表扬，脸上露出得意的神色。

天色渐渐暗下来，虽然有微微的寒风，但美食街还有很多人。街中央的大屏幕上播着中秋晚会，引得许多人驻足观看。夏天的晚上特别是世界杯足球赛期间，这里便是啤酒广场。边看球边喝啤酒，又刺激又消暑，是许多年轻人的选择。今天晚上虽然没有夏天晚上人多，但也够热闹。街的另一处是一个四方阵，一群中年妇女在跳广场舞，舞姿自然是不够优美的，但她们认真的态度，却吸引我停下来观看，也许过不了几年，我也要加入她们的队伍了，只要锻炼了身体，愉悦了心灵，别人的评价——管他呢。

女儿兴致高昂，说不如我们去购物吧，买点食品，于是我们就去了西部公司。才发现节日购物简直是极大的错误，购物的人太多了，居然还得排队付款。

终于回到家，已是晚上九点过了，女儿上网我看电视。来回倒换着频道，觉得没啥可看。原想中秋节大概会有诗歌朗诵会，却不料还是歌舞，就强打精神看新版《红楼梦》，真搞不明白为什么加那么多的旁白，硬是把电视剧拍成了纪录片。正觉无聊，女儿也关了电脑从书房出来，问她为何不上网，她说没意思，既然一个人无聊，不如两个人一起无聊。

女儿说干脆搬张小桌子到阳台，摆些果品之类赏月吧！我说太冷了，大概阳台上是冷得坐不住的，我和女儿就站在窗前看月亮。天空就像一块蓝色地毯，上面绣满了大朵大朵的白花，很素雅的感觉，有一两颗星子点缀其间，一闪一闪地像宝石闪着璀璨的光芒。月亮很圆很亮，穿行在云朵中间，薄薄的云烟撒在月亮之上，月亮宛如轻纱遮面的少女，透出些神秘冷峻的神色，令人想起舒袖嫦娥、伐桂吴刚和捣药玉兔，不由心旌摇荡了。

正沉吟间，女儿抱怨我说真是个没情趣的人，影响得她也成了没情趣的人了，我无语。忽然想起我小时候过的中秋节，好像远比现在有趣，大约是我们兄弟姊妹多的缘故。中秋节前，母亲照例是要做月饼的，月饼是做成四层的圆形面饼，每一层分别撒上红曲、薄荷、姜黄，这样一层红一层绿一层黄，看上去色彩鲜艳，最顶上再用红色食用颜料压上小花或别的小图案，末了再在圆的月饼周围加上面做的、翻成耳朵样的图案。我很喜欢看母亲做月饼，一块面在她手里左翻右转，就变出了各种花样，所以每次做月饼我都在母亲身边帮忙，我翻出的月饼花色虽不如母亲翻的，但也很有成就感。月饼做好了，还得醒一会儿，等面发了才上锅蒸，那种可以盛五桶水的大锅现在已经很少见了，锅里填好水，放上下两个大蒸篱，用柴火烧锅，要两个多小时才能把月饼蒸熟。这时候我很着急，固然是因为肚子很饿，可更多是想看看自己做的月饼蒸出来的样子是不是很丑。

中秋节的晚上，在院子里摆上小圆桌，把蒸好的月饼装在盘子里摆在桌子上，放些葡萄红枣之类的水果，再把西瓜切成两半，每一半都要在切口处剜成月牙状，这一工作自然是老爸的专利，因为怕我们伤了手。一切准备齐当，全家便开始献月亮，献完月亮，便享用这中秋的美味。那时水果很少见，姐弟四个吃得狼吞虎咽，脸上沾满西瓜子兀自不觉。小孩子总是贪玩的，常常是一口月饼还未下咽，邻家的孩子便来喊去玩。那时中秋节的月亮似乎比现在更大更圆，有月亮的晚上自然是孩子们喜欢的晚上，一群野孩子在村前屋后放野了玩，一直到斜月沉沉各家父母喊着回家睡觉才罢休，又相约第二天晚上再玩。

我看着女儿，忽然觉得现在的孩子很幸福也很可怜，他们的衣食够丰富了，至少不会像我小时候为一块月饼而馋涎欲滴。各种包装精美、制作精致的月饼已经引不起他们太多食欲，就像女儿只对月饼的酥皮感兴趣，说月饼的皮比馅儿好吃。他们也很少有一大群孩子一起玩的机会，因为繁重的课业。

女儿忽然说想爷爷奶奶了，希望他们快点来嘉峪关。一句话也勾起了我的思亲之念，在这无聊的中秋节晚上，对月怀人，也算没有辜负这如水的月光吧。

美美哒

照镜子，发现脸上又长了几颗脂肪粒，主要集中在眼袋和额头位置，上网查，说长脂肪粒是因为给皮肤的营养太多，造成了堆积。我苦笑了，这三个月忙得昏天黑地，面霜、眼霜、隔离霜之类的化妆品一概省略，素面朝天奔走于各处，何来营养过剩之说呢？看来该来的终究是要来的，只是借着不同的托词。既然来了，就安心接受它的存在，等空闲时候去美容院挑除了也就罢了。与其苦恼，不如坦然面对，更何况我也不是为了一点点容颜上的瑕疵，就大呼小叫的人，毕竟不是靠脸吃饭的人。

自认为我比其他女人更能坦然接受岁月雕刻在脸上的痕迹，纵然皱纹堆满眼角，眼袋日渐肿胀，前额悄悄长出白发。尽管也会为人世间两大悲哀事“美人迟暮，英雄末路”唏嘘嗟叹，然而毕淑敏说过：“额头上没有皱纹的女人，血管里流淌的该是水吧？”既然老去不可避免，何不充实迈向衰老的每一天。容颜可以被岁月剥蚀，自信却可以在岁月中沉淀。也会流连于美容院，然而做美容固然可以延缓衰老，却不是生活的全部，凡事适可而止，是岁月馈赠于我的箴言。

不看重美容并不意味着不看重美。一个粗服乱头、言谈无趣的女人，无论如何也不会引起别人有关美的遐想，更何况有女儿做我最严格的督察。带女儿去兰州参加作文比赛前，女儿很认真地对我说：“妈妈，我要穿我最喜欢的衣服参赛去，你也要穿你最漂亮的衣服，抹你最鲜亮的口红，我要你打扮得漂漂亮亮陪我考试。”于是陪女儿上考场之前，我特意精心修饰了面容，涂了女儿最喜欢的那支从巴黎买回来的迪奥暗红色口红，穿了女儿说特别显年轻的深蓝色腰身、七分白色纱袖上点缀着一颗大白牡丹花的裙子，黑色网纱面高跟鞋，提了一款也是在巴黎买的普拉达褐色手提包。女儿得了这次作文大赛特等奖，信心满满对我说："妈妈，我和你都穿得靓丽没错吧？幸运之神不会光顾衣着邋遢的人的。"女儿小小年纪，便很看重内外兼修。直言不讳对我说不喜欢不修边幅的妈妈，不喜欢没有文艺范儿的妈妈。看我节食减肥，便认真规劝我办张健身卡，做做瑜伽健美操之类运动，健康减肥保持身材。有女如此，想不爱美也不可能，一直一直美下去文艺下去，一直朝着辣妈的方向大踏步前进，是女儿对我这个妈妈的要求。这让我意识到，不爱美，就连家人也会嫌弃你，让自己美美的，便无所谓老去的可怕，更是对家人的尊重。

第二辑

景语

春色远远远如许

周云蓬说："春天责备那些没有灵魂的人。"我充满羞愧地觉得我一定是受春天责备的人，是没有灵魂的人。面对春天，我没有盛大的享受春天的喜悦，有的只是四季流转如梭的感慨；没有细致感受春之物语的敏感，有的只是不间歇忙碌中的迟钝和麻木。春天的干燥让我整个人像个干瘪的皱缩的核桃，春天的风沙让我每一次呼吸都像是被细刀子切割着鼻腔，春天经常灰蒙蒙的天空让我除了头痛还是头痛，除了虚弱还是虚弱。花花草草在明媚光景里自由抒情的春天，大概还行走在连霍高速公路上，沙尘暴笼罩下的边关小城，春意盎然还只是个传说。

成都海南北京西安，朋友一路行来，在嘉峪关稍作留驻，感慨说北京西安花事正好，正处在"一年好景君须记"的季节。成都海南自不用说，"秀山轻雨花香浓，一年只有春当令"。唯有嘉峪关，春天还是冷寂冬天里的浪漫憧憬，劈头盖脸想起来的诗，怕只有"春风疑不到天涯，二月山城未见花"了。

耶稣复活在使徒心中，嘉峪关的春天，复活在嘉峪关人的印象中。

"不要呼吸，呼吸你会死的。"一个女孩子双手捂住男朋友的嘴，无比怜惜地说。这么矫情文艺的电视剧桥段，再现在嘉峪关真实的沙尘暴中，爆笑但不至于笑得上气不接下气。沙尘暴占据了嘉峪关春天的大部分时光，逼迫着人们把自己的肺咳出来交给它。沙尘在安静祥和的小城里横冲直撞，犹如一个裸露着发达胸肌的莽撞汉子冲进了米兰国际时装周。空气中满溢着尘土的浓重腥气，小城倒置了手脚，行人飘走在空中。灰霾中的戈壁空空寂静，羊群还没有嗅到青草生长的气息，石头和河床向天空展示着枯瘦的身体。春风张扬着寒意，还没有吟诵给春天的诗，杨花柳絮还没有开始排练献给春天的舞蹈。只有人，人做好了迎接春天的准备，却只能在每每看到嘉峪关的春天如同没有开枝散叶迹象的妇人时，生出些黄巢式的“他年我若为青帝，报与桃花一处开”的不平，在等待春天到来的漫长中忍受着焦虑症的困扰，发着悠长的叹息。

“风暖鸟声碎，日高花影重”“燕草如碧丝，秦桑低绿枝”“绿杨烟外晓寒轻，红杏枝头春意闹”“泥融飞燕子，沙暖睡鸳鸯”……在这样一个似冬非冬、似春非春的边缘时节，品味有关春天的诗词是深重的折磨。关于春天，关于春天的诗词似乎只属于江南。江南春景如同小孩粉嫩的脸，总让人有咬一口的冲动。莺莺燕燕、晴晴雨雨、花花草草……江南春天浮动在这些脂粉气十足的词语里，永恒在唐诗宋词的意境里。浸淫在温婉柔美的咏春诗词里，除非梦境沉沉，否则对着窗外天地的灰，对着虬枝尽显的树的枝干，便会如顾城一般，渴望“在一片死灰当中，走过两个孩子，一个鲜红，一个淡绿”。或者希望手中握一把刘邦斩蛇的利剑，将这暗沉的灰色劈开了，还天地一个光明蓬勃的春天。秀色无边如滔滔江水滚滚而至，行人的心境也会如烟霞春景般明媚灵秀起来。想它，它就如约而至，让悲切切、凄惨惨的等待烟消云散，人与春天之间，多么自然的衔接。

“曾是洛阳花下客，野芳虽晚不须嗟”，晚到的春天总归还是要到的吧，那么让春天依着自己的步伐到来吧，莫让妄想扰乱了心神。

停车时分，看见路边的桃树枝上冒出了泡泡般透明的粉红色花苞，如同侄儿小轩嘟起的嘴。不由感慨：不是春天没有来，而是我逐渐丧失了感受春天的敏感的心！

E 盘碎碎念

时针毫不留情地指向零点，整栋大楼寂寂无声，那只大表还在钟楼顶端瞪着死鱼的眼。夜游的生物也被即将冬至的冷气逼回了洞穴，没有一丝诡谲的响动和恐怖的氛围。屋内的温暖和屋外的寒气长久对峙，而我坐在窗边，对着空白的草稿箱眼神痴呆，横的栏目和竖的滚动条，将草稿箱紧紧围困，像极了层层雕花护栏围困着井口。当年珍妃被慈禧所逼，投井之时，是不是也会紧紧抓住护栏不肯松手？也许会懊悔自己之前行为的放肆，也许会怨恨心上人的软弱和见死不救。大抵人之将死，对生的渴望如桃花希冀春风拂面般强烈，然而被带上井台的时刻，她已无力掌控命运之舟，死神早在井底等待给她意味深长的拥抱。集三千宠爱于一身的杨玉环同样如此，就算李隆基甘愿为她一骑红尘运送荔枝，就算和三郎在长生殿许下“在天愿做比翼鸟，在地愿为连理枝”的誓言，也免不了马嵬横死的悲惨结局。

种种想象让我心生恐惧，几乎要关闭了草稿箱，以免被这幽深惨白的深井中潜伏的鬼魂吸了去，然而人总是兴奋于边缘状态，介于恐惧和淡定之间，瞬间惊乍的感觉犹如体验过山车，刺激着我钝感严重的脑神经。于是我一面构想着关于投井女子的种种，一面飞速敲打着键盘，试图用规规矩矩的方块字填满草稿箱，将水井中阴森的鬼魂驱散。

再次心神不定地将目光投向窗外的时候，才发现世界几乎被白雪覆盖——上天需要时不时清理一下这个世界的污垢，让人们相信这世上还有纯洁存活着！远处天空中橘红色的光芒是白色楼群静默的背景，照应着近处地面薄薄的雪层，在视线里围成了一个大大的蒙古包。包内的场景壮丽美观，街灯如夏夜的萤火虫烁烁闪着，楼房似要迎面倒下来，小路上车灯扫射过来的光芒，热烈得像一团火：一时让人有点分不清是虚幻还是真实。楚门在巨大的摄影棚里生活了三十年，每一天的生活都被全世界人民现场直播却不自知，真相被戳穿的时刻，楚门选择了出走。我们也被拘囿在这蒙古包里，工作，生活，照顾下一代、抚养上一代。和楚门不同的，只是我们甘愿被限制，甘愿在这蒙古包里过完庸庸碌碌的一生！像一只只被剪断翅膀的天使，不复有自由飞翔的能力。于是，我们在楚门的出走中完成对梦想的意淫，然后回到各自的圈子继续庸庸碌碌！

雪落得悄无声息！将落雪的照片传到朋友圈的时候，你说下雪了啊，直让我怀疑你出差在外！你解释说在家，只是忙着做饭全然不知，看我发的照片才知道下雪。在一个低头族掌控世界的时代，我们习惯了从冰冷的手机或电脑网络上获取诸如落雪的资讯，却不愿意站起来观望一下一窗之隔的雪景！我们与世界之间，已经很少直接对视，犹如两个人面对面坐着，却深深想念！

我能想象到你低头刷朋友圈的样子，一定是边看搞笑视频边将眼睛笑成一弯新月，出于友情和礼貌点赞，为朋友的分享写几句发自内心的简单评论，见到合意的文章忘我地细细品读，蹙眉深思默默记诵的表情不输于林黛玉在大观园阅读《西厢记》的表情：你始终是一个活泼爱笑思想深邃偶尔伤感的人！

这是今年冬天的第四场雪了吧？每年冬天，都会细数落雪的次数，仿佛枯燥衰败的冬天会在细数中变得短暂起来诗意起来，数着数着就忘了是第几场雪，叹息一声，接着期盼下一个冬天的第一场雪，从头再数。你说为什么不做记录呢，记在手机的备忘录上也好，如同先民的结绳记事。你懒懒地斜坐在沙发一角，眼睛眯成一条线，向我探过身子，拥抱恋人般亲密，我直直地貌似不掺杂任何情绪地看着你的眼睛，怜爱的痛却是一把刀，割的心伤痕鲜明。对你着迷，就像着迷于思维的跳跃和混乱的表达！知道你不耐烦我如此无聊的细数：除了气象员，谁会在意一个冬天下了几场雪？可是我近乎固执地在意，也近乎固执地不愿记录，就像你近乎固执地不愿叫我姐姐。某些事物不需要看得真切，朦胧恍惚的感觉远胜过冰凉的事实真相。就像远看恍如仙境的美妙景致，近看也许是令人恶心发呕的垃圾场一样！

落雪的冬天让人留恋，一如落泪的青春更让人迷醉！那些雪中的奔跑雀

跃、踢毽子、舌头粘在铁栏杆上的镜头，像一道光长长久久地投射在我的脑海。我曾经动用了储存的几乎所有浮华文字，描写童年、少年时期与雪的缠绵，却因为个别字眼涉及敏感话题而被管理员毫不留情删除，再无找回的可能。我曾经为此情绪低落，仿佛一段悠长的灵动如云的音乐被一个乐盲随便划去。人往往这样，某些你视若珍宝的东西，他弃如敝履。不同人心中的价值尺度就像龙的九个儿子，有诸般不同。于是成年后，我在每一场雪中尝试修复被丢弃的过往，穿着颜色艳丽的羽绒服，嘴角堆着貌似灿烂开心的笑容。雪是我和冬天握手言和的媒介，在雪中，我身形臃肿默默无语，企盼着司春之神不动声色缓缓靠近，一点点驱散挤压在一起的寒气，如同命运之神驱散兜兜转转的人生路上的寒冷。生命中的落雪，潜伏在每个转角，只待你自信满满走过，便轻盈柔和地落下，让你不知不觉中接受命运的验证，我们无力闪躲，只能执着地在冷雪的包围中孤独走过一个又一个严冬。

你问我："人要找另一半是因为害怕一个人的孤独吗？"我说："是啊，两个人拥抱着才能相互取暖，要想独处不孤独，先要学会关照自己的内心。"我们往往在世俗的追求中，忘了向内审视，如同习惯于在爱神的弓箭袋里翻找并不属于自己的那支箭，贪心地以为这就是爱情。可是既然"永远无法叫醒一个装睡的人，永远无法叫醒一个不爱你的人"，那么，何不将曾经的贪欲尽数抛去，让现今的痴念烟消云散。拥抱内心便不孤独，从俗世的纷扰中出离自己，以"妖艳于外，清静于心"的姿态，将岁月菩提紧握于茧痕遍布的手中。

你说有时候宁愿世俗，拥有一种如同归有光在《项脊轩志》中所写"东犬西吠，客逾庖而宴，鸡栖于厅"的氛围。你很清楚，那种俗气而热闹的氛围便是生活，混杂在这种生活里，太阳似乎也落得快些，日子被那个叫忙碌的乞丐填写得满满当当，便不会有因为想得太多而失去做人快乐的痛苦。是的，生活需要以世俗的烟火为最重要的内容，因为我们往往在行进的路途中得意忘形，忘了最初出发的目的。可是在世俗的间隙，我们同样需要在思考中成就深厚的修养，懂得人生的智慧。主动清理自己，直到体无完肤。在入世与出世的兼容模式下，修炼只属于自己的，也许一无是处的人生。

该回家了。走吧，这样一个清冷的夜晚恬不知耻地碎碎念，无事生非得也够了，穿过寒风冷雪回到温暖如你的家，想想卡尔维诺《如果在冬夜，一个旅人》！

细雪

从朝代兴替、繁华难再的感慨中醒过来，才发现窗外已经细雪弥漫，这场昭示着冬天即将到来的细雪，让我的小伙伴们兴奋得不停窃窃私语和探头探脑。这真的是一场细雪，雪花细微到像一场雾。也是在这样的烟雾迷蒙中，一群书生坐在书案前，左一圈右一圈地扭动着脖子，摇头晃脑地吟诵着诗句。只有许仙，斜靠在书案上，左手托腮，看着窗外的烟雨遐想。这样迷离的天气里，许仙满脑子都是在西湖邂逅的二位美女，全然无视面前古板严肃、老气横秋的先生——电影《青蛇》中的这个场景一直令我印象深刻。既然无心功课，何不顺水推舟，让小伙伴们将这悄然而至的白色小蝶饱赏细品？我索性停止讲课，任凭他们的目光在窗外流连。嘉峪关从来不缺少美好的景致，但我们经常缺少一种赏玩美景的情趣。让小伙伴们拥有发现美和把握美的能力，不也是教育的目的之一吗？

往日静静潜伏在南窗边的祁连山已然不见踪迹，仿佛被菩萨动用法术收到了宝瓶之中，只待天空放晴才将它放归人间。远处未完工的高楼，仿佛是给这灰色天空盖上的篆刻印章，近处，灰瓦铺就的楼顶洒满了稀稀落落的雪，雪层薄到像白色蛛网，微风就可以很利索地将它吹拂了去。星星点点的雪点缀在槐树枝头，像是给爱美的姑娘戴上了白色发卡。挂在树上的老旧黄叶饱享了细雪的滋润，又焕发了些许生机，看起来好像还可以在枝头招摇数日。而地上的落叶已经被潮湿的地面黏住，显出衰败的气息，一堆堆的即将零落成泥。没有叶子的水泥路面，细雪很快化成水渍，压住了路面的浮尘。

青砖白墙的楼群正好和青灰色的天空搭配，在细雪中沉默地散发着美丽，宛如成熟稳重的中年人，质朴的外表在细雪的浸染之下，竟也透出些青春的明亮颜色。这座呈四合院状的楼群像个迷宫，蜿蜒曲折且到处是门，我常常会找不到通往地下停车场的入口，也会开错办公室的门。一个人生活的半径可以无限延长，但多数时候却固定在一个逼仄的范围，这个四合院将消磨去我人生的大半时光！人一旦被某种范围圈定，便会以为这范围可以安放我们无处不在的孤独，因而很难脱离对它的依赖，还会对不可知的未来更加心存恐惧。1900选择在维珍尼亚号轮船上度过一生，就在于船很小而世界很大，他可以通过琴键掌控这艘生于斯长于斯的轮船，却无法掌控不可知的世界。

钟楼静静矗立在青灰色的天空，仿佛在等待一场大事的发生，正好应了那句歌词：天青色等烟雨，而我在等你。然而没有一件事情大到能让全城人驻足仰望钟楼的地步。没有了那口大钟发出的洪亮声音，没有了敲钟人卡西莫多的身影，没有了大主教克洛德狰狞扭曲的面孔，钟楼似乎失去了它存在的意义。当然，这里不是《巴黎圣母院》，那些活跃在名著当中的人，也只是在茶余饭后的谈资中，从发黄的纸页中走出来，复活在人们的耳边唇间。

细雪似乎让塑料草坪变成了真正的绿茵。细雪飘落中的空气，透着清爽的凉意。孩子们趁着课间，在操场上欢跑，抒发着少年的热情和活力。我在楼上，南窗北窗地忙着拍照，用影像丈量这落雪的辰光。偶尔，我也会向细雪伸出手去，看着雪花在我手心飞速融化，轻柔的感觉就像皮手套背上那朵灰色的毛绒花触在脸上的似有若无的感觉。

朋友发微信说："下雪天，火锅天，吃个火锅成不成？"让我瞬间想念起吃火锅的热气腾腾的场面。冒着热气的翻滚的火锅里煮着各色菜肴，淡淡清香，浓浓热气，每个人的脸都红扑扑的。吃着聊着，时不时冒出的智言慧语总能引来一阵大笑，落雪带来的寒气就这样被火锅和笑声驱散了去。屋外寒气袭人，屋内温暖如春！看来，这场细雪提醒我们，火锅什么的该走起了！

年轻的同事在挑选《长恨歌》的朗读配乐，我以为在细雪的天气里，最合适的配乐便是古筝曲《蕉窗夜雨》，哀婉缠绵的筝音正好表现唐明皇失去杨玉环后的凄苦无助，只是不知道听课的小伙伴们，能否理解老师的这番苦心？

而我是一定要抽空看看日本电影《细雪》的，细雪中的四姐妹，终归要走上各自的生活轨道，就像今天的细雪，终究要被乌云背后的阳光刺穿一样。

沙尘暴

当第一场沙尘暴如约而至的时候，我知道，大西北的春天到了。

每次看到天气预报上那个像美元符号的沙尘暴符号，心情就变得沉重而阴霾，思绪像一潭浑浊的水。天变成了一块灰布，万物仿佛凝固了，在灰色中静默，安静得可怕。胡杨树依旧干枯的枝条冷峻地插向云霄，鸟在广袤的天空凝滞成一个黑点，戈壁寂静无语，瑟瑟发抖的羊群像一粒粒白色大米点缀其上，这是沙尘暴来临的前兆，宛如一支曲子的前奏。

早晨一睁眼，先看见窗户里透进黄亮的光，映得整个屋子都呈现出淡黄色，闻见空气里有淡淡的土腥味，鼻子里、嘴里、被子上、家具上都是细细的沙粒。从窗口看去，狂风裹挟着沙尘铺天盖地而来，天地变为昏黄，像一张发黄的老照片，很怀旧的色彩。黄色的混沌中，能见度很低，整个城市在风沙中飘摇，细小的沙粒打在脸上生疼。那些细细的绵绵的黄沙，纯净无比的黄沙，边塞诗人笔下充满恢宏豪迈气度的黄沙，今天，它气势汹汹奔腾而来，像一队愤怒的士兵，胸中燃烧着复仇的火焰。撕心裂肺仰天长啸，似乎可以听见心脏爆裂的声音。所过之处，天昏，地暗，飞沙，走石，淹没整个城市，遮住了出行人的眼眸。

沙尘暴的淫威之下，一切都变了模样。霓虹灯不复有往日的光彩鲜亮，车灯的光束像极了女子病恹恹的眼神，不复有往日的凌厉，广告牌被风吹得哐哐作响，牌上古天乐深沉的微笑显得有些扭曲。白色垃圾袋有的升腾在半空中，有的飘摇在树枝上。街上少有行人，偶尔滑过街角的人也都慌慌张张，侧着身子在风沙中挣扎。看不清他们的脸，都是帽子、口罩、眼镜，包裹得严严实实。而我躲藏在车中，让足够大声的音乐将我淹没，对抗沙尘暴带来的凄凉。

夜里听见风在楼群间鬼哭狼嚎，似乎有无数鬼魅从四面八方汇聚而来，声音凄厉恐怖，尖细得好像可以将整座楼托起。窗外，狂风与黄沙为伴，游走于天地间，肆虐在边关大漠先民浴血争夺的土地；窗内，是不眠人翻涌不断的相思情愫。记忆中那些鲜活的画面，就像一朵朵细小的沙枣花，忽然绽开在昏黄狰狞的背景下。

十七年前，一个人提着行李来到这座陌生的戈壁小城，心中充满憧憬，而今揽镜自照，容颜苍老如浮云。在沙尘暴的来来去去中，憔悴了生命，黯淡了年华，今夜，抚今追昔，怎不令人黯然伤怀？

一个人抛妻别子、背井离乡去了远方荒蛮之地，这是他在四十岁被迫做的选择，今夜，他那里的沙尘暴应该刮得更大，不知他是否一如我无眠？

对于沙尘暴，我再熟悉不过，漫天黄沙飞舞的壮观景象，从小就充斥在生活中。我的老家位于腾格里沙漠和巴丹吉林沙漠的包围之中，老家人把刮沙尘叫作刮黄风，对于黄风肆虐沙丘横移的景象已经见怪不怪。春秋两季是黄风的高发期，但勤劳的乡亲们丝毫不会因为黄风而停止劳作，依旧耕耘收获、繁衍生息在这片土地上。农闲的时候，他们欢笑着防沙治沙，植树造林。生命在自然灾害面前，极其脆弱又极其顽强，这在老家人身上体现得更加分明。沙进人退已是不争的事实，但热爱家乡的人们依旧和沙尘暴进行着艰难的抗争，做着最后的坚守。

我想到了胡杨树，“千年不死、千年不倒、千年不朽”的精神，正是老家人顽强生命力的写照。有了这种精神，面对沙尘暴，又有何畏惧？面对生活的磨难，我们又有什么理由选择不坚强？

沙尘暴过去，生活还在继续，而生命，本就是一种对自然的抗争。

秋韵

似乎不经意间，秋已深了。

一夜之间，白杨树的叶子由碧绿转为金黄，懒懒地在枝头招摇，好像一张张发黄的相片，勾起无数前尘往事。那些耐不住寂寞的树叶，迫不及待地随着秋风的旋律，一片片打着旋儿优雅地飘落，那姿态总让人想起欧洲宫廷里贵族少女曼妙的舞姿。“袅袅兮秋风，洞庭波兮木叶下”，大树母亲注视着她的即将去流浪的孩子们，愁苦得弯下了腰。每天清晨，街上多了清扫树叶的人，他们将树叶扫进树沟堆成堆，然后点燃焚烧，看着一缕缕青烟升腾而起，总让我产生怜惜之意，树叶还来不及开始流浪之旅便已成灰，许多时候，生命也是这样美好而无奈。黄昏时分，小院里铺满了厚厚的落叶，令人不忍心踩上去，亦不忍心扫去。树上的叶子是金黄的，地上的叶子也是金黄的，我的小院里富丽堂皇，孕育着一个金黄色的梦。轻轻地坐在叶子当中，翻检记忆，晒晾心情，是一种难得的享受。“金黄色的落叶堆满我心间，我已不再是青春少年。”想起叶赛宁的这句诗，不由情切切而泪潸潸了。

秋风裹挟着秋雨来临了。秋雨扑灭了地面上的浮尘，泯灭了升腾在空气中的喧嚣和躁动，空气中弥漫着秋的味道，腐烂发霉又有一丝寒意，使我的心情也阴霾潮湿。愁绪如秋雨绵绵不绝，在这样的天气里，慵懒而寂寞。把自己丢弃在屋子里，什么也不想，什么也不做，只看着窗外的雨发呆，便是享受的极致了，只可惜，这样的时光太少。

一场秋雨，打湿了古今多少不羁的灵魂。“对萧萧暮雨洒江天，一番

洗清秋”“梧桐更兼细雨，到黄昏，点点滴滴。这次第，怎一个愁字了得！”“秋风吹白波，秋雨呜败荷。平湖三十里，过客感秋多”“自在飞花轻似梦，无边丝雨细如愁”“已觉秋窗秋不尽，那堪风雨助凄凉”，古人面对秋雨的悲怆哀怨，令人不忍卒读。秋雨潇潇，雨中该有多少落拓的身影！

“秋风萧瑟天气凉，草木摇落露为霜”，还是到戈壁，感受一下秋风吧。静寂苍凉的戈壁使人心一下子变得虚空，秋风一改横穿城市的脉脉温情，变得暴戾凶狠。它把天空变成了灰色，使白云蒙上了尘埃，令戈壁陷入了死灰当中。它以千军万马横冲直撞之势一路冲杀过来，扬起漫天沙尘，带动满川碎石和它一起飞奔，如高高在上的君主，不容许一点反抗。芨芨草奄奄一息，鸟儿失去踪迹，羊群瑟瑟发抖。它的吼声凄厉悠长，仿佛在宣告它要营造一个无爱无生命的世界。但我听到了秋风的浮躁，一如浮躁社会里浮躁的人们，它不愿再体味“风萧萧兮易水寒,壮士一去兮不复返”的悲壮,不愿再承受“昨夜西风凋碧树，独上高楼，望尽天涯路”的痛苦，它厌倦了千百年来戈壁不变的容颜，因此，它扫荡一切，包括记忆。

秋天是个沉重的季节，它负载太多的愁思，负载太多的死亡。秋天又是个美丽的季节，有死亡所以有新生，有美丽所以有诗篇。秋天本身就是一首美丽的诗。

秋日黄昏

喜欢秋天，不是因为秋天的成熟与富足，而是古人咏秋的诗词：李清照的“帘卷西风，人比黄花瘦”，范仲淹的“碧云天，黄叶地，秋色连波，波上寒烟翠”，秋瑾的“秋风秋雨愁煞人”……我喜欢的是诗人笔下的秋天，是一种浓浓的悲秋情绪。我居住的北方小城，干燥少雨，多风多沙尘，秋季短暂冬季漫长，不像江南四季不甚分明，悲秋的种子适合在这里生根发芽。

喜欢秋日的黄昏，喜欢那种恬静而又苍凉的氛围以及无法拂去的寂寞与忧伤。我曾长时间为秋日黄昏驻足，带着怅惘，看夕阳一点点坠落。晚霞殷红，布满西边的天空，那是心脏被悲伤的利剑刺中后流出的鲜血，我甚至能听到汩汩的声音，犹如压抑着的最浓重最强烈的情感，逐渐一点点归于沉寂。这时候，我会把自己想象成一个多情而孤独的行吟诗人，和我的老马在西风古道上且行且吟，目的地是人们称之为天涯的地方。有时，我会抬头看看天空中的雁阵，我会对着一棵树抑或一段古城墙做一段富有诗意的联想。每个黄昏，偶尔会有思乡之念，心头涌起难言的惆怅，但这无法阻止我前行的脚步，“夕阳西下，断肠人在天涯”，我会吟起《天净沙·秋思》聊以自慰孤独的灵魂。

怅望祁连，山顶的雪线向下延伸，有如一位千岁老人披散着长长的白色头发，编织着无数已逝的或正在逝去的悲情故事。“失我祁连山，使我六畜不蕃息；失我焉支山，使我嫁妇无颜色”，它的每一层皮肤的褶皱里生活着多少忠实的子民，演绎着兴盛或衰败，凝固成历史的一瞬。

站在讨赖河边，欣赏夕暮。戈壁旷远静寂，连着灰色的地平线，那是夕阳的归宿，古人叫它天涯。讨赖河水不甘寂寞地拍打着两岸直立如刀削的河壁，这情形，多少让人想起一次次推石上山的西绪弗斯和不停砍伐桂树的吴刚，心中涌起一阵悲悯。我想放歌，但终究没有，一种更冰冷的东西死死攫住我的心。

朔风漠漠，战旗猎猎，狼烟四起，战马的长嘶形同鬼魅，在空气中震颤游走，壮士的呐喊气壮山河，刀枪撞击的声音尖锐刺耳。刀光剑影中，一段又一段生命土崩瓦解灰飞烟灭，只留下一具具尸骸长眠于冰冷的戈壁，历史就在这一场场争斗中昂首阔步傲然前行，脚下踩的是累累白骨。

“醉卧沙场君莫笑，古来征战几人回”“黄沙百战穿金甲，不破楼兰终不还”“可怜无定河边骨，犹是春闺梦里人”“君不见青海头，古来白骨无人收”，戍边将士们的喜乐悲忧，我们只能从古诗中找寻点滴，前方战场的白骨和后方温柔的想念从来都对比得触目惊心，莫非这无边的晚霞见证着他们千年的情感和足迹，才会这般凌乱，这般碎裂，如同受惊吓的鸟儿挥动翅翼的不规则的节拍？

秋天的胡杨林呈现灿烂的金黄色，泛着透亮的光辉，让人想起凡·高笔下的《向日葵》，美得纯粹，是风，让胡杨树的叶子灵动飞舞？抑或是剑气？是两位绝顶高手在胡杨林中一次惊心动魄的对决？白衣飘飘，黄叶萧萧，残阳如血，曼妙的身姿变换，剑如龙蛇缠绕交错，如歌如舞如痴如醉，谁能想到美的背后蕴藏的是无尽残酷的杀机，生死将在一瞬间定格？

美丽的事物需要一颗干净的心去了解。有时候，面对秋日的黄昏，我的心沉静如水。坐在厚厚的叶子上，听凭胡杨树叶像一只只黄蝴蝶轻盈地落在肩上、膝上，发出窸窸窣窣的声音，像是翻动发黄书页的声音，心便被过滤沉淀。母亲苍老的声音诉说着悠远而模糊的陈年旧事，仿佛打开了一只樟木箱子，散发着潮湿霉烂的气息，许多人便像一排乌鸦蹲在面前。在记忆的深谷里搜寻关于他们的一切，应和着母亲，那份宁静和安然就像这夕阳和晚霞，仿佛是光明在走之前，给世界的一个纪念。

还记得那次回家，汽车行走在茫茫戈壁，天色将晚，倦鸟归巢。或许归心似箭，车内很安静但无人入睡。那追随汽车飞翔的鸟儿，是上帝派来慰藉游子的使者吗？夕阳通红通红，像一个大红盘子搁在浅灰色的幕布上，红和浅灰泾渭分明，互不侵犯；又像一只温驯的猫，安安静静地蜷缩在汽车的侧镜里。那一刻，我对夕阳对黄昏充满感激，它像老朋友一直陪我回到老家。很长时间，我不能忘怀这景象，它成为我记忆中永恒的亲切的风景。

“烽火城西百尺楼，黄昏独坐海风秋。”感悟秋天，感悟秋天的黄昏，让思绪穿透过去、现在、未来，展开对生命、历史的思考。

秋雨

雨一下就是好几天，似乎不把嘉峪关变成小江南便不罢休，这样连绵不断的雨在西北是少见的，它彻底浇灭了秋老虎的威风，给人们带来了秋天的凉意，正所谓“一层秋雨一层凉”。“北方人念阵字，总老像是层字，平平仄仄起来，这念错的歧韵，倒来得正好”，这是郁达夫在《故都的秋》里写的，只可惜身为北方人，我一直不能体味这“念错的歧韵”，但这句话还是给了我足够的想象空间。大街上水流成河，上面漂着一层白沫，好像是谁不小心撒上了洗衣粉。每个人都行色匆匆，为着或卑微或高贵的目的。看不清行人的脸，只看见一个个花伞在水面上或快或慢地漂动，是一朵朵借雨而长的蘑菇。

小瞎子一直不明白收音机里所说的“曲折的油狼”是什么东西，问兰秀儿，兰秀儿也说不出来，这没影响到小瞎子，他正年轻，生活像一曲美妙的乐曲铺开在他的耳边——此刻，我的眼前横亘的这条“油狼”让我想到史铁生的《命若琴弦》。它卧在老市政府的西墙边，风和日丽的早晨，这里常有几个老人和着悠扬的二胡有板有眼地唱着高亢的秦腔，唱到激昂处，那表情那姿势，绝对气壮山河，嘈杂的市声便在他们的自娱自乐中退去。游廊的北面，是一块饱享雨水滋润的草坪，穿过草坪是一堵文化墙，间或有来嘉旅游的外国人在此流连。南面是青石板铺就的空地，夏天的傍晚，这里会有热闹的秧歌扭起来，走出家门消暑的人们兴之所至，就加入秧歌队伍中，直扭到月挂西楼才尽兴而归。

可是今天，在这下雨的天气，游廊里没有一个人。窝在家里，这些戏迷们该嗓子发痒憋出病了吧，秧歌迷们早就想手舞足蹈了吧。没有了伴奏的二胡婉转的唱腔，没有了喧闹的锣鼓和秧歌舞步，整个城市是寂寞的，至少这游廊是寂寞的，几个小亭子在雨中孤独地静默，亭边的柳树被雨洗得更加苍翠亮丽，但也只是生命将逝时一次华美的亮相罢了。

低压的天空呈现出灰白色，给人沉重的压迫感。薄如蝉翼游荡在大街小巷的雾让世界变得扑朔迷离。“雾来了／缩着小猫的脚爪／撑着沉默的腰／它坐望着／海港和城／而又向前移进”，桑德堡的这首《雾》用在此时恰到好处。雾轻柔地占领了整个世界，它抹去了原野上一切坚硬的线条，让裸露的沙石不过于粗粝，让冰冷的雨不过于冷峻，远山若隐若显楚楚动人，霓虹闪闪烁烁更显妩媚。

雾和雨的结合，让屋外的世界更加死寂。

可是这死寂阻挡不住小孩子，他们伸开双臂，仰着脸迎接细细的雨滴，在雨中惬意地奔跑，故意在小水洼里踩水，几个大孩子在雨中踢球。雨让他们玩性大发，尽管衣服湿透鞋子湿透，但他们丝毫没有停下来的意思。看着他们,想起我也曾和他们一样喜欢在雨中玩耍,从什么时候开始我改变了呢?就像现在，我躲在楼上看雨，一点都不想走进雨中。

夜像一只狮子，张开血盆大口，瞬间将白天吞没。家家户户的窗户里闪烁着电视画面，绵绵的雨还在下，但几乎被人淡忘了。听雨，正是好时候。白天的喧嚣悄然淡去，雨打在屋瓦上，发出叮叮咚咚不甚清脆的声音，敲击出一曲单调但哀怨悠长的乐曲。漫漫长夜，离人游子的心便让这乐曲搅得七零八落，更添飘零之叹，回想前世今生，不由得辗转反侧难以入眠——雨，直落在多情人的心上。

少年听雨歌楼上，红烛昏罗帐。壮年听雨客舟中，江阔云低，断雁叫西风。而今听雨僧庐下，鬓已星星也。悲欢离合总无情，一任阶前点滴到天明。

少年、中年、老年，想一想时光就淡去了……

伤夏

还记得上小学的时候，老师最喜欢让我们写关于四季的作文，那时同学们最喜欢写的都是春季，句子大多是“我多么喜欢春天啊，因为春天是姹紫嫣红的，春天是花红柳绿的”等等。那时我的作文经常受老师表扬，每每被当作范文在班上朗读，这萌发了我对作文的兴趣，因此每次作文都刻意求新，别人写喜欢春季喜欢夏季，我就偏要写喜欢冬季，其实冬季吸引我的到底是什么，我内心也不甚分明，只是非要将作文写得与众不同，以博取老师的欣赏而已。然而现在，当我认真思考喜欢哪个季节的时候，却发现现在的我还是喜欢夏季不喜欢冬季，尤其喜欢嘉峪关的夏季。

冬天对我而言，就是一场又一场的鼻窦炎，已经记不清是什么时候得的鼻窦炎，只记得我的身体一向很好，很少感冒，所以每个冬天都衣单衫薄。有一个冬天，忽然就迷恋上了穿裙子，觉得冬天穿裙子的女人很妩媚动人，于是也购置了几条裙子，哪怕大雪纷飞，也要穿着裙子上班。这样过了两个冬天，某一天，鼻子里忽然有一种很难闻的气味，鼻涕多得很难受，半边脸颊也开始发胀，我这才意识到问题的严重，鼻窦炎已经到了很厉害的地步。连打七天吊瓶，总算暂时控制住病情的发展，然而之后，只要天气稍微变冷，或者轻微感冒，鼻子就会堵塞不通。终于明白，再美丽的女人一旦经常生病，她就失去了美丽的资本。现在的我，一到冬天就把自己裹得像个棉花团，看着臃肿不堪的身形，虽然也会为银装素裹的冬日雪景欢呼，但到底抵不过行动不方便，不喜欢冬天也就顺理成章。

虽然因病而不喜欢冬天，然而也有例外，譬如冬天的小雪还是很吸引我的。薄薄的轻纱样的小雪笼罩着整个天空和大地，给人世间久违的纯洁感，让我的心也纯洁起来。还记得一天晚上，和朋友们吃完火锅，看见天空飘落的“精灵”，抑制不住喜悦的心情，竟然开车顺着一条小路行走了近半个小时。这条戈壁上的荒凉的路，平日里少有人来。一个夏天的晚上，我鼓足勇气开车行走的时候，不知怎么忽然想到吸血鬼，顿时觉得脖子上凉飕飕的，好像是吸血鬼冰冷的嘴唇，吓得我调转车头落荒而逃。然而那个晚上，这场小雪带来的好兴致让我忘记了恐惧，正好朋友发短信告诉我他已经到了北京，我便把下小雪的情形和我的好心情告诉他，全然不管他是否正处在繁忙之中行色匆匆。

冬春交替。一日早晨醒来，开窗，惊喜地发现下小雪了，就发了短信给他：“临窗送目，春雪怡人。”他很快回信：“清照见雪，徒生哀怨。”惊讶于他高超的文学素养，觉得他真该去做诗人，造化弄人啊。

江南的夏天，虽然草长莺飞，桃红柳绿，有着与西北迥异的青翠景色，然而江南的炎热我是领教过的。漫步于海南，六月的热气熏得我近乎窒息；行走在上海，七月的暑气使人汗湿衣背；徘徊在重庆，八月的蒸气简直要把人蒸熟。比较之下，我还是喜欢嘉峪关的夏天。

炎热而不潮湿，这是嘉峪关夏天的特点。正午的阳光毒辣地照在身上，像要把皮肤灼烧。大多数嘉峪关人的皮肤很粗糙，大概也和日照太强有很大关系。然而灼烤之下，汗很快就会风干，不会有衣衫黏在身上的难受，这是一大好处。

嘉峪关早晚的凉爽让人神清气爽。农人们一般会在早晨和晚上下地干活，中午则在家里休息。晚上，出门走一走，微风轻拂之下，微微的水汽扑面而来，满眼的绿色轻轻摇动，说不出的舒服。看天空蓝得透明，听鸟儿轻声吟唱，人生的幸福享受莫过于此。忽然想起避暑，同学说她们夏天要到兴隆山避暑，邀请我去，我说不必了，在我看来，夏天最舒服、最适合避暑的地方就是嘉峪关，何必舍近求远呢？

夏天可以穿各种各样的裙子，看裙裾飘飘闪过街角，总会给人一段新奇诗意的联想。我喜欢欣赏穿裙子的女人，喜欢看她们走路的优雅姿态，遇见一个衣裙飘飘、干净得体的女人，总会让我好一阵驻足，所以每年我都会早早购买裙子，期待夏天的到来。遗憾的是，嘉峪关的夏天就像少女的青春一样短暂，每年直到六月，才能穿裙子，而每年的八月底，天气渐冷，便只能惆怅地将夏裙收到箱底。

此刻，我敲击着键盘，眼睛看着窗外，心里却为还未到来的夏天着急。网购的夏裙明天就该到货了吧，而夏天还迟迟徘徊于某处，没有入住嘉峪关的明显迹象。夏天还没有来，而我已经开始伤夏了，这让我忽然想到我的人生：还没好好享受青春的美好，已经人到中年了！

思念乡下

昨天吃晚饭时，我老爸突然说："只要每月100元，我就可以过很轻松的生活。住在老家，养一群羊，放羊的时候砍点柴，再种点粮食和蔬菜。不要电灯，日出而作，日落而息；不要朋友，鸡犬之声相闻，老死不相往来。一个人静静过日子，也是一种活法。"我女儿先大笑说："爷爷，你好幼稚，100块钱怎么生活？物价这么贵。"我也说："您真是异想天开，放着含饴弄孙的美好生活不过，偏想去乡下受苦。"老爸却格外认真起来，说："你不懂，乡下生活虽苦，却自有乐趣。"

我当然懂，却也不想跟老爸较真，想来老爸也是厌倦了城市的嘈杂，想要一种平静。也许每个人心里都有和老爸一样的想法，只是没有勇气实施而已。

然而，在我的记忆中，还有平静的生活存在。那是小时候生活的乡下，二三十户人家组成小小的村庄，村庄周围是一望无际的绿油油的麦田，风吹过来，村庄仿佛一只船，飘摇在碧绿的海上。麦田之外，是和远方的天空连接在一起的漫漫黄沙，黄沙仿佛给天空镶上了一道金黄色的边。父老乡亲就生活在这片土地，他们春天耕种，秋天收获，在田间地头相会，在劳动中打情骂俏。或许物质是匮乏的，但他们脸上永远是自得的微笑，快乐就像杨柳枝，在房前屋后随春风招摇。

我思念乡下，思念乡下快乐的生活，我在城市待了将近二十年，然而乡下依旧明亮着，在我日渐老去的心中……

广袤的原野上长满黄灿灿的油菜花，零星点缀其中的是农人搭建的屋顶是三角形的木头房子，透过玻璃窗户，可以看见木杆上挂着的高高的鸽子屋和门前蜿蜒伸向远方的小路，牛羊的叫声、小路上马车经过的嗒嗒声和天空中驯鸽的飞声合成美妙的音乐，风送来泥土和花草的清香。人们就在这样美丽的环境中生活，穿着不用纽扣的衣裙，饭前虔诚地祷告，在院子里的老式水井中汲水。谁家有意外事件发生，只要敲几下钟，邻居就会迅速赶来。谁家有做不了的活儿，全村的男人、女人都会前来帮忙，就像盖谷仓，男人们打地基钉木板，女人们准备食物和水，欢笑声中，太阳悄然西斜，一座谷仓已经盖好。

这是影片《证人》里阿米什人的生活，自给自足，没有现代文明的影子，一切显得古朴而有诗意。

纯朴生活令人向往。然而现在，我只能从影片中重温这种纯朴。我曾生活的民勤乡下，年轻人大多涌向了城市，留在村里的是老弱病残。毕竟红尘喧嚣，城市文明的诱惑力很大，而追名逐利是芸芸众生的弱点。欲望的火焰越烧越旺，失掉最初的纯真在所难免，然而，谁都不能苛责这些年轻人，毕竟每个人的生活都是以金钱为支撑的，我们不能在满足自己私欲的同时，却去指责他人私欲。陶渊明是世人所羡慕的，可是不要忘了，在他怡然自得、醉心田园的生活后面是“晨兴理荒秽，戴月荷锄归”的艰辛劳作和一辈子的贫病交加。

还是暂且把思念埋在心底，先做完手头令人倦怠的工作。也许有一天，我会重新拥有田园牧歌的生活，即使不能真的拥有，也让它栖息在内心深处，成为我安放灵魂的精神家园。

记忆中的一场雪

把散发着烟草味儿的被子紧紧裹在身上，还是抵挡不住寒冷，寒气透过窗玻璃渗入我的肌肤。我把目光向车窗外伸展，借着汽车尾灯的照射，我看见了一场雪。

“你该下车了。”开车的小伙微笑着提醒我，黑暗中都能看见他一脸灿烂的笑容。

“这么快？”我遗憾地说，不情愿地从上铺下来。

“没让家里人接你吗？这么大的雪，天又黑。”

“没有。”我想起我的父亲，怎么忍心让他在这半夜时分，在这大雪中来接我呢？

“那你一个人走夜路，不害怕吗？”

“不怕。”

我从小伙子的眼睛里读到了赞许。我从车上跳下来，向小伙子做最后的挥手，汽车把我抛在了路边，然后继续勇往直前。我向家的方向走去。

这场雪纷纷扬扬的、铺天盖地而来，没有沉重，只有轻灵。飘在空中的雪，像一个个顽皮的精灵，像一排排整齐的诗行，像一个个轻盈的白蝴蝶，像一个个迷离的梦。“自在飞花轻似梦，无边丝雨细如愁”，我想起秦观的这句诗。雪落无声，但它以它全部的温柔，拥抱这黑夜，被黑夜收藏。

我行走在这无边的黑夜和无边的雪花中，行走在这乡间小路上。空旷的原野是黑色的海，村庄是漂在海上的船，那村前沟旁木叶尽脱的白杨树，是船的桅杆吧！那微微跃出地面的田埂，是一排排的波浪吧！我又仿佛是一只鱼，在这黑色的海中游动，目光透明。

寂静，寂静得让我觉得自己的呼吸像打雷。脚踩在雪地上，发出咯吱咯吱的响声，这响声在雪夜里格外清脆，那是雪和脚的亲密接触，是雪满足的叫嚷。我的心仿佛被这雪过滤了一遍，白天纷乱的思绪在这时都归于宁静。我索性摘下帽子和口罩，就让雪尽情地抚摸我的脸，尽情地抚弄我的发梢。

我融化在这雪夜里。村庄如婴儿般酣睡，我可以尽情透视这雪夜的乡村，不必像白天只对它的残破触目惊心；我可以随心所欲地想我的心事，不必担心被人打断；我甚至可以歪歪斜斜地走路，张大嘴巴打哈欠，不必担心别人说我不够淑女。黑色真是最好的保护色，我喜欢这种自由自在的感觉。

害怕吗？有一点。天哪，那是什么？我遇到了喜欢恶作剧的鬼？我惊得倒退三步，霎时间，《午夜凶铃》中恐怖的镜头闪在眼前，忍住心跳，蹑脚上前，唉，原来是一截和人一般高的干枯的树桩，不知在哪一天，它遭到了被人屠杀的命运，便在夜里装神弄鬼，发泄它的不满。

我继续向前走去，脚步轻快。好久没有如此真实的心情了，就连害怕，也显得如此真实。我是从什么时候失去真实的，我思考着这个问题，却无法回答。但我厌倦了戴着假面具生活，厌倦了混沌的生活，厌倦了麻木和虚伪的生活，我渴望能够真实而单纯的生活，一如这真实而单纯的雪夜。

有一束灯光扫射过来，像要在这黑色中劈开一条路，是一辆摩托车开过来了。谁会在这深更半夜出行呢？我疑惑着，摩托车却在我跟前停下了，一个熟悉的身影映在车灯里——是父亲。

“爸！怎么会是你？”我惊喜地叫。

“前些日子你打电话来，说你这两天到家，我估摸着今天你该来了，所以就出来看看，没想到你真来了，来了就好，来了就好。”父亲有点语无伦次。

“看你，冻感冒了怎么办，我自己可以走回去的。”我说。

“上车吧，你来了我很高兴。”父亲搓着手说。

终于到家了，我吁了一口气。屋里打牌的人还没有散去，炉子上煨着茶，父亲忙着给我倒水洗脸。我心里一阵温暖，至少，这份亲情是真实的，不管我远在他乡，它永远是我割舍不去的牵挂。

那场雪，至今在我记忆深处，下得纷纷扬扬。

丁香花开

偶然抬头，才惊讶地发现，花儿都开了。

教学楼前面的大花池四周种满了丁香，几乎形成了一道丁香的围墙。丁香花的树冠是圆的，每一根树枝都努力生长，竭力把花向外托举，远望去花很多而叶很少，少到几乎忽略叶的存在。走近了看，丁香花开得正艳，花瓣是淡紫色的，有点自来旧的感觉，但这不影响它绽放到争先恐后，用怒放来形容一点也不为过，似乎每一朵花都不愿辜负了这大好春光，竭力为春天增添一抹色彩。细细密密的花恰似女子的脸庞，乍看它绝对不会感觉惊艳，以为不是大气的美而忽略它，细看才感觉出眉眼端正精致，是个很耐看的美人。那楚楚可怜的姿态，令人顿起怜爱之心，不由自主地伸手抚摸，花瓣细腻得像锦缎，又像婴儿的皮肤吹弹可破，不敢用力，怕手指轻微一捏就会使它花容失色。一朵朵挤在一起的丁香花又像一个个小风铃，微风轻抚的辰光，仿佛听见演奏着的舒缓悠长的乐曲，阳光下的丁香花散发出浓郁的香气，这香气弥散到很远……

我在丁香树前流连了很久，几个高中生模样的女孩子在丁香花前驻足观望，捡拾起飘落的花瓣，一个女孩子甚至躲在丁香丛中静静地看书，我对她们也产生了怜爱之意，因为她们对美的怜惜。我仿佛回到了大学时光，那时文科楼前也种有丁香，规模比这大好多，课间休息的辰光，我们就会三三两两结伴赏花，有时也会采摘一把插在瓶子里放在讲桌上，好让每一位来上课的老师脸上露出些许微笑——那一刻他们和我们的距离最近。有时也会放在宿舍里，好让春天渗透在我们单调的生活里。

雨中的丁香花是最漂亮的，每一根经脉都饱享着雨水的滋润，显得精神抖擞。平时显得自来旧的淡紫色花瓣也呈现出新鲜的紫色，愈发显得神秘诱人。香气也由浓郁变得清幽，淡淡地沁人心鼻，仿佛有诉不尽的哀怨。那时正被南唐词人李璟“青鸟不传云外信，丁香空结雨中愁”的绝美意境迷得神魂颠倒，亦受戴望舒《雨巷》纯美诗句的蛊惑，特别盼望下雨，下雨的时刻就独自一人徘徊在丁香树前感受凄美幽怨。只可惜兰州的雨不像江南的雨淅淅沥沥，而像西北汉子的怒火，顷刻间劈头盖脸发泄下来，很快又雨过天晴烟消云散，至于青苔遍地古朴沧桑的小巷，更是难以找寻。年轻人的情绪总是六月的天气，伤感一阵也就笑语爽朗，真不知是丁香花成全了绝妙好诗，还是绝妙好诗成全了丁香花，或许二者兼而有之吧。

自大学毕业后，我再未踏进曾经的校园。十五年了，其间只听见校名改换，中文系的系主任罹患癌症不久于人世。那些曾经同荣辱共进退的同学不知现在何处栖居？文科楼前的丁香树是否健在？废墟上是否早已崛起一座新的教学楼？

十五年了，我在这所中学教书，目睹它的规模越来越壮大，校园越来越美丽，丁香花越开越繁茂。送走一茬一茬的学生，迎进一茬一茬的学生，年复一年中，我在慢慢老去。

看见打吊瓶的树

下午下班回家时，心不在焉地四处张望，却见迎宾路两侧的槐树上都挂了一个绿色的塑料袋，袋子下面是长长的输液管，连着输液管的针头插进树干的底部——大树在打吊瓶！我几乎不敢相信自己的眼睛，凑近了仔细看，果真如此，大树在输营养液！“好新奇哦，大树在打吊瓶”，我发短信给朋友，和他分享我的惊喜，他大概早已见过这种景象，回信说：“看来你是第一次见到。”的确，从小生活在农村，看惯了大树的自然疯长，很不习惯城市里的树如此娇贵。农村人很少打吊瓶，至少我在二十五岁之前，是从没有打过吊瓶的，更何况给树打吊瓶。

回到家，我把树打吊瓶的事讲给老爸老妈听，老爸说早已经看到了，而且看报得知，很多老太太偷拿大树的营养液，回家给花做肥料。我说：“树比人娇贵，老太太嫉妒，所以偷。”说完就为自己的歪理忍俊不禁。人性总是自私的，老太太们也不例外。又问老爸，“给树输营养液有用吗？”老爸叹息说：“当然有用，没看见几天之间那些树就长出小叶子了吗？只是这样种树，付出的代价太大了。”

老爸曾经当过农业技术员，对于种树很在行。老家房前屋后的白杨树都是他和老妈栽种的，而今生长得蓊蓊郁郁。“种白杨树并不需要花工夫，只要按时浇水就行。但是种桃树李树之类的树就要很操心，啥时修剪、啥时浇水、啥时喷药都有一定讲究。树也像人，什么阶段做什么阶段的事，做早了做晚了都结不出果实，反而会成为瞎抽风的病人。”爸爸慢慢说。在老家，老爸培育了一个很大的果园，果园里种满各种果树。每年从四月桃子成熟到十月枣子脸红，时鲜水果吃不完，羡煞村里所有小孩子。老爸一直把果园视为他的杰作，还掀起了村里其他人家种果园的热潮。

老爸非常鄙视嘉峪关的种树方式。“基本就是浪费钱。戈壁滩本来就是石多土少，需要填土才能种树，但是填的土层过薄，种树工人挖的树坑又浅，浅到刚能把树苗的根埋住。树根扎不深，就不能从地下吸取营养和水分，自然树的长势就不好了。前期的底子没有打好，后期的维护就会很费劲，效果还不一定好，真是糟蹋那么好的树苗。”春天的时候，老爸看着路边繁忙的种树景象说，“其实根本不需要给树打吊瓶，只要按时浇水，把水浇足浇透，在树沟里撒上肥料，树很快就能长大了。”于是我明白了为什么迎宾路两边的树总是长势缓慢，新华路两边的树还没到秋天叶子就黄了的原因了。

看着小区里长着稀稀疏疏的叶子的柳树，没精打采得像个受批评的孩子，老爸也叹息：“只是几天一次的喷灌洒水，根本满足不了树的生长需求。柳树是最容易成活的树，也让城里人种得半死不活的，真是服了城里人。”老爸到嘉峪关生活才一年多，还没找到自己在城市的位置，习惯用一双农村人的眼睛审视城市的一切，“种树，多简单的事，城里人费神劳心，花很多钱，还种不好。要是让我来种，我保准把树养得跟人一样肥肥胖胖的”。老爸一提起种树就很是愤愤不平，很羡慕那些养护花草树木的工人，很想加入他们的行列中去。

老爸当然知道在戈壁滩种树的艰难，也听过那句“在嘉峪关种树比养个孩子还要艰难”的话，但是他还是认为是种树过程中的每一个细节都没有做到位，才导致嘉峪关的树普遍长势不好。他始终坚持自己的观点，固执得像块戈壁顽石。我虽然不能说老爸的话完全有道理，但每年春秋两季，从可怜的工资里扣去那笔数额较大的植树款的时候，总会让我好一阵心疼！

细雨突如其来

细雨突如其来，就像那场突如其来的爱情。被细雨扰乱的世界，是一颗迷乱的心。一场盛大的欲望被细雨泯灭，清凉的感觉振作了萎顿的思绪，彻夜难眠。

没有想象中肆掠汹涌的雨线，没有记忆中清脆悦耳的滴答，三月的细雨悄无声息，来得没有任何征兆，却是我想象中到来的完美状态！

遇见雨，是伞绽放的最佳理由，然而无人打伞。绵绵细雨亢奋了没心没肺者的心情，却淋湿了我的思绪。有雨的世界冷寂沉默，如我冷寂沉默的内心。无际的愁绪和遍布的感伤在细雨中勃勃生长，是小王子星球上茁壮生长的猴面包树吗？

天使的泪？这般无声无息，极力压制着的悲痛！抑或天与地之间轰轰烈烈的爱恋，借助于细雨表达？

有雨的世界适合遗忘。忘记惊鸿般划过生命天空的、触目伤怀的风景，将它们化作唇边似有若无的微笑，化作虚拟意境中近似恶作剧的赞，点缀于造作矫情、苍白空虚的各种晒。

细雨是一个飞影，拂过我们，却没留下痕迹。

在细雨中乱了自己，莫名其妙地感觉窒息。人生就是一场喧嚣与躁动，只想拥有一个小小的、与世隔绝的去处，在喧嚣与躁动之外，安放我瘦弱的、需要精心养护的灵魂！

安坐窗内，观望窗外细雨在风中舞蹈。要很久很久，才能明白这场细雨

不过是冬天和春天举行的一个盛大的交接仪式。仪式过后，灰白两色的冬景黯然消退，那些春天的花儿会盛开到娇艳欲滴。花事正浓之际，谁会想到下一场壮烈的仪式又待来年？人们总是迷醉于暂时的欢愉而无视漫长的等待，人生不过是一个人孤独等待的过程！过尽千帆皆不是的伤心，也只能化作斜晖脉脉，江水悠悠！就像这细雨，孤独来去于天地间，漫长等待化作瞬间璀璨，痴缠于细雨美艳明媚的人啊，可曾细细思量过暗夜里被泪浸染过的殷红色忧伤？

流年暗换。一场又一场细雨中，远去的锦绣年华在记忆的山谷里竖起金黄色的大旗，召唤着形形色色的人整装前行，占据现实荒芜的平原。偶尔我会抽身退步，想象自己站在高山之巅，面对浮生来世，满饮下醇香苦涩的老酒，任苍凉直抵内心。

只好将昨天刚穿上身的薄纱裙重新放回衣橱。

又见桃花开

学校的东北角长着一棵桃树，踏进校门抬头的一瞬，满眼的桃花，泛着粉嫩的光泽，喧闹拥挤地冲入我的眼帘，那满树的灿烂，不由令我驻足观望。

它美丽地开放，远望去满枝繁花，白中透粉细细密密，给角落增加了许多亮色。枝上的桃花像一枝枝鸡毛掸子，似乎微风也摇不动它，看不见绿叶，它似乎不需要绿叶来衬托，冰冷的校园围墙是它的背景。

我悄悄走近桃花，细细地欣赏它。惊讶地发现，原来它是有叶子的，只是花太多太密，叶子太小太细，在远处便看不见叶子了。听见了小麻雀憋了一个冬天的歌唱，抬头却找不见它的身影，不知它在桃树的哪条枝上栖居。轻轻地站在桃花树下，想到美景易逝，不由悲从中来，想起了老家的桃园。

那是一个一亩地大的果园，说它是桃园其实有点夸张，因为只有五棵桃树，其他大部分是苹果树，也有梨树和杏树，靠沟渠的那一侧种的则是枣树。果园是我父亲开辟的，已有十几年的历史，我们姐弟四个小的时候，村里的刘二爷家院子里种有几棵桃树，春天桃花开得很旺，香气洒满整个村子，但吸引姐弟四个的不是桃花而是桃子。那时家家都很穷，物产不丰富，水果很少见，更别说吃。从花褪残红到毛桃挂枝，桃子始终是孩子们关注的对象，想一想都会馋涎欲滴。胆大些的就会在半夜去刘二爷家偷桃子吃，从桃子青涩一直偷到桃子熟透，好在庄户人都很朴实，刘二爷就算抓到了偷桃贼也只是训斥两句了事，从不凶神恶煞。我的父亲清楚我们姐弟四个对水果的渴望，所以在解决了吃饱肚子的问题后，就率先在我家的承包地上开了果园，种上了各色果树。春天是果园最美的时候，桃花在中午的阳光下越显娇艳，杏花梨花的白色似乎要给这个发高烧的世界降低一下温度，枣树米粒般的黄色花朵引人畅想。满园的姹紫嫣红，满园的盎然春意，招蜂引蝶好不热闹，这样的春景里，人活着都有精神。

夏天，五棵桃树挂满了又大又甜的桃子，我是最爱吃桃子的，每年暑假，父母都盼望我回老家，给我留着最大最好的桃子。今年桃树病虫害严重，加上村里扩路，只好把桃树都砍了，毁掉了一半果园。我恐怕再也吃不到自家的桃子了，但那些桃花却还在梦中出现，诉说着当年的辉煌。

上大学时，也去过兰州安宁区的桃花会。成百上千亩的桃树，树下是如织的游人，人声嘈杂中，很难静下心来观赏桃花的灼灼光华，倒是安宁区的水蜜桃，每年四月都是我的爱物。

然而现在，我只能和这棵孤独的桃树为伴。它寂寞地开着花，没有人注意到它何时悄悄换了容颜。学生们被沉重的书包压得弯了腰，眼里心里落满了疲惫的灰尘，很少有观赏桃花的兴趣。早晨，他们急匆匆地从桃树身边飞跑过去存车，心里担忧着迟到会被老师责备；中午，他们同样飞跑着越过桃树取车，肚子早已饥肠辘辘，不容许他们有更多停留。偶尔抬头，也只会不经意地说：“呦，桃花开了。”匆匆的脚步并不因此稍作停留，对他们来说，桃花开了只会提醒他们岁月匆匆，远没有数学卷纸上鲜红的 59 分来得触目惊心。

校墙外，被欲望充斥心灵的行人如蚂蚁忙忙碌碌，他们的目光被校墙上悬挂着的大红横幅上的升学率牢牢粘住，没有人关心这里长有一棵桃树。桃花开得纯美而张扬，或许就是桃花张扬的美，吸引了历代文人墨客的眼球，歌颂者很多，厌之者亦很多，他们挥洒妙笔赋予桃花不同的内涵。“去年今日此门中，人面桃花相映红。人面不知何处去，桃花依旧笑春风”，崔护想起那位艳若桃花的女子而今不知何处找寻，不由生出惆怅之感；“树头树底觅残红， 片西飞一片东。自是桃花贪结子，错教人恨五更风”，王建的桃花是红颜薄命的嗟伤；“人间四月芳菲尽，山寺桃花始盛开。长恨春归无觅处，不知转入此中来”，白居易意外在深山古寺发现了怒放的桃花，才知春天并没有离开；“重门深锁无寻处，疑有碧桃千树花”，郎士之则从邻人的笙乐中看到了万千桃花绽放的美景；“桃花潭水深千尺，不及汪伦送我情”，李白的桃花充满对朋友的深情厚谊；“癫狂柳絮随风舞，轻薄桃花逐水流”，杜甫的桃花则成了一般势利小人的代名词；“桃花坞里桃花庵，桃花庵下桃花仙；桃花仙人种桃树，又摘桃花换酒钱”，唐寅的桃花是悠闲洒脱的桃花；“桃花帘外开仍旧，帘中人比桃花瘦。花解怜人花亦愁，隔帘消息风吹透”，林黛玉的桃花是自身悲凉境遇的写照……

忽然间豁然，还是这桃花，只是赏花人的心情不同罢了，花谢了才会有果实，花谢了还会再开，何必独自叹息！

水泥赋

我不是水泥地上长大的孩子。当我光着脚丫在老家的田埂上、沙漠里撒野，被大人们唤作野丫头的时候，水泥，对乡亲们来说，还是很稀罕的东西。水泥在老家的最大用途便是用来砌象征家族尊严的高高的门楼，或者用来抹锅台，偶尔也有人用于厕所的便坑。在最荣耀、最洁净、最肮脏的地方，水泥，总是以同样的面孔坦然受之。

上学的时候，光洁的水泥台子便是我的课桌和椅子，就在这水泥台子上，我开始了艰难的求学历程，从 a、o、e 到 x、y、z，我小心地叩着知识的大门。冰凉的水泥台子，常常凉得我的胳膊和屁股发麻，可又是这水泥台子，伴我走过了五个春夏秋冬。

转眼就是数年。现在，我行走的街道是水泥的，居住的楼房是水泥的，水泥，已无处不在。水泥成了城市里最寻常的风景，而我，也似乎混成了一个最寻常的城里人。站在陌生城市的街头，水泥，时时提醒我：这片片繁华不属于你，不要忘了过去的日子。于是，我常以“穿西装的泥腿子”自嘲。

偶然，我去了一趟水泥厂，看到石灰石被机器磨成粉末，然后被送到烧成车间经受着烈火的洗礼，先是高压，再是高温。我被埋在深山千万年、逍遥如隐士的石灰石感动了，我想起了于谦的《石灰吟》：“千锤万凿出深山，烈火焚烧若等闲。粉身碎骨浑不怕，要留清白在人间。”水泥虽然经过千磨万击和烈火焚烧，但只要给它水、钢筋、沙石，它就会凝聚成坚固的高楼大厦。

我虽然不是水泥地上长大的孩子，但是，我由衷地赞美水泥。不论贫贱之处还是富贵之乡，它总是以恬淡、从容的心境面对。世事沧桑，生活赐予我许多，我也成熟了许多，像许多城里人一样，生活的安逸使我逐渐丧失了追求的动力，平静的日子使我变得脆弱，对于苦难和厄运，我总是小心翼翼地躲避着。在城市的水泥地上散步，有时会想起含辛茹苦的乡亲们，想起老家的变迁，正是因为他们水泥般的硬气和凝聚力，才创造了老家崭新的今天。

面对水泥，我对生活多了一份坚实、一份自信。

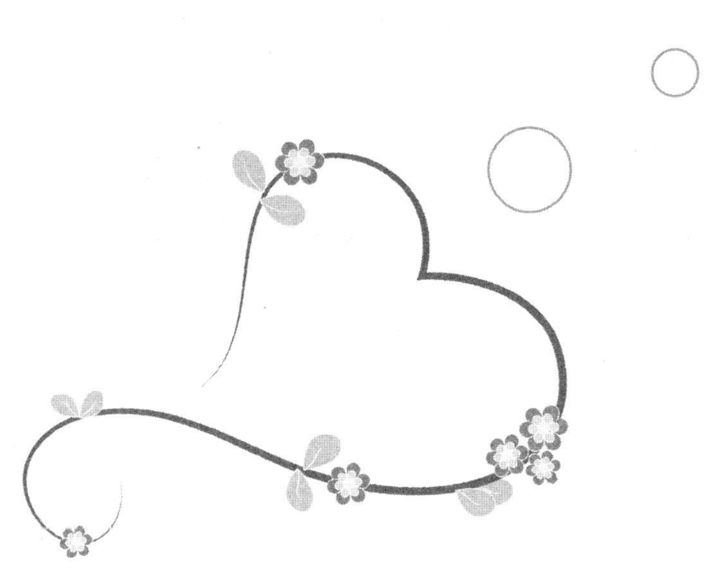

第三辑

人面

斯人已去

时间是一支离弦的箭，目标是前方。转眼，何君离开我们已三年了，三年，足够演绎多场悲欢离合，足够将悲伤遗忘。然而，何君，不但没有被时间模糊，却在我心中越发清晰起来。还是瘦长的身形、剪成板寸的头发，还是瘦长的脸、厚厚的眼镜片，还是微微的笑容、洪亮的声音，只是，我再也不能见到他的微笑，听到他的笑语了。

最后一次见他，是三年前的八月，他刚从北京治病回来。从被发现肝癌晚期到宣告不治，不过三个月时间。在北京的治疗不见成效，他选择回嘉峪关，但已不能走路，是从火车上被直接抬进医院的。那时我正带高三补习班，刚开始假期补课，正忙着安定军心，听说他回来，中午放学后赶紧去医院看他，那情景令我毕生难忘：他躺在病床上，两只脚光着，身形似乎比平常缩小了三分之一，显得睡衣特别宽大，鼻子里插着氧气管，但似乎已经只有出气没有进气。看见这种情景，谁都清楚何君不会活过这两天，他妻子一边整理何君离世后即将穿的衣服，一边小声抽泣。何君的弟弟很沉默，在旁边不说一句话，何君的一个朋友也在场，说何君早晨很闹腾，一会儿要下床，一会儿要上床，还不停地喊痛，又闹着要见学校领导，医生给注射了镇静剂才刚刚安定下来。我听了这些越发悲伤，失魂落魄，几乎不能相信那个性格温和、喜欢微笑的何君真会离我们而去，不由憎恨起命运的无情。我不知我是怎样离开医院的，只知道周围的汽车喇叭声我充耳不闻，眼前浮现的都是何君的身影。第二天就听去探望的学生回来说何君的情况更加不好，果然，这天夜里，何君永远地走了。之后的几天里，无边的烦躁和浓重的悲凉占据着我的心，看见何君的办公桌和他挂在衣架上的衣服，总觉得他还在，我还能听见他的笑声和喊我去打球的声音。然而，他的确是走了，我不知如何表达我的悲伤，只能在他的遗像前恭恭敬敬地为他点一炷香，聊以寄托我的哀思。

记忆中的他，总是微笑着。还记得我刚教书的第一天，正在办公室闲坐，怯生生地听几个女老师很兴奋地讲暑假出游的见闻，就见门忽然轻轻被人推开了，一个二十六七岁的男人抱着一个一岁左右的男孩子走了进来。男人上身穿着一件灰色细条纹T恤，下身着一条藏青色大短裤，脚踏一双拖鞋，很夏天的感觉。他一边和几个女老师打招呼，一边笑笑地问他的课表在哪里，几个女老师忙着逗孩子玩，没人回答他。他并不着急，看见我就笑笑地说："你是新分来的老师吧？"我点头说是，他正好找到了课表，一看我和他带同一个班的课，就说看来今后我们要合作了，就哈哈笑起来。我被他的情绪感染，一扫之前的拘谨，也笑起来。后来我才知道他就是何君，是教数学的老师，自此，我和他一搭档就是四年。

我眼中的何君，工作兢兢业业，很认真地备课上课，很认真地辅导，他是个很有耐心的人，从没见他对学生发火，更别说是对同事。我和他也逐渐熟悉起来，我脾气很暴躁，有时不会处理和学生的关系，闹到很僵的时候，他就会给我很好的建议，就像一个大哥在关心着我这个妹子。

工作之余，有时也看见他和妻子、儿子一起散步。何君的妻子在一家宾馆工作，是一个面点师，长得很秀气，高挺的鼻子在东方人中并不多见，话不多，见到何君的同事就很羞涩地笑一笑。何君的儿子极其淘气可爱，以至于许多见过他的老师都怀疑这孩子有多动症。我每每碰见他一家三口，就会很羡慕地叹气，不知自己哪一天才能拥有这样的幸福。

和何君搭档四年之后，我被调到高中部教课，何君则留在初中部当班主任，日子就这样平静地过去，然而，平静的背后竟然酝酿着巨大的悲剧。2000年5月，何君妻子单位组织到酒泉出游，何君妻子带着四岁的孩子参加了这次秋游，返回嘉峪关的途中，轿车和一辆大卡车相撞，轿车左侧被撞毁，何君妻子正好抱着孩子坐在轿车左侧，孩子当场死亡，何君妻子也严重受伤，被紧急送进医院。何君当时正在学校上课，听到这个噩耗，手脚软得不能跨上自行车，推着自行车就向医院冲去。他妻子经抢救总算捡回一条命，但失

去了一条左臂，还留下很重的腰伤。突如其来的变故让何君顿失方寸，他和朋友抱头痛哭！一瞬间，幸福的家庭灰飞烟灭，怎不让何君肝肠寸断！

然而何君是坚强的，他仍旧像平常一样专注于工作，对学生的辅导没有丝毫的懈怠，还竭尽所能为一位家境贫寒的学生垫付药费，这一垫就是三年，而他的妻子却因费用昂贵装不起假肢。工作之余，他还要为车祸打官司，为肇事司机的不承担责任而奔走，还要承担家务。他的妻子自失去一条胳膊之后，生活上和精神上都需要何君照顾，何君常常带着妻子散步，以调节妻子多变的情绪。何君常常是面带微笑的，遭遇这样的不幸，换了别人早就被压垮了，但何君却没有，他的坚强令我感动。

2004 年，何君也被调到高中教课，除了当班主任，他还承担着我班的数学教学工作，我和他又开始了四年的搭档。他还是始终微笑着，丝毫看不出这是一个曾遭受巨大打击的人。他依旧对工作兢兢业业，依旧对学生的辅导尽心尽力。我唯一一次见他发火，是我和他一起带高三补习班的时候，下课回到办公室，他面上露出少有的怒气说："小陈，你班的学生不写数学作业，这课我没法往下讲了。"我也知道我班的一帮浑小子很难缠，就赶紧到班里处理此事，此后的数学作业做得很整齐，何君也满心喜欢。

也就是这四年，我和何君成了一起打羽毛球的球友。我至今记得这样的情景：他穿着一身蓝青色运动装，白色运动鞋，右手提着羽毛球拍，胡乱在空中挥舞，对我说："小陈，走，打球去。"我说："好，你稍等我一下，我换了衣服。"他无奈地说声"女人真麻烦"，就很耐心地在办公室外等我换衣服。何君的羽毛球打得并不好，经常是我的手下败将，但我还是很喜欢和他打，因为他那种快乐的心情很感染我。有时，我也陪他打乒乓球，何君的乒乓球打得很好，扣杀，推挡，很少有破绽。我只会推挡，不太会扣杀，他就很耐心地教我扣杀技巧，一段时间后，我的乒乓球水平居然小有长进。

今年，当我身心俱疲，想要打球的时候，却发现找不到一个球友，这到底令我更怀念何君了。

何君的身体本来就很弱，患有肝炎，到高中教课后，工作的重负和压力，使他的身体越来越差。经常感冒，喉咙肿痛，肝病也不时侵扰着他，但他从没请假休息过。一次我生病到医院做检查，一个大夫听说我是一中的老师，就对我说何君是医院的常客，经常住院，我才知道何君病得不轻，但何君从不对别人说起他的病情，只是悄悄吃药输液。2008 年 5 月，何君觉得肝部很不舒服，就到医院做检查，被确诊是肝癌晚期，医院不忍心把这一诊断结果告诉何君，就通知了学校，由学校出面告知何君。何君听到结果后淡然一笑，什么都没说，下午照常和学生打篮球，晚上还加班和其他老师一起批阅模考试卷。在学校的强迫下，何君才到北京治病，这一去就是一个多月，其间，他还发一些很搞笑的短信给我和同事们，调剂我们很枯燥的高三教学生活。记得我收到他的短信很感慨：应该是我们安慰生病的他，没想到却是他在安慰我们。

六月份高考结束，何君第一次从北京回来，我赶忙约了几个同事去看他，他瘦了很多，看上去气色很不错，显然在北京的治疗有了一定效果。他不停地询问我班上学生高考的情况，几乎问到了每一个学生。我劝他好好养病，别操心学生的事，他笑了起来。

几天后就听说何君的肝病又复发，疼痛难忍，不得已又去了北京。第二次从北京回来，等待我们的竟然是永别！

为何君出殡的那天早晨，天色阴沉。我完全可以调课去参加他的葬礼，但还是没有去：我害怕见到生离死别的场景，更害怕见到他我会忍不住大哭。只是听参加葬礼的同事回来说，何君的儿子看到何君的骨灰盒时，问妈妈说：“这是什么？”妈妈回答他：“这是爸爸的房子。”孩子天真地说：“爸爸的房子为什么这样小呢？”众人默然无语。

何君离世后的一天，我在校园碰见了何君的妻子，说是来收拾何君的遗物，一见到我，她小声哭泣起来，很快就泪落如雨。我一向笨嘴拙舌，不知如何安慰她，只能默默陪她到办公室。

去年的一天，我和宋在街上闲逛，远远看见何君的妻子低着头踽踽独行，空荡荡的袖管随着走路的节奏微微晃动。我突然伤感起来，再没逛街的好兴致，只是目送着她渐行渐远。

“存者且偷生，死者长已矣。”何君，在这个沙尘暴肆虐的下午，请让我送上对你的思念。在这变化纷扰的世界里，执着于自己的信念，不屈服于命运打击的人，少而又少，而你是其中的一个，你是与命运抗争的真英雄。当我们悲叹这是一个没有英雄的时代，当我们历经千回百折寻找英雄的时候，蓦然回首，却发现英雄就在身边，如此真实！

何君，愿你在地下安息！

生命，因残缺而美丽

听到郭瑞泽被中国政法大学录取的消息，我由衷为他高兴。这样一个因病残疾但品学兼优的孩子，的确应该升入名牌大学继续深造。在他身上，有着同龄人少有的好学、坚毅和懂事，他身上传递出的正能量，值得我们每一个人学习。

和郭瑞泽真正认识，是在高一（2）班的语文课上。那时几乎在每篇文章的学习中，我都会设计话题，让学生畅所欲言。每到这个环节，总有一个看上去身体略显壮实，端方脸盘、右脸颊上有一块指甲盖大小的淡淡斑点的男孩子侃侃而谈。课间又看到他走路一拐一拐的，对照学生名单，才知道原来这就是向来只闻其名未见其人的郭瑞泽。说只闻其名，是因为他上小学三年级时患了骨癌，右腿被截去，装了假肢，但他身残志坚，本地报纸还报道过他的事迹。说未见其人，是因为我虽然认识他的父母，但从未见过他。没想到，我不但在一中校园里认识了郭瑞泽，还成了他的语文老师。

教郭瑞泽的时间久了，就发现相比于理性思考不足的大多数高中生，郭瑞泽的思辨能力很强，对许多问题都有独到看法。高二时，他写过一篇关于中日战争的文章，洋洋洒洒三千多字，题目我忘记了，但内容至今印象深刻。他在文中列举了日本军队管理的种种严苛制度，认为日本军人在武士道精神影响下具有强烈的爱国精神，认为我们在强烈谴责日本侵华所犯罪行的同时，也要学习日本军队优秀的方面，才能“师夷长技以制夷”。记得我在全班表扬了他的文章，事实上，只要看到他在课堂讨论中、文章中有思想的火花闪现，我就会加以鼓励表扬，或许是怜惜和爱才之心使然。

一次升旗仪式，一位女生针对钓鱼岛问题的慷慨激昂的发言，让全校师生经受了一次爱国主义洗礼，一打听才知道讲稿是郭瑞泽写的。他对政治很感兴趣，几乎每天都会关注国内外大事。他也很喜欢军事，书桌里随时都有《世界军事》杂志，上课觉得无趣的时候他会偷看，我发现了就会在他后背上轻轻拍一巴掌，他也不生气，做贼样儿的笑笑而已。

高考前一个月，我读到《看见》，为柴静勇于直面新闻背后的故事和简洁的文笔所折服，更为文字传递出的沉重而心惊，以至于在班里为学生阅读到有关非典的章节时，情不自禁落泪。郭瑞泽情难自已，向全班同学讲述了非典时他在北京治病的所见所闻，并很激动地表达了“生活如此美好，怎可轻易辜负”的观点。他是全北京谈非典色变情景的亲身经历者，灾难面前更能感受到生命的可贵，自然全班为之动容。在高考的巨大压力下，郭瑞泽一席话让全班同学摒弃浮躁，又一次鼓起了信心，迎着高考冲刺。课后，他又找我借《看见》，说要细细阅读。

六月，我生病在家休养，郭瑞泽和其他几个学生来看我。谈到网络，他对当今网络几乎沦陷为骂人的工具表现出强烈的反对，认为骂解决不了任何问题，最要紧的还是实干，他真诚希望自己将来能干出一番事业，成为本行业的佼佼者，不辜负祖国的期望。我很受触动，在现今许多年轻人都以找一份稳定工作、有一份稳定收入为学习动力的时候，郭瑞泽却能站在更高角度规划自己今后的人生，这种朝气蓬勃的精神和大局意识，恰好是许多青年人欠缺的！

郭瑞泽写得一手好钢笔字，据他说是自学成才。揣摩字帖久了，对字的间架结构烂熟于胸，字就写好了。他还吹奏单簧管，高二的时候，许多同学忙于学业水平测试的复习，不愿参加文艺活动，郭瑞泽却参加了学校的厚声乐团，坚持去训练。他说时间是挤出来的，只要合理规划，就会学习、爱好两不耽误，十几岁正是精力最旺盛、求学最若渴的时候，多学几样没坏处，艺多不压身。而事实也证明，他并没有因为乐队训练耽误学习，他的学习成绩一直名列年级前茅。

在别人眼中，一个身体有残疾的男孩子，应该是安稳沉静的吧！可是郭瑞泽不，他性格外向，酷爱体育运动。经常看见他和同学勾肩搭背嬉笑打闹。

也经常看见他瘸着一条腿，一跳一跳地和同学打篮球打排球。他的特殊情况，使得我经常对他有一种特别的疼爱之情，但又从不在脸上表现出来。在我以为，如果给他过多照顾，势必会让他觉得受人照顾理所当然，陷入我本残疾的怪圈而不思进取。事实上郭瑞泽性格中有非常坚毅的一面，他从不愿被当作残疾人得到同情，校内如此，校外也如此。他有很阳光的心态，坐公交车时，经常会有叔叔阿姨给他让座，后来他就以不小心摔跤，走路才一瘸一拐之类的话来解释，叔叔阿姨们才不再给他让座了。

他右腿安装的假肢，睡觉时必须卸下来，午休也不例外，但郭瑞泽从不为此抱怨，他把这些磨难当作生活赐予他的财富。他到兰州更换假肢，坚决不让父母陪同，说要锻炼独立生活能力。他从不愿给父母增添负担，甚至在父母为他的将来发愁的时候，他反而以“天无绝人之路，我一定会干出一番事业”之类的话来安慰父母。这是一个非常懂事的孩子，以至于他母亲说到郭瑞泽，既欣慰又担忧，每每潸然泪下。

郭瑞泽的懂事还表现在和同学、老师的相处上。他从高一以来一直担任班长职务，班主任交代做的事，他会一丝不苟做好，班主任没有交代的事情，他只要想到也会做得很好。班里学生不愿意交意外伤害保险费，他就现身说法，结果保险费全部交齐。他习惯于以身作则，一些本该其他学生干的活，他只要有空就主动去干，擦黑板、扫地、拖地……他在班里有很高的威信，可以说全班同学唯他马首是瞻。我上影视欣赏课的时候，会用电脑。一次走进教室，就看见郭瑞泽忙着修理教室电脑，把沉重的主机搬上搬下，而其他学生似乎习惯了郭瑞泽的忙碌，没有人帮忙。我一时火起，就训斥其他学生：“你们一贯崇拜英雄，现在英雄就在身边，怎么不懂得去学习？叶公好龙罢了。”郭瑞泽反而安慰我说是他们不会修，不是不帮忙。想想文科班女生居多，我便不再多说什么。

三年来，我和郭瑞泽相处愉快，把他当作我的小朋友。和他仅有的一次矛盾，是在高一排演课本剧的时候，我将班里学生分为若干组，各自排演。验收节目时，很少有节目达到我的预期目标，因此先就憋了一股气。郭瑞泽组自编自导自演了一个叫《以爱之名》的话剧，大概一直处于边修改边排演的状态，彩排时漏洞百出，我本来对他们组抱有很大期望，自然火气不打一处来，疾言厉色提了三条修改意见，郭瑞泽大概觉得付出了艰辛却没有得到我的认可，加上在众多学生面前被我劈头盖脸批评，脸上挂不住，扭头就走，我没理会他。过了几天，他因为语文作业的事情来找我，我半开玩笑说：“那天怎么扭头走了，是对我不满意？我的修改意见你觉得合理就采纳，觉得不合理就不要采纳。”末了我又说，“但我觉得还是采纳的好，毕竟我看课本剧看多了，比你要懂一些。”他很不好意思地笑了，这一笑泯恩仇。后来再看他们组的表演，大有起色，我的意见他采纳了两条。

按照规定，学校的课本剧比赛每班只能报一个，但是郭瑞泽班里的两个课本剧都排演得很好，两组都不想失去这个出演机会，最后我出主意，让话剧《雷雨》以班级名义报名，而话剧《以爱之名》以学生剧社的名义报名。正式比赛时，郭瑞泽的表演堪称精彩。他在剧中扮演一位因战争而残疾的父亲，表演很有张力，特别是哭戏，他哭得肝肠寸断，一时在场学生和评委老师都情不自禁落泪，观众席一片静寂。事实上每次彩排他都如此，以至于我曾担心他哭得过多会伤了身体。最终，郭瑞泽组以“军海话剧社”（话剧社以班主任名字命名）名义报名参演的话剧《以爱之名》获得了第一名。

上帝为一个人关上一扇门，肯定会为他打开一扇窗。命运没有给郭瑞泽健全的身体，却给了他优秀的人格和才华！沉浸在充裕的物质生活当中太久的我们，该彻底摒弃颓废，以他为榜样，抒写人生的辉煌！

写这篇文章的时候，郭瑞泽正在集训，准备参加八月九日举行的甘肃省残疾人运动会，衷心祝愿郭瑞泽在残运会上取得好成绩，更衷心祝福他在人生的路途中走出绚丽风采！

爸爸的右手

早晨忙着给学生填贫困生补助申请表，才知道小美（化名）同学的爸爸右手残疾，大拇指被切割机从指根生生切去。想到这位爸爸拖着残疾的右手上地干活，操心一家人的衣食住行以及孩子昂贵的学费，内心顿如刀割，忽然，想到了我的爸爸。

大概是我七岁的时候，有一天下午，正在学校玩得不亦乐乎，突然有人跑过来，很紧张地对我说："你还在疯玩呢，你爸爸的手被切断了你知道吗？还不赶紧到大队部医务室看看去，要做手术呢！"那时年龄尚小，根本不懂手被切断意味着什么，以为就像割麦子被镰刀割破皮那么简单，所以听着这人的话倒也没有过多伤悲，看热闹一样跑到了与学校相邻的大队部医务室。手术台却没有设在医务室，而是设在了与大队部大门相连的、一间有教室大的屋子里。小村故事多，这么大的事故发生，消息肯定传遍全大队。门口、玻璃窗上很多人围观，看见我来了就自动让开，有人还把我抱到了窗台上。我爬在窗玻璃上向里瞧，一张开会用的大桌子孤零零地放在屋子的最中央，大概就是简易的手术台了，周围同样围着几个人，没有穿白大褂，看不清楚爸爸是不是真的躺在台子上。努力睁大眼睛，还是看不到爸爸，心里惦记着要和小伙伴们打沙包呢，我就迅速从窗台上爬下来，对着周围关切的眼神笑了笑，然后跑走了。听见后面有人在说："这丫头真是没心，爸爸都成那样了，她还能笑得出来。""这丫头还是个孩子呢，还啥都不懂呢。"

下午放学回到家，还是没有见到爸爸，我妈说下午在大队部给爸爸做的只是简单的包扎，还不是正式手术，怕伤口感染，包扎完就赶紧送到县城的医院去了。看妈妈正纠缠于刚两岁的弟弟的淘气，似乎也无暇于悲伤，便也想不起应该再问什么。小孩子对于包扎、手术之类的事件还没有多么痛的领悟，依旧玩得疯疯癫癫。

几天之后，爸爸回家了，右胳膊被一条从脖子上垂下来的带子挂在了胸前，右手上缠满了绷带。大概因为疼痛，本就黑的脸膛显得更黑，还透着一种灰黄。爸爸本就话不多，这下显得更加沉默。我觉得应该问一下爸爸手受伤的具体经过，但又不敢问，间接从奶奶嘴里知道了事情始末。原来爸爸在粉碎机上给生产队的牛粉碎饲料，把麦秆往粉碎机里塞的时候，不慎连麦秆带手指卷了进去，还好旁边的人赶紧关停了粉碎机，才将右手抽出来，但已经鲜血淋漓，两根手指的骨头被轧断了，仅仅连着皮肉。被送到县医院后，手术一时半会儿排不上，第三天才轮上做手术，突然通知爸爸做手术的时候，在医院里照顾爸爸的爷爷正好回家来给爸爸取住院用的物品，那时候家里连自行车都没有，从县城到家的五公里，全部靠走路。等爷爷再次回到医院，爸爸已经出了手术室，听同屋住院的大妈说，爸爸是一个人进的手术室，当从手术室出来回到病房的时候，他一头栽倒在病床前，吐了一口血！

现在想来，那时爸爸是怎样忍受手术前后钻心的疼痛的？我曾经做过两次手术，每一次都让对疼痛极度敏感的我刻骨铭心，甚至暗暗发誓就算死，也绝对不再受这样的折磨！我承认我很脆弱，没有黛安·阿勃丝对疼痛的耐受性，分娩而不使用麻醉剂对我而言是天方夜谭！手术后生不如死的感觉，犹如吸血鬼的舞蹈，总是在暗夜里隆重上演，让你忍不住呻吟哭泣，彻底卸下伪装坚强的面具，还原为脆弱胆小的最初！爸爸孤身一人站在手术室前，内心是否也曾害怕，也曾充满对未来的忧虑？还是只机械地听从医生的安排，就像被海水裹挟前行的一粒沙，根本没有自主的权利？他就像旷野中的一棵树，忍受着风雨的摧残，最亲近的人却不在身旁！然而我的爸爸，我伟大的父亲，还是坚强地挺了过来，没有眼泪在飞！

如果当时县医院能够及时安排爸爸手术，如果当时县医院的医疗水平再高一些，如果当时家里的经济状况好一些，能及时送爸爸到大城市的医院救治，也许爸爸断了的手指还可以接上。只是这世界没有太多如果，人总要在疼痛中坚强地活着，就像只能和那头叫“福贵”的牛说话的福贵。任何时代，底层百姓的生命总是呈现卑微而脆弱的状态，许多不该发生的或者可以挽回的事故，就像一个不长记性的人一样重复上演，无所谓悲喜。

有一次，大队的卫生员来家里给爸爸换药，打开绷带的瞬间，我才看到了爸爸的手指。食指完全被切掉了，根部只留下一个圆圆的大大的关节，无名指从中间关节切除，像半截光秃秃的旗杆。相比一只正常的手，那只残损的手看上去如此触目惊心，以至于在被完全拆掉纱布的很长一段时间，我都不敢去看爸爸的右手。每次给爸爸端饭的时候，修手扶拖拉机给爸爸递工具的时候，爸爸拿着铁锹挖地的时候，伐树时和爸爸一起拉锯子的时候，我都会假装看不见那缺了一根半手指的右手。

那段时间应该是爸爸一生中最痛苦的时期之一！他右手的伤还没有彻底好转，脸色还因为失血过多而苍白，我爷爷就因为胃癌在县城医院住院，还需要输血。爸爸是家中的长子，三叔、四叔还小，都在县城高中上学，爸爸给爷爷输血自然责无旁贷，这次输血让爸爸的身体更加虚弱。每天行走五公里到县医院给爷爷送饭，便成了爸爸的差事，以至于很多年后，爸爸一只胳膊吊在胸前，一只手提着装饭盒的布袋子，奔走在乡村公路上的情景，成为我记忆中永远抹不去的伤感！

然而命运的不幸远非如此！三个月后，爷爷去世，奶奶哭得死去活来。从此，承担一大家子生活重担的任务，便落在了右手残损的爸爸身上，那时候爸爸还不到三十岁。直到他的两个弟弟成家立业，一个妹妹结婚生子，爸爸在这个大家庭中的责任，才算告一段落。

但是小家庭依旧需要爸爸支撑。我们姐弟四个渐渐长大，每年不菲的学费总是让爸爸很挠头。邻居们看爸爸实在活得辛苦，劝说爸爸让我或者妹妹辍学务农，然而爸爸坚决摇头，也因了爸爸的坚持，我和妹妹才顺利完成了学业。但是到现在还让我不能忘怀的，便是上学那些年，我们家总是还了旧债借新债，如此年复一年，好在爸爸在村里有很好的人缘，也极讲信用，借钱倒也不是难事。

右手的残损给爸爸带来了很多不便。那时候生产队还没有通自来水，吃水要到井里打。别人打水，双手交替上提桶绳，一桶水很快提出井口，爸爸打水，总是左手向上提一下桶绳，右手将桶绳压在井沿上，然后左手继续上提，如此重复七八次，一桶水才能提出井口。冬天打水，井沿上冰块集结，手压在冰上寒冷彻骨，然而爸爸不以为意！

印象深刻的还有爸爸写字。很费力地用大拇指和食指的指根夹住笔，中指顶在笔的下端紧紧握住，笔几乎与纸平行，然后慢慢地写。在姐弟四个的请假条上签字，给乡邻们代写便签，开各种证明信介绍信（爸爸是大队的文书），似乎都是爸爸分内的工作。爸爸喜欢看书，尤其喜欢看历史典籍，看历史讲历史是他生活的一部分，他喜欢看书的习惯直接影响到了我们姐弟四个，特别是我！

镰刀割麦是那时夏收最主要的收割方式，爸爸的右手总是抓不牢镰刀，然而他不急不躁，每天和老妈早出晚归，并没有因为右手的残损影响了收割的进度。我和弟弟妹妹们都是七八岁就开始帮家里干活，割麦子更是每年暑假无论如何逃不掉的农活，爸爸会一边割麦，一边比着张三李四给我们讲述关于人生、社会的种种，教给我们姐弟四个最朴素的做人道理。

现在想来，我和弟弟妹妹们能在人生历程中，始终保持忠厚实在的做人本色和吃苦耐劳的坚韧品质，爸爸的影响和教导功不可没！爸爸残损的右手，在姐弟四个的成长中基本被淡化甚至忘却，没有给我们造成一丁点儿的心理阴影。我现在写作本文，固执地用“残损”“残缺”而不是“残疾”来形容爸爸的右手，就是因为在我心里，爸爸从来就是一个身体和心理完全健康的、有担当的男人，他从来就不是残疾人。

当然这只残缺的右手，似乎也在无形中增加了一贯面色安详、很少发火的爸爸的威严，令我即使处在年过 40 的年纪，不管在外面表现得多么强悍，但回到家里，只要爸爸脸色一变，立马会被吓到噤声不语，乖乖唯爸爸之命是从！

写完这篇文字，突然想到好久没有给爸爸请安了，赶紧拨通爸爸电话。爸爸正在地里干活，声音显得很疲惫，简单说一切都好，末了给我特别强调说国庆（我大弟弟）刚才来电话了，说新拍的专题片正在中央电视台新闻频道播放呢，让我替他赶紧看看。

放下电话，我便急忙打开了电视。

外爷

老爸打电话来的时候，我不在家，就在晚上回拨过去。是老妈接的电话，原来老妈去大舅家了，老爸大概一个人孤独无聊才打电话的。我就问老妈到大舅家干什么，老妈说这几年我舅妈经常生病，就找了一个据说很神的算命先生算了命，算命先生说给先人们做新衣服穿、给钱花，舅妈的病才会彻底好。今年清明前，大舅早早就打电话让老妈过去帮着裁剪缝制给先人穿的新衣，老妈今天一大早就到舅舅家，帮着做好衣服并烧化在先人的坟前，天黑才被老爸接回自己家。

老妈又说去先人坟头烧纸衣的时候，心里头很难过，几乎要放声大哭，因为想起了已过世五年的外爷。

老妈的话让我也顿时悲伤起来，恍惚中，我仿佛看到了一个非常干瘦的、默默蹲在墙角抽着旱烟的、脸上无所谓悲喜的老头，那就是我的外爷了……

外爷过世的时候，老妈正住在我家给我带孩子。那年冬天，外爷已经卧床不起，心脏不好呼吸急促，经常上气不接下气。去看大夫，大夫说是肺气肿，又说这是老年病，身体的各种器官已经老化要退休了，只能在家静养。外爷的病时好时坏，好的时候也能到院子里晒太阳，不好的时候一两天吃不下东西。老妈记挂着外爷的病情，才住了十几天，就说要回老家去，那时我老爸在拉萨，老妈孤零一人住在老家我也不放心，就不让回去。有一天接到了大舅的电话，说外爷已经三天没吃一粒米，催老妈让赶紧回去。我到底太年轻，没想到事情的严重性，以为外爷也就像前几次会缓过来，就没急着给老妈买回老家的火车票。倒是老爸意识到了，打电话催促老妈说估计外爷快不行了，让老妈快回去见最后一面，我这才如梦初醒，连夜买好火车票。和老妈、小弟坐上了去老家的火车，一路上老妈想起外爷就哭，传染得我和小弟也泪眼婆娑。

外爷闲暇的时候，喜欢讲述他年轻时候的事，外爷的经历，简直可以写一本书。

外爷年轻的时候，参加过解放军，打过仗，在部队声誉很好。20 世纪 50 年代，外爷所在的部队要开拔到抗美援朝前线去，有一次外爷赶着大车到外地拉物资，那时的车是木轱辘大车，四匹马拉着，进大门的时候，迎面一个班的士兵跑步过来，马受惊失控狂奔，车撞在大门上，作为车夫的外爷被撞下车，右手腕几乎被折断，紧急抢救总算保住了右手。虽然他因为这件事荣立三等功，但朝鲜战场是上不了了，而且要养伤，部队也没法待了，只好复员。这次受伤彻底改写了外爷的命运，外爷想在战场挥洒热血，完成军人使命的理想，被完全泯灭了。外爷后来说起这件事就觉得遗憾，这种遗憾伴他终生。

复员后的外爷回到了老家，那年他 24 岁，该结婚了，可是家境如此贫寒，谁家的姑娘愿意嫁到这样的家中呢？也就在这个时候，外爷遇到了外奶。

外奶那时 26 岁，正值青春年华却带着两个孩子守寡，两个孩子也就是我的老妈和大舅。外奶也曾有一段美好的生活，她是地主家的女儿，识文断字，温柔娴淑，18 岁嫁给我的前任外爷，嫁妆就有十几箱。前外爷家也是本地有名的财主家。外奶和前任外爷的感情很和谐，然而好景不长，解放了，外奶从金贵的阔太太一下子变成了人人唾骂的地主婆，心理落差本来就很大，而前外爷为了追求进步，毅然报名参加了抗美援朝部队，一去几年杳无音讯，柔弱的外奶挑起了全家生活的重担。一个女人带着两个孩子住在深院老宅，经常会受到族人和外人的欺负，外奶就在那时现出了巾帼本色，想占她便宜的男人被外奶骂得灰头土脸。她很利索地下地干活，就像一个长久劳作的村妇，她对子女就像一只尽职尽责的老母鸡拼尽全力护着雏儿，她的凶悍为她赢得了“赵非”的绰号，但家里的余财还是在一个月黑风高的晚上，被同族人伙同外人扮作强盗抢了个精光。漏屋偏遇连阴雨，又传来了前外爷战死在朝鲜战场的消息，外奶的坚守只等来了前外爷的骨灰盒，这沉重的打击让外奶几乎晕死过去。

醒来后的外奶很快做出了决定：为了一双儿女，她得活下去。想活下去就得再嫁，于是我现在的外爷走进了她的视线。

外爷那时虽复员但还穿着一身军装，看上去精明干练，长相也不俗。我看过外爷年轻时的照片，浓眉大眼阔额挺鼻，很英俊很男人。或许因为他和前外爷都姓甘，也都参过军，总之他做了上门女婿，成了甘家老宅的男主人，我妈和我大舅的"二爹"。

但外爷没能像前外爷一样博得外奶的欢心，或许是前外爷留给外奶太多美好的回忆，婚后外奶才发现和外爷之间，不论性格还是生活上有很多差异：他们吵架打架就像家常便饭。日子就像水在吵闹中缓缓流过，我的小舅和小姨出生了，紧接着外奶又生了一对双胞胎女儿，正赶上1958年大饥荒，一个女儿生下来几个月就被饿死，一个女儿送给了别人家侥幸活下来。

除了饿还是饿，外爷和外奶拼命挣工分还是养不活一大家人。眼看全家人要饿死，外爷决定带着全家人投奔他在后套的弟弟。那时老家的人民公社宁可社员饿死也坚决不让外出逃生，说是怕丢了人民公社的人，民兵连到处抓逃荒的社员。外爷带着全家在青黄不接的季节连夜出逃，徒步行走半个月，终于到了后套的弟弟家。弟弟介绍他们去了开荒队，那时后套大量的土地无人耕种，一家人分到了田地。秋天粮食丰收了，全家人欢天喜地，打算就此安家。可是外奶不知中了什么邪，坚决要回到老家去，外爷怎么也劝说不住，只好又拖家带口回到了老家民勤。

老家还在严重的饥荒中，许多人死于饥荒。老妈曾给我讲过那时饿到快死的情景：老妈和大舅饿得躺在甘家老宅宽阔幽深的大门道里，眼前金星乱飞，白生生的馒头就放在眼前，伸手一抓却什么也抓不到。外奶一回到老家就病了，卧床不起，三个月后死于红斑狼疮，时年39岁。

现在想来，大概外奶早已觉察到自己得了不治之症，不久于人世，才会如此坚决地回老家：她是不愿做异乡的孤鬼啊。

37岁的外爷，带着四个年幼的孩子，开始了艰难的生活。那年大舅15岁，我妈12岁，小舅7岁，小姨5岁。为了孩子，外爷没有再娶，含辛茹苦支撑着这个家。好在大舅也能到生产队干活挣半个工分了，我妈边在生产队干活，边在家做饭看护弟弟妹妹。极其艰苦的日子里，外爷还供小舅和小姨上完了高中。

可是天有不测风云，失去母亲的孩子是最可怜的。小舅是外爷最疼爱的儿子，却因在小时得了感冒无钱医治，落下了头痛的病根，随着年龄的增长，病情越来越重，后来又得了肾炎，虽到兰州做了手术摘去了一只肾，但还是在 25 岁时死于肾病。小舅从小聪慧异常，酷爱读书学习，尽管因病经常缺课，学习成绩却非常优秀，上高中时能代替老师给全班同学讲数学课，是全班公认的才子，也是老师眼中最有希望考上大学的学生，怎奈天妒英才使他盛年早逝。外爷一提到小舅就伤心落泪，小舅是外爷一辈子的痛。

好不容易熬到大舅成家立业，我妈和小姨都已结婚生子，外爷终于过上消停日子，然而造化弄人，外爷的大孙子、我大舅的儿子军生帮邻居伐树，在回来的路上，手扶拖拉机翻进路旁的跃进渠而溺水身亡，时年 20 岁。

外爷号啕大哭，白发人送黑发人的悲哀几乎将外爷击垮，但他还是坚强地站了起来。我可敬的外爷啊，人世间的风霜雨雪压不垮你，你永远是命运的强者。

记忆中的外爷总是在忙碌，两只手从不闲着。不是帮大舅干活就是帮我妈干活。我家四个孩子，我爸年轻时在格尔木打工，家里的活很多是外爷帮着干的。每年夏天麦收时节，老妈就会打发我接外爷到我家帮着收麦、打场，秋收时节也是这样。外爷对农活样样拿得起，样样精到，他的右手腕虽然受过伤，一直留有一条疤痕，但不影响他干活。他割麦子时能长久蹲着，右手抓起一大把麦子，左手拿着镰刀紧贴着地皮割过去，割倒的麦子顺势放在身子右边，然后再重复同样的动作。看外爷割过的麦地，麦茬很低且齐刷刷的，割倒的麦子码得整整齐齐。外爷割麦很快，就连我家干活最快的老妈也得紧追慢赶才不至被落下很远。我七八岁就跟着外爷割麦，但常常割一点就站起来捶腰喊腰疼，外爷就说“小孩子家哪有腰啊，这是懒病犯了”，做出要打我的姿势，那时我小，真被外爷吓住了，赶紧蹲下来咬牙坚持。在外爷面前，我们姐弟几个是不敢偷懒的，外爷勤苦惯了，最瞧不上的就是懒人。

外爷摞的麦垛既美观又防雨。我还记得有一年夏收，我家把割完的麦子运到打麦场，老爸说这几天天气很好，估计不会下雨，明天就要打场，麦捆就不上垛了，免得拆麦垛麻烦。老妈听从了老爸的建议。没想到当天夜里下起暴雨，这雨一下就是两天，我家的麦捆全被泡在了水中，老妈大骂老爸说完全是因为懒惰才出的馊主意。老妈担心麦子受雨浸泡出芽，急得嘴角起泡，赌气躺在家中两天，不起床也不做饭。好不容易等到雨停，老爸让我接外爷到家安抚老妈，外爷又帮着我们晾晒麦捆，之后又摞了一个很高大的麦垛，麦垛呈上小下大的四棱锥形状，每一层麦捆都压得严严实实，既不会倒塌，下雨也只能浸湿表层，雨水绝对不会流到麦垛中间去。

去年夏天回老家，已经看不见轰轰烈烈的麦收景象，现在的农家大多种辣椒、棉花之类的经济作物，即使种麦子，也种得很少，而且都用联合收割机一次性收割装仓，很少看见割麦的人，也很少看见麦垛。若外爷活着，看见农村的变化，我想他会感叹不已吧。

外爷到了60岁以后，才逐渐减少上地干农活的次数，但还是不闲着。农忙时候地里收来的大豆、黄豆等数量不多的作物晒晾在院子里，外爷就坐着小凳子，从豆秧上一粒一粒剥下豆子，常常剥得手上开裂也不停下。累了就蹲在屋檐下吸几口烟，又两手不停地干活，即使和别人说话也不停下手里的活。冬天一大早就赶着羊群到野外放羊，常常一去就是一天。晚上老妈做饭，外爷就帮着烧火洗菜，吃完饭就边看电视，边从沤好的麻秆上剥麻，搓成麻绳给我老妈纳鞋底用。

外爷心灵手巧。外奶去世后，他学了木匠手艺，所谓学也不是正式拜师学艺，只是常看木匠们做活并在大木匠手下做小工学的。那时在农村，木匠是很吃香的职业，工钱比较高，大到盖房打家具，小到做木质农具，都离不开木匠。外爷的木匠手艺高超，方圆几十里闻名，外爷常常被乡邻们请到家里做活。在木头上雕花是很费力费时的细致活，外爷却非常喜欢做，他雕的花，鲜活灵动仿佛微风一吹就会摇动起来。他主持修建的廊房雍容典雅，飞檐斗拱配上雕花门窗，好不气派。外爷又能变废为宝，许多在常人看来该当柴烧的边角料烂木头，他能做成雕着美丽花纹的梳妆盒小凳子小桌子之类，最没用的弯弯扭扭的木头，他也能做成锄头把或者栅栏门，一点也不浪费。

外爷又对厨艺无师自通，只可惜日子过得太穷，没食材供他大展厨艺，只能在老乡的喜宴丧宴上一展身手。炸油糕很讲究烫面，面烫得太硬油糕会开裂，太软又没法往里包黑糖，油烧得太爆就会皮焦瓤生，油烧不开就会渗油浪费。外爷却总是把做糖油糕的技巧把握得恰到好处，他炸的油糕外皮呈焦黄色，咬一口，黑黑的糖汁就和着黏黏的热气流到嘴里，甜甜的特别好吃，令我想想都会馋涎欲滴。外爷还会做许多菜，过年的时候一大家子聚在一起，这是外爷最高兴的时候，他就会亲自下厨做菜，粉蒸肉、黄焖羊肉之类，我们吃得津津有味，这时候外爷就会露出满意的笑，蹲在墙角卷起旱烟眯着眼抽起来。我最喜欢看外爷包饺子，他的包法与众不同。右手大拇指和食指捏一块饺子皮，左手拿筷子夹饺子馅放进饺子皮中，然后双手食指和大拇指同时用力捏饺子皮边沿，一个饺子就包好了。外爷包饺子的速度很快，是别人的两倍，他包的饺子由于馅和皮都挤压得很瓷实，放到锅里轻易不会煮破。问他是在哪里学会这样包饺子的，外爷说是年轻时在部队学的。只可惜外爷的子女们、孙女们都没学会外爷包饺子的方法，因此每年大年三十包饺子的时候，我们就会想起外爷来。

外爷年轻时脾气暴躁，我老妈、大舅和小姨从不敢在他面前乱说话，对他有怨气也只是背地里悄悄发泄。但随着年纪渐长，外爷的坏脾气消磨掉了不少。外爷是爱他的孩子们的，出去做木匠活，有好吃的总要偷偷给兄妹四个带回来一点。在生产队干活给麦地除草，遇见青稞就会揪下来给孩子们炒了吃，就是这样的节俭和细心，我老妈他们才不至于饿死。小舅死后，外爷更是将爱倾注到了三个孩子身上。大舅成家，他拿出了自己的残废抚恤金；我老妈和小姨出嫁，外爷按照老家习俗精心给她们准备嫁妆，陪嫁一样不少，一点也不让别人感觉到这是从小没妈的女孩子；小姨出嫁后一年就分家单过，那时小姨夫还在部队当兵，外爷就帮着小姨盖房子；我老妈大出血住院，外爷急得晕头转向，走了几公里路到县医院看望……每年春节，老妈都要回娘家给外爷拜年，外爷总是早早就在村头等候，看见老妈就高兴地叫着老妈的小名，拉着老妈的手进家门，张罗吃的东西。外爷从没因为我大舅、我老妈不是亲生的而怠慢他们，相反对我老妈和大舅尤其好。在我看来，几十年的患难生活使他们的关系比亲父子亲父女还要亲。大舅很孝顺外爷，外爷有病时，大舅嘘寒问暖端屎倒尿；老妈从拉萨回来，第一件事就是将外爷接到我家，给他换干净衣服，找来剃头匠给他剃头修面，又给他洗脚，修剪手脚指甲，做好吃的饭菜；小姨全家后来搬到了兰州，回老家的次数少，但一回来就给外爷拆洗被褥衣服，打扫房间卫生。

外爷节俭。我还记得参加工作第二年，我回老家看望外爷，外爷特别高兴，颤巍巍地从上屋的屋梁上取下一个筐，里面装的是亲戚买给外爷但外爷平常舍不得吃的葡萄干、花糖之类，外爷一个劲儿地劝我吃，我看见葡萄干已经生虫了，就知道这些东西外爷肯定存了很长时间，只有每年春节，小学生给拥有复员残疾军人身份的外爷拜年时，外爷才会拿出来。这次是最大的外孙女来看自己，特别高兴才又拿出来。我劝外爷扔掉已经生虫的葡萄干，外爷却说还能吃，就找来簸箕把虫子簸掉，一时之间，我的泪几乎涌出来。外爷穿着我给他买的新衣，自豪地向村人炫耀："这是我大孙女买给我的，我外孙女儿有出息了。"又不停地问我嘉峪关的情况，并叹息说要能去看看多好啊，外爷当兵时曾在嘉峪关停驻过，我说你想看就跟我去看吧，但大舅怕外爷年岁已高，不敢让他出远门。外爷最终没来成嘉峪关，这件事几乎是我一生的遗憾，一想到外爷就觉得愧疚。

外爷死于2002年，享年79岁。我大舅、老妈、小姨哭得死去活来，尤其老妈，一直为没能见外爷最后一面而伤心。外爷的一生，平凡但艰难，可他走过来了，他的坚强勤劳赢得了子女们的敬爱。

外爷去世前几年，最担心的就是他死后的埋葬问题，他想和外奶合葬，但又怕我老妈和我大舅将外奶和前外爷合葬一处，剩下他孤零零的一个人成为孤魂野鬼。还是在外爷临去世前，我小姨明确告诉外爷说他肯定会和外奶合葬，外爷才安心地离开。

今年清明节，我第一次在嘉峪关给外爷烧纸，愿外爷在地下安息！

我的兄弟姐妹

凌晨零点半，正处于似睡非睡状态，堂弟国栋在微信群里向各位哥哥、姐姐、弟弟、妹妹问安。

这个名叫“我爱我家”的微信群是大弟国庆建的家族微信群，弟弟、妹妹、堂弟、堂妹还有各自爱人都在群里，算起来也有十几个人了，平日里大家忙于工作，加之分散在天南地北，见面机会很少，倒是微信群偶尔的热聊，让距离拉近了不少。

大弟国庆很快和国栋聊了起来，看来国庆也没睡。今年国庆的公司生意萧条，十月份见到他的时候，鬓边又长了不少白发，眼袋也有些明显，整个人苍老了许多。两个人聊着在西藏工作的酸甜苦辣，唏嘘不已。

夜漆黑如铁，寂静无声。看表已经两点，我这个一直围观他俩聊天没有说话的姐姐，被他俩的对话搅得再无睡意。

国栋是三爸的儿子，三爸有两个孩子，女儿海霞大学毕业后在广州上班，已经定居广州。国栋从小受父母宠爱，很是顽皮，非常爱美，穿着打扮经常是老家学生中最潮的。他天生聪明，尤其对机械感兴趣，六岁就会开拖拉机。三爸的二胡拉得特别好，在老家小有名气，国栋很小的时候，三爸就教他拉二胡，希望国栋能以音乐特长生的身份考入大学，但国栋最终与大学无缘。三爸就想让国栋去军营锻炼，磨一磨身上的浮夸气，于是国栋进入了军营。起先他在新疆当兵，不到一年，就被送到西藏阿里，一直在阿里驻防，至今已有八年，其间转了志愿兵。

今年夏天，我在老家见到了国栋，他正在休假，这是十二年来我和国栋唯一一次见面，其间有关他当兵的一切消息，都来自于我父母以及三爸三妈之口。国栋烟抽得很凶，脸被西藏的强紫外线照得黑红，学生时代细条条的身材荡然无存，代之以壮硕的身形。我取笑他有点发福过早，他说是休假的几个月里吃胖的，又说回到阿里很快就会瘦下来。国栋的精神状态很不错，大概还沉浸在和女朋友朝夕相伴的甜蜜里，我才知道原来他休假的大部分时间都待在新疆女朋友家里，回到老家民勤不过半个月。国栋给我轻描淡写讲述着阿里的生活以及今后的打算，我却只记住了他在阿里训练时的两次吐血和持续不断的头痛。那个爱穿、爱炫、爱时尚的国栋已经彻底从我记忆里抹去了，站在我面前的是一个英武自信的军人。我真挚邀请国栋到嘉峪关来玩，权当看看我这个姐姐，他愉快地答应了，说在新疆到武威的火车上，途经嘉峪关的时候，已经有想下车的冲动，但最终还是没有下车，只怪自己没有做好行程安排。

那几天正好堂弟志浩也从兰州回到老家，我们聊得格外热闹。志浩是四爸的儿子，去年大学毕业，在兰州一所大学的附属学院工作，已经买好了房子，最近刚刚拍完婚纱照，打算结婚了。国栋便开玩笑说："不如我们兄弟俩一起办婚礼吧，也热闹些。"我哈哈大笑，怂恿说："那多好啊，你们赶紧定日子，我好向单位请假前来参加你们的婚礼。"在老家的三天，因为有这两个弟弟的到来，日子过得格外快，心情也格外好些。到底是有血脉亲情的弟弟们啊，即使多年不见，还是一样的亲热和无拘无束，仿佛时间从来没有流走过。

堂妹海霞这几天满心失落，马上要生孩子了，本来计划回民勤老家生的，飞机票都订好了，却被她公公拦住。广东人讲究多，说快过年了，如果海霞生个男孩，第一年必须要在婆家过年，因为男孩还要给祖宗磕头。国庆快递给海霞的苏武羊肉，海霞也只是闻闻味道，她公公说孕妇不能吃羊肉，加上广东人炖羊肉总是炖出甜味，让海霞更加怀念老家的黄焖羊肉。我算了一下，至少有十五年没见到海霞了，更别说见到她的爱人。看来以后也要到广州走动一下，不要因为距离疏远了姐妹感情！

堂妹晶晶正在苦恼之中，因为明年硕士毕业后的何去何从。这个四爸家的女儿和我走得最近，每次我到兰州都会打电话给她，约她一起吃饭逛街。

亲戚们都说我三个妹妹中，她和我长得最像，脾性也最像。今年下半年，晶晶参加了几次教师招聘，其中有一所兰州的小学，我曾对她直言不讳："既然你当初奋力考研，便是不甘于在民勤乡下小学教书，那又何必到兰州的小学教书呢？"她于是又联系到兰州一所私立中学，打算下学期去上班，然而又担心私立学校的不稳定。国庆便开玩笑劝她赶紧嫁人，给她讲了高尔夫球场做球童的普通女孩最终钓到金龟婿的故事，说干得好不如嫁得好。我觉得这种灰姑娘遇见王子的个例故事也就骗骗涉世未深的小女孩而已，想嫁给金主，先得自己优秀，日后一起生活也好有平等交流的资本，幸福感便高。建议她既然就业高不成低不就，索性埋下头来考博，将读书进行到底，一边打造自己一边找寻幸福，毕竟博士生还是很好找工作的。晶晶很要强，找男朋友更注重双方的精神交流，多金与否倒不是她考虑的重点，于是她开始了考博的征程。

我有一年半没有见到小弟弟国海了，他安家在重庆，还沉浸在千金降临的喜悦里。我到现在还记得他发给我的短信："11 月 13 日本人喜得千金，小天使降临，母女平安，本人荣升为美女她爹，毕生将为打造重庆美女而奋斗！"逗得我大笑，赶紧打电话祝贺。国海算是亲姐弟四个当中最能折腾的，先是大学毕业被公司派驻到巴基斯坦，后来又到西藏工作，工作实在清闲到无聊，就漫不经心考研，硕士毕业后考到重庆一个单位，才收定身心安稳过日子，总算让老爸老妈一直以来为他悬着的心彻底放下。

妹妹丽在拉萨也已经十几年了，从最初的干洗店老板做到现在的电商，寡言少语的丽事业做得风生水起，然而长久电脑前的工作和进货发货的辛劳，严重损坏了她的身体健康。每次打电话给她，我最先问的便是她的身体，因为这个妹妹也是我最放心不下的。丽对我，是一种完全的信任和忠心，我的各种材质的、具有浓郁尼泊尔和印度风情的手镯、手串、佛珠、项链、耳坠，都是她陆陆续续送给我的，满满的三大首饰盒。她又极其孝顺，老爸老妈需要的藏药，基本也是她快递过来。

大弟弟国庆也在西藏工作，从 17 岁进藏至今，十几年的青春，全部奉献给了西藏！国庆节期间，看到国庆写的一段关于西藏的感慨文字，看到国庆在央视记者的镜头前侃侃而谈西藏三十年发生的巨大变化，我心内五味杂陈。国庆是很好的纪录片导演，我看过他拍的纪录片，对镜头语言的熟练掌控，令我对这个记忆中一直是青涩小子的弟弟更加刮目相看！

我的弟弟妹妹们，你们都优秀到让我汗颜，特别是国栋、国庆、丽，西藏正是有了你们这样的人始终不渝的爱和坚守，才有了今天崭新的面貌。尽管命运的风把我们吹散到四处，但只要信念的灯火不熄，便会活出属于自己的精彩！

每次看到弟弟妹妹们热聊，便会想到我老爸曾经说过的话："儿女们都远走高飞了，民勤老家只剩下老兄弟三个，以后干不动地里的活了，不如三个老兄弟一个锅里吃饭吧。"我常常被这几句话逗得笑起来，眼里却泛起泪光！

国庆的微信和 QQ 空间，上传了国栋矗立于雪山之上的照片，配了这样的文字：我弟弟，西藏阿里边防军人，男子汉！我在照片下面写了一句话：心里酸酸的！

雪萍

今天在街上闲逛，一个女人迎面走来，高挑个子，脚蹬黑色高跟长靴，身穿黑色修身长款羊绒大衣，扎成一个马尾的头发，黄中带白的肤色，蝌蚪状的眼睛，脑门略小两侧下颌较大的脸型，让我恍惚间以为是雪萍，就上前拉了一把说“雪萍”，不想那女人很惊讶地看着我，我才发现她神态不像雪萍，赶紧说“对不起”之后走开，心里却勾起了对雪萍的想念。

雪萍是我的大学室友，我们在一起共度过三年快乐时光。我还记得初见雪萍时的情景。我是寝室里较晚报到的，一推开402宿舍的门，就见一个女孩子正对镜梳头，应该说长相并不漂亮，但一头长发乌黑亮丽，几乎垂到腰上。一见我和父亲进来，她很迅速地扎好头发，右手捋到发梢，将掉了的几根头发捋下来绕在手指上绕成团，然后扔到簸箕里。她淡淡地打招呼，给我父亲倒茶，又帮我铺床。她说话有很重的地方口音，我就问她是哪里来的，她说是从张掖师范保送的，又自我介绍说叫李雪萍。我注意到她说话的时候，脸很红，神情很羞涩，一副手足无措的样子，不由想起徐志摩写的“最是那一低头的温柔，恰似水莲花不胜凉风的娇羞”的诗句，以为用在她身上再合适不过，又以为是初次见面的陌生感使她这样。我也是保送生，这一下子就拉近了我和雪萍的距离。

后来我才发现雪萍的羞涩并不是因为和我陌生，而是和谁说话都这样，不管这人和她相熟很久还是初次见面。我和其他室友就觉得她的脸红很有意思，彼此混熟了，有时就故意逗她说话，看她脸红羞涩的样子。她说话很轻

柔，往往说不到半句话，脸上的红晕就浮现出来，先自顾自羞涩起来，头微微低下去，眼神向左右飘去，后半句话就说得有点不成句。那种温柔至极的神态，我见犹怜，听的人每每在这时被她打动。几个室友就感叹说雪萍那种楚楚动人的姿态，哪个男孩子都会产生怜香惜玉之心，若哪个男孩追到雪萍，真是今生的福气，恐怕得将她捧在手心里含在嘴里。

果然就有个男孩对雪萍心动，那是她的初中同学，在兰州一所大专上学。那是个长相清俊的男孩，中等个头，瘦瘦的，眼睛特别有神，透着一股灵气。周日他来找雪萍玩，恰好我们在宿舍里包饺子，几个室友就恶作剧，逼他说若喜欢雪萍，就对着窗户表白，让全楼的女同学都听见。雪萍极其羞涩，他倒大大方方，对着窗户就喊："李雪萍，我喜欢你。"那个男孩给室友们留下了极好的印象，我们都觉得雪萍可以和他交往，可惜一段时间之后，这段感情无疾而终，是什么原因，雪萍闭口不提，留给我们一件胡乱猜测的公案。

雪萍和我一样出身农村，但和我截然不同。她贤惠勤快，早晨宿舍其他人还在睡大觉，她已经为我们提来开水。一有时间，就又是拖地又是擦桌子，她的床铺更是整理得整整齐齐。她不论做什么都轻手轻脚，一点也不妨碍他人，娴静得就像一潭水：也许你会忽视她的存在，但绝对不会忽视她的作用。

雪萍身材高挑，是天生的衣服架子，什么衣服穿在她身上都好看，大一过完暑假返校，她穿了一件白衬衫，着一条浅蓝色背带牛仔裤，穿一双黑色平底系带布鞋，头发也梳成两条发辫，清纯得就像山谷里迎风开放的兰花，走在校园里，引得很多人行注目礼。大三的冬天，她穿了一件深蓝色一字领短款毛衫，下配深蓝色萝卜裤，一双黑色半高跟皮鞋，外罩一件淡雪青色收腰长款呢大衣，更衬得身材修长，回头率很高，外系的几位女同学还特地跑来向她打听在哪里买到的这几件衣服。

全班女同学当中，我和雪萍最要好。我早晨喜欢赖床，她就替我买好早点；我贪图打球不按时上自习室，她就替我占好位子。她生病了，我陪她看病；她会朋友，也是我陪她去给她把关。我好动她好静；我大大咧咧，她心细如发；我性格如男孩般霸道刚强，她则如淑女般温柔可爱。我俩几乎形影不离，一起学习，一起逛街，一起吃小吃，一起在黄河边看风景。无意中，我扮演了护花使者的角色。

大学生活很无聊，课业负担不重，所以全班同学很是放浪形骸，参加舞会、进录像厅、打台球、谈恋爱，找各种游戏打发时间。大概我和雪萍都是保送生的缘故，觉得他们做的这些事，我们在上中师时全部经历过，也就没有太多触动，偶尔也会意兴所致，去舞会练练舞技，到台球厅打打台球，但更多时候只是冷眼旁观。原本对大学生活充满憧憬的我，觉得这些无聊的事除了充实茶余饭后的谈资外，不会带来任何教益，更觉无聊。大概就是那时候我开始放弃写日记的，现在想来，大学三年，除了老师布置写过的三篇作文和一篇论文，我居然没写过任何文章。

雪萍却始终心情淡定，专心致志看书，我于是也摒除烦躁钻到书里去。我说的书是闲书，中文系所学的许多课程，我和雪萍在中师都有过接触，虽然只是皮毛，但应付考试足够，稍微认真点就会获取很优秀的成绩，所以学习不用太费心。遇到以前没接触过的课程，也是考试前半个月点灯熬油就能过关。我看书驳杂，不管什么类型的，只要吸引住我的就看。那时校门口有几家租书店，言情、武侠、野史之类的书，我经常租来看。雪萍看书比较正统，从图书馆借书看。我俩就像啃书的老鼠，没几天就去还书借书，从金庸看到梁羽生，从茅盾看到巴金，从玛格丽特·米希尔看到玛格丽特·杜拉斯，倒也自得其乐。若干年后，有一天我回忆大学生活，除了记得当年如饥似渴看书的情景，竟然很少想起其他事，那几个三年中从未说过话的男同学，更记不起他们的样貌和名字了，这在上中师时是从未有过的事。

转眼大学毕业在即，眼看同学们一个一个都在兰州找到了满意的工作，而我和雪萍的工作却毫无着落。我第一次发现现实的残酷，优秀的学习成绩竟然如此无用，无奈之下选择从兰州逃离，雪萍回了老家张掖，我则到了嘉峪关。

此后的十五年间，我和雪萍再无联系。其间也会想到她，但记忆也只是停留在大学三年而已。

2009 年冬天，我在兰州参加培训，见到了文君，才知道雪萍是在张掖一所农村中学教书。文君依稀记得那学校的名字，叮咛我一定要找到雪萍，告诉她我们都很想念她。回到嘉峪关，我四处打电话找那所中学的号码，再打过去问雪萍的联系方式，接电话的是这所中学的校长，他说雪萍好几年前已经调离，我请求他帮我找雪萍的电话号码，他居然真的帮我找到了。我简直狂喜，打电话过去，电话那头的雪萍还是柔柔的声音，但能听出激动，我简直不能相信，我们还会听到彼此的声音！

2010 年 10 月，我驱车前往张掖看望雪萍，她和她爱人迎接我，她还是清瘦的身材，还是爱脸红的样子，她爱人话不多，但看得出对雪萍很怜爱。我还见到了她可爱的女儿，雪萍的女儿像极了雪萍，也是一说话就会羞涩脸红，吸引得我女儿一直盯着她看，觉得这个姐姐很新奇。这不由令我想起和雪萍初见的情景。看到她一家三口人的幸福，我由衷替她高兴。雪萍，我祝你永远幸福。

《小团圆》里九莉的母亲看见九莉和比比很要好，就警告九莉说：“人是很能干的，她可以帮你的忙，就是不要让她控制你，那不好。”九莉知道母亲的意思是指同性恋爱，因为有些女朋友要好，一个完全听另一个指挥。现在想来，我和雪萍很投缘，虽不是同性恋爱，但大概是性格互补的关系。不管怎样，雪萍让我在大学里拥有了纯纯的友谊，使我至今回想起大学生活来，不至于觉得单调无趣。

参加工作后的十几年间，我一直想要结识一个雪萍一样的朋友，可以听我说心里话，可以和我志同道合，遗憾的是我一直没有找到。在单位只有同事没有朋友，更别说是知心朋友，这令我更加想念雪萍。雪萍，你是我记忆中永远鲜亮的风景！

小林

小林是一家理发店的店主。叫她小林，其实她比我大好几岁，孩子已经上高二了。她的顾客都这么叫她，我也就小林小林地叫，她倒也不介意。

小林的理发店并不大。三面镜子，三张理发椅，一个洗头的水池，一架烫头用的圆形聚光灯，一张旧沙发，将店的三面墙挤得满满当当，店中间比较开阔，方便客人走来走去欣赏新做的头发。

理发店只有小林一个人打理。小林的烫发手艺很好，哪种烫发用哪种药水可以达到最好效果，哪种焗油膏适合哪个年龄段的女人，她如数家珍。她理发非常认真，每一根发丝都不放过，就像对待一件艺术品，因此顾客都会很放心地将头发交给小林打理。

小林的人缘很好。每次我去做头发，等待做头发的、正在做头发的、做完了头发闲着聊天的各色女人，将店挤得满满当当，聊的都是家长里短，却也使店里充满欢声笑语。

小林很会拿捏和不同人打交道的分寸。初次见面的顾客，她总是热情地推荐各种类型烫发染发，根据顾客需要适当做一些发型设计，但从不过分热情，有时甚至显得冷淡傲慢。但人是很奇怪的动物，适当的冷淡会激起顾客的征服欲，小林越是这样，回头客反而越多。

到小林店里做头发的大部分是她的老主顾。小林对老主顾很照顾，在价钱上非常优惠。如果是剪个刘海之类的小活，就干脆不收钱。若是按正常价格收钱，她就会额外做一点服务，如给顾客梳一个很时髦的韩式发髻等，往

往令老主顾心满意足地离开，下次再心甘情愿地光临。

小林的老主顾大部分是职业女性，小林对老主顾的优惠总是恰到好处。优惠太多会让许多主顾觉得欠她的情而不会再次光顾，优惠太少又让许多主顾觉得无所谓而不放在心上，小林是深谙职业女性这一特点的。

小林很爱和我聊她的儿子和丈夫，每次我去理发，她都会说起，我就很耐心地听。小林的儿子正上高三，学习成绩很一般，小林就很着急，看着儿子每晚学到凌晨一点，很辛苦但不见成绩有长进，小林就觉得儿子不够聪明，担心儿子考不上大学，将来不好就业。小林的儿子我见过一次，和小林一样个子不高，却不像小林身材苗条，好像不太爱说话的样子。我就安慰她说："现今的大学谁都能上，只是名牌和非名牌的区别，至于就业，那是几年以后的事，没必要现在发愁，更何况老天造人，总会在世间给这人留下一个位置的。"又对她说，"现在的小孩都很聪明，而所谓笨只是你对儿子的期望太高。"小林就呵呵笑起来，笑得眉毛和上眼皮都在跳，而做过割眼袋手术的下眼皮却一动不动。

小林说"陈老师真会说话"，两只手麻利地给我上发卷。过了一会儿又说起儿子臭美，说某天儿子要让她给烫头，被她臭骂了一顿，儿子使气上学去了，下午没回家吃饭，害她担心。我就说："小林你做得很对，教育孩子该坚持的原则一定要坚持，不能心软太过放纵。"她又笑起来。

大年三十中午吃过饭，我到小林店里染发，店里只有两个顾客，少有的冷清。小林顶着一头金黄色短发，边给一个男人理发，边抱怨家里的两个男人太懒，一个上网，一个会同学，连鞭炮都没人去买。又发牢骚说："女人为什么要结婚，结婚有啥好的，找个男人伺候，给自己找罪受。"我就半开玩笑说："结婚就是给自己找一包袱背。"大家都笑起来。小林说今天要早点关门，上婆婆家吃饭去，又感慨说甘肃人很不孝顺，逢年过节都上父母家吃饭，把父母累得半死儿女却心安理得，哪像她的老家四川，是儿女把父母请到家里吃好喝好。我听到这话暗中羞愧，我很懒，这些年，没给父母做过一顿饭。小林又伤感地说二十年没回老家了，自己都入乡随俗了。

我听小林说要早点关店门，那两个客人也已理完发走了，就说："要不年后我再来染发吧，别耽误了你全家团聚。"小林说："那怎么行呢，我就是因为和你有约，才等你到现在的，要不今天就不开门了，你放心，你是我最后一个客人。”

小林的金黄色短发很好看，根根头发直竖着，既不显得过分爆炸也不显得紧贴在头上。我说：“小林，干脆我也剪个你这样的短发得了，我留长发留烦了，换个发型。”小林说：“陈老师，千万别剪短发，短发更难打理，我每天都要用吹风机吹头发，两天洗一次头，才保持到这样，再说你留长发多好看呢。”我一听留短发更麻烦，就打消了剪短发的念头。

就在小林给我头发上色的时候，门吱呀一声开了，我从镜子里看过去，只见一个梳披肩发的人走进来，也不说话，就在沙发上坐下，小林也没说话。我以为又来了一个打理头发的女人，正奇怪小林怎么不打招呼，就听这人说：“我先上我妈那儿去，你一会儿过来。”这人语气很轻柔，但小林恨恨地说：“你等我一会儿会死吗？”我听小林语气不对，转头仔细一看，原来这是一个男人，就问小林是不是她老公，小林又笑起来说：“是啊，他非要留长头发，男人留什么长发啊，很难看的，可他非要留我也没办法。”我端详了一下这个男人，个子比小林稍高一点，很瘦，五官长得很细腻匀称，那双脚和女人的脚一样小，难怪我把他当成女人了。我一向反感男人留长发，正仔细打量间，那男人说话了：“留长发怎么了？我们领导也说过我，可我不在意，这是我的事，轮不到别人操心。”小林的老公好像在电视台工作，大概觉得留长发很艺术。

小林没说话。一会儿又指挥老公让把几条毛巾洗了晾在暖气片上，她男人倒也听话，洗好了又晾好。一会儿毛巾掉到了地上，小林大怒：“你会不会干活啊你？叫你平铺在上面你非要竖着晾，你就是一废物，我要你有啥用啊？一大早上网上到现在，这年还过不过了？我忙死你闲死就好了？”小林大概窝了一肚子的火，出口成脏，全没了昔日的文雅，川妹子的泼辣这会儿在小林身上体现无余。我正不知如何劝解，小林大概觉得在我面前不好意思，又笑起来：“陈老师，你说说咋整啊？老子儿子一个赛一个的懒。”她男人倒是好脾气，先将毛巾拾起来重新晾好，然后就解释说是在网上发电子贺卡，毕竟过年了，不回朋友的贺卡是不礼貌的。我听他说的理由多少有些故弄玄虚，大概是欺负小林不懂上网，但也不说破：两口子的事，谁能说清楚呢。小林听了男人解释，火气消减了很多，不吱声了。我的头发做好已经是下午五点钟，小林正打算关店门，不想又来了一位客人，小林又忙起来了。

一个叫四维的女孩

认识四维，是源于女儿的一篇文章。6 月末的一天中午下班前，我接到一个电话，自我介绍说是《美文》杂志社的编辑。《美文》杂志社将在《美文·青春写作》刊发女儿的一篇文章，让我将女儿文章的电子稿重新发给她。我说电子稿已经有人发到杂志社了呀，她说原来的找不到了。我诧异她怎么知道我的电话号码，很快又想起女儿文章留的联系方式就是我的手机号，便问刊出的具体时间，她说估计就下一期吧。我倒是不着急文章发表的迟早，但女儿的文字获得了肯定，到底是一件让人高兴的事，就又问她电子稿发到哪里，不如直接发 QQ 在线，她说好的，便加了她 QQ，才知道她的网名是四维，将 4 篇文章传给她之后，她迅速敲过来“谢谢您”几个字，我就顺便和她聊了几句。

我：以后多指教哦。

她：好的，您孩子今年高二？

我：是的。

她：欢迎多多投稿。

我：好的，关键是您能否看上她写的文章，她很喜欢文字，也喜欢写。前一阵子得了创新杯全国中学生作文大赛甘肃赛区特等奖。

她：嗯嗯，文笔都是慢慢练出来的。看的书多了，写的多了，自然就会进步。

我：是啊。

她：嗯嗯，期待她更优秀。

我：谢谢哦。

她：不客气。

这应该是我和四维的第一次接触，电话里很好听的柔柔的女声，谦恭有礼的态度，让我对四维有很好的印象。她的QQ头像是一个刻意略去面部的穿裙子的清纯女孩，“你当温柔，且有力量”的个性签名，更让我坚信这是一个外表柔弱、内心有力的书卷气还未被社会消磨殆尽的年轻女孩子，或许离开大学校园的时间还不算长久。

又过了几天，四维又问我女儿的具体联系地址和方式，说是杂志社要求，对每一位在《美文》上发表文章的作者，都要登记详细联系地址和方式，留底用。我便在QQ上告知她，末了客套说麻烦您了，她说不客气。这是和四维的第二次接触，很简短很公事。

此后经常在四维空间看到她发的征稿启事，也很想鼓励女儿写，但是考虑到女儿已经是紧张备考的高三学生，实在不能分心，便没将征稿的事情对女儿讲。然而还是默默关注着四维，直到看到9月30日她发表在空间的《告别信》，一些言辞深深打动了我，让我惊讶于这个年轻女孩子写字的老道和字里行间透出的沧桑。

“人生是一个不断告别的过程，因为需要对峙时间和成长，但是走过的路，即使风景变换，人事离散，脚印都在心头”“很多作者变成朋友，很多陌生人变成熟知的人，很多不可能有交集的人事，交叠成一些往事”“既然到来是一种幸运，离开便只是另一种选择……如今告别，是因为我需要面对时间的无情，去看成长路途的其他风景”。这些文艺味、哲理味十足的句子瞬间击中了我的心，眼眶迅速发热，突然觉得我和这个年轻女孩子之间，有诸多共鸣。告别从来就是人生中无可奈何然而又不得不面对的伤感事件，每一次刻骨铭心的告别，都会让你失去抑或得到几个朋友，倒不如为了避免告别的心痛而不去告别，然而不管哪种方式，都只能让你以“告别丰盈了人生，留下一段渐行渐远的美好回忆”之类的言语聊以自慰。告别，对我这样一个念旧的人，是一件极其痛苦的事，而解除这种痛苦，需要漫长的时间！

“有些东西永远不要按设想的去面对，否则你会惊喜过度或者失望过度，伤及的都是自己”。或许我们的欲望太过强烈，又或许我们太过自以为是，总希望事情能按照设定的轨道和目标前行。希望把爱人塑造成想象中的模样，希望将事业推送到让别人仰望的高度，希望让孩子按照父母的意愿成长！然而这世界谁都不是谁的谁，与其经受俯瞰后的失落，不如品尝仰望后的惊喜！

“写这些琐碎不过是想认真地和你们说再见，也是和我自己告别”“我将要离去，而新的人将要到来”。四维是要辞职了，其实辞职，不过是旧人离开新人进门的周而复始，在现代社会，对于更换职业频繁的年轻人，本不是惊天动地的大事，然而当对这份职业产生了热爱，产生了近乎恋人的感觉时，辞职便显得难以割舍且极其伤感，更何况其间结识的真心朋友，那意味着一份割不断的友情！四维能下定决心离开，足见她的勇敢和有主见！

“另：如果我们的人生再无关联，其他人可以自行将我删除，如果你愿意留下，那么请您在 2015 年 10 月 1 号之前给我发一个消息，很久没有联络，陌生便会如影随形。”我从四维身上看到了自己的影子，每过一段时间，我也会清理 QQ 和微信，不再心存念想的人、不再想交往的人，我会毫不留情删除，就算此后他再三请求重新添加。既然情谊如蜜时不懂珍惜，又何必在灰飞烟灭时追悔莫及！有些人和事，只是人生旅途中的一段点缀，过了就配不上以后的风景了！

我的目光长久在这份告别信上流连，倒不是担心被四维删除，而是四维的告别勾起了曾经的痛楚。四维所在的这座城，曾经在这座城里上演的告别，让我在此后苍白的岁月里，只要看见、听见与这座城有关的只字片语，心就会痛得颤抖，一如《一个陌生女人的来信》里女主人公遇见男主人公时绝望而又难舍的熬煎！今生，这座城是最想到达却又最不想到达的旅途终点！曾无数次查阅有关这座城的一切，又无数次强迫自己忘记，这座城以及城的名字，像秋天的木叶带来干燥枯涩的气息，给深夜不能安眠的我彻骨寒意和诗意联想……很清楚某一天，我终究会站在这座城的中央，但，这座城还是不属于我，从头到尾始终不属于我，就算心痛到无法呼吸！一座遥远的城，你追随着他冷寂的目光，他却只给你模糊的背影！这座城，如一颗毒瘤如此深地嵌在脑海，令我头痛难忍！

平素很少感情外露的我，就在这个素未谋面的女孩 QQ 留了一段在我看来已经很煽情的话：“看了你写的《告别信》，突然心很痛，虽然是因为女儿的文章认识你，但我想我们是同类。以后继续做朋友好吗？我想随时关注你的状况。”她回复说谢谢你，把我和她仅有的这次对话截图放在空间相册。我感动于她的信任，有时候，陌生人之间更容易建立信任，因为彼此不设防，心事更愿让陌生人懂得。可是就算这样，某些阳光照不进的角落，门上的铁锁早已生锈，即使陌生人，也已无法踏进了，除了暗夜里自己开锁的声音清晰可闻，谁又会关注一个渺小个体黑夜笼罩般的心理感受？

“每一次和你分开，深深地被你打败。每一次放弃你的温柔，痛苦难以释怀”，耳机里还在放送着王力宏忧伤的歌曲！当然，我没告诉四维，她所在的这座城，才是海明威所谓的冰山理论中那藏于水下的八分之七，每每让我痛无可痛，痛无言辞！

离开的人，还留恋他做什么？流逝的时间，还伤感他做什么？不在的感情，还痛苦他做什么？别让他们陷你于虚弱的深渊。天气晴好，岁月尚暖，投缘的人，会在不经意的时间地点出现，不要让伤感和虚空腐败了生命！那些如水漫过生命的阴影，只是上天有意赋予你的劫难，最令你心动的，往往在最后！很想把这段几天来一直用来鼓励自己的话留在四维的 QQ 里，多少算作对她离职的一个安慰，然而还是没有，唯恐唐突！

周公度说：“信往有梦的方向走。”我可不可以这样说：“人往有梦的方向走！”四维，不管你去向何方，想去经历怎样的成长，但我想对你说，“很荣幸能认识你，行动上的告别并不可怕，可怕的是精神上的告别，志同道合者的友谊，灵魂伴侣的追随，是这个世界的稀缺资源，倘若遇见了，请珍惜！”

年轻的朋友，请一路走好！

洗车男

朋友笑话我作为开车族，车总是布满灰尘，我笑说这不是我的错，是老天不待见我，每次刚洗完车就会或刮风或下雨。想来爱车族总是风雨稍停就急忙忙去洗车，而我却总在下一场风雨快要来临才想起洗车。于是想起我家后面的那几间车库来，那是一个女老板五年前修的，当时急于出手，只要5万块，然而那年的我刚搬新家，囊中羞涩，以致现在常常为洗车所累。

常去的洗车房离单位很近，方便下班时顺便洗车。店主是武威小伙儿，相熟了之后，每次去洗车，我都会有一搭没一搭和他唠几句，渐渐知道了他的经历，他最初在嘉峪关打工，认识了现在的妻子，后来抛下妻子在新疆给人开车运货，据说挣钱很多，孩子出世，只好结束了新疆的事业，一年前刚开起这家洗车店。相比其他洗车店，他的洗车店算是比较大的。楼上住人兼卖汽车用品，布置得像个小型茶座，楼下是操作间和厨房。他有个贤惠的妻子，楼上楼下总是打扫得干干净净。我去的时候，他正忙着做一辆新车的装修，却依旧很热情地操着一口武威话招呼我，他没有放下手中的活计，只是顺手将洗车房中间的帘子一拉，里间继续装修，外间由小伙计为我洗车。我不想打扰他干活，就拿了椅子独自到洗车房外面坐着。夏天的傍晚，空气凉爽宜人，一个人，欣赏街景也是好的。

他很快过来和我说话，大概怕冷落了我这个老主顾，很真诚地说我的车该装电子狗了，现在查超速很严，说车门把手上的漆有了划痕，该装一套新的，我当然知道他在推销，但并没要买的意思。他棱角分明的脸上显出无所谓的表情，很快又为一辆停在外面的车贴起了膜。

他拿着一把小刀切割去车上的旧膜，这是个技术要求很高的活，刮重了会划伤车玻璃，刮轻了又只能撕扯下一小片，他干活很利索很认真，一下一下很小心地刮，胳臂一抖一抖的，身上宽大的半袖衫跟着一晃一晃，整个人显得越发清瘦。他边贴膜边认真给我讲解贴膜的各种技巧，正是寒冬腊月，去污水喷到车玻璃上很快成冰，仅去除旧膜就费他很大工夫。他的手被冻得通红通红，而我着急要去接孩子放学，一个劲儿催他快点。天黑前肯定不能完工了，他就用他的车送我接孩子，让我第二天再来取车，我感激于他的细心与周到，之后便定点在他的洗车店打理有关车的种种。半年前他给我的车重新贴膜，从选膜到贴膜，基本听从他的意见。

之前给我经常打理车的一家洗车店，也是一对小夫妻开的，男主人沉默寡言，埋着头只是干活。我的雨刷和车上的一些细小物什就是在他那里买的。那时我也是坐在他店外的空地上看他干活，看下午天空青灰的颜色。然而雨刷运转起来总是哐当作响，操作台上放香水瓶的垫子也被夏天的阳光晒成了一滩黑泥，这让我很不快，觉得这小伙子辜负了我的信任，便不再到他店里。那块被晒化的、看着很肮脏的垫子也成了我的心病。

后来又找了一家洗车店，店主是一位很时尚很漂亮的民勤姑娘。我以为既然是老乡，自然会对我照顾有加，然而她总是找借口推托，不去除那滩讨厌的黑泥，自从她拿没洗过的坐垫冒充为我洗过的坐垫之后，我不再到她店里洗车。

第一次到武威小伙儿店里洗车，黑泥便被他很费劲地去除干净。他洗车认真到不放过一个细小污点，就连座位底下都会掏扫干净。遇见被糟蹋得很不成样子的车，他就会摇头叹息，那种认真的神情，就像自己的孩子遭到了别人极不礼貌的侵犯。我开玩笑说等我将来发达了，就买辆宝马开，他却很认真地告诉我说可以考虑买奥迪，就如数家珍地将两种车的优缺点一一道来。我自然是不懂车的，也知道以我工薪阶层的工资，一辈子也不会和这两种车有缘，但也不愿破坏他的好谈兴，只好配合着他频频点头以示同意。这样一个爱车爱到极致的小伙子，沉溺在车的世界里，到底是可爱的。

我至今不知道武威小伙儿的名字，但这无关紧要，要紧的是彼此间的那份真诚与信任。人与人之间的交往，本不需要复杂，真诚与信任足够。有时候，陌生人比你身边的亲友更值得看重。

想起她

昨天无意中在朋友处听闻到她的下落，说已经在北京落脚，在一家日报社工作。然而我还不满足于这点爆料，晚上睡不着，就百度了一下她。一家求职网上挂着她的求职简历，发布时间是去年 11 月；一家新闻网站上挂着她采写的几篇有关旅游的文章，都是最近几个月的——这应该就是她了。几年来第一次，在想起她的时候我没有伤感惆怅。真心实意祝福她，愿她一切安好。

虽然上中师时就认识她，然而真正交往起来，是在大学。那时一起从同一所中师保送到同一所大学的，女孩子只有我和她。虽然和她并不同班，然而相同的身份背景令我和她渐渐熟悉起来。周末，家在兰州的室友都回家去了，我和她的宿舍都空空荡荡，我便住到她的宿舍和她促膝长谈。她是个细心的女孩，我早晨贪睡，她并不叫醒我，只是常常会为我买来吃的喝的。她那时痴迷于诗，说睡梦中都在写诗，一觉醒来，觉得枕头上都写满了诗行。我便笑她说没见到你写的诗怎样好，诗人气质倒是极佳了。两人便相视大笑起来。她小我一岁，但比我会为人处世，那时同班同学有很大一部分是兰州的，总是透着一股子优越感，我对这种优越感极其讨厌因而心理上比较抗拒，她却总能不卑不亢面对。

唯一影响我俩友谊的事情发生在毕业实习中，我和她被分配在同一所中学实习，每个实习点要评选一名优秀实习生。我所在的实习点，同学们推荐的是我，然而学校最终公布的优秀实习生却是她。实习时的带队老师是她的班主任，自然会对她疼爱有加，给她荣誉也理所当然，让我很想不通的是她其实早知道这个结果，然而并没有告诉我，我为受蒙骗而相当生气，当面骂了她一两句，然而她一声不吭，丝毫不为自己辩解。年轻人的仇恨总是来得急去得快，很快阴影便烟消云散，我和她和好如初。

毕业了，何去何从是个很大的问题，同学们都为能留在兰州而各显神通。我在兰州没有任何可以动用的关系，几乎坐以待毙，反而格外清闲。她先是联系了一所大学的附属小学，有一段时间，每周都要给这所小学出板报，然而还是没有被留下。又联系到了一所兰州郊区的学校，我和她的另一位好友陪她去试讲，试讲完了，学校又让她出黑板报，说是想看看她的绘画水平。我中师时选修的是音乐，自然帮不上她忙，只能看着她忙上忙下。

她终于留在了兰州郊区的这家学校，我则带着满腔遗憾去了嘉峪关，不再和大学同学联系，自然也不和她联系。

2000 年，我去兰州参加高考研讨会，遇见了她，她已经调到兰州市区的一所中学，嫁了一个兰州本地的小伙子，生活幸福美满。她约了几个同学和我见面，我们一起吃火锅。谈到过去几年，我才知道许多同学已经通过函授拿到了本科文凭，只有我和她走的是最艰苦的一条路：自学考试。

她很有耐心地陪我逛街买衣服。我知道以她好强的个性，肯定惜时如金，能陪我大半天已很奢侈。她所在的高中，在兰州属三流，然而又不甘于三流，教师的压力自然很大，她身兼多职，干活不可谓不拼命，而她还在课余自修英语，雄心勃勃想要考研。中师不开英语课，上大学时保送生的英语是免修的，所以我和她的英语都只有初中水平。她自然知道补习英语的难度，却“明知山有虎，偏向虎山行”。我佩服她的毅力，惭愧自己的不思进取，也曾补习过几个月的英语，然而我从来就是个“三天打鱼，两天晒网”的人，又很会喜新厌旧，最终不了了之。

之后大约是搬家和换电话的原因，又和她断了联系。

2009 年冬天，我在兰州见到几个同学，才又知道了她的情况，她全身心扑在工作上，婚后一直没有孩子。她爱人是家里的独生子，公婆自然不能接受没孩子的状况，怂恿儿子和她离婚，离婚后她便辞职了，不知所踪。

2012 年夏天，我在兰州参加新课程培训，从同学处听说她好像在北京。而她的前夫已经再婚另娶，正在庆贺孩子满月之喜。

我眼前又浮现出了她的形象：矮矮的微胖的身形，朴素的衣着，说话轻言细语，有点像外国人的棱角分明的长相，坚毅的神情。我忽然觉得安慰，几年来为她悬着的心终于可以安放了。婚姻失败只是她人生路上的一条沟壑罢了，而今她已然越过。至于辞职，有时候，换种活法也许会拥有更好的结局，至少她试过了。虽然在接近奔四之年辞职有点疯狂，然而有这样一句话：再不疯狂我们就老了。想到这些年来我的安分守己和平庸苍白，到底让我很佩服她的勇气了。

再一次祝福她！

故人

握手，礼节性微笑寒暄，她突然盯着我看了好一阵，说："我认识你。"这是一个脂粉不施的中年女人，蜡黄脸色，双眼皮尾端稍有耷拉，不甚清澈的眼神中透着些许焦虑，很利整的沙宣头，黑发中掺杂了丝丝白发，宽松的亚麻质地休闲衣衫，显得整个人愈发消瘦。我看着她，脑子里迅速搜寻过往，却找不到一点有关她的痕迹，就很尴尬地"哦"了一声。

她很认真地说："我们一起参加过培训，在师大。"师大？这几年我在师大参加过好几次培训，最近的一次是去年刚放寒假，近一百个学员我不可能全部有印象。大概就是这次培训时的学员吧，我暗想。然而又一次打量她的时候，记忆中还是搜寻不到她的影子，一时有些羞愧，为我这自大的脸盲症。

"你不记得了？我们一起逛过精品服装城，你给你母亲买了一件衣服，回来坐公交车时丢了。"她继续启发我，"那应该是 2009 年。"记忆的门忽然在这件衣服的诱引下推开，是的，是 2009 年冬季，我第一次被派到师大参加新课程培训，休息日就去逛街给家人买衣服。天色很晚了，拎着大包小包下公交车的辰光，才发现给母亲买的一件厚厚的棉毛外套丢到了车上，找回已不可能。于是第二天，又重新去服装城买了相似的一件。

可是和我一起游逛大半天的人是她吗？在记忆的数据库里苦搜，像是隔着一层雾，只搜得了有关她的大概轮廓，好像那时的她总是一身裙装，很时尚很有气质，是培训班里为数不多的令人惊艳的女人之一。

岁月格外不垂青于美人。六年后再见，她面相老了很多，穿着也随意许多，难怪我认不出她了。脑子里瞬间水喷出王国维“最是人间留不住，朱颜辞镜花辞树”的句子，伤感的潮水漫上心来：我们都在老去，生命之花娇艳开过又即将枯萎，岁月摧折着我们的容颜却又表现得如此若无其事！

“你好像变化不大，那时候你就是披肩长发，现在还是”，她微笑着说。我笑了：“变老了哦。”“你好像比我小”“再小也四十多了”。相视大笑，竟然没有一点生分，老朋友般聊了起来。她是瑜伽爱好者，便说起做瑜伽的诸多好处，我虽然不做瑜伽，但也饶有兴趣听她细细道来。她很注重养生，而我对养生也颇多关注，交换各种养生方法，不知不觉绕着大楼边走边聊了近一个小时。

此后只要碰面，便是各种聊，很投缘。孩子、衣服、饮食、工作、人生的走向，才发现岁月虽然夺去了她的美艳容貌，却在她身上沉淀下了美酒般醇香的修为。容颜可以老去，修为永远长青。她身上体现出的从容优雅、自信宽容、温润善良，正是我追求的老去后的生存姿态，我有些庆幸和她的这次不期而遇了。人生就是这样，遇见不同的人不同的事，在这些人和事里，充盈着彼此的生活。

也许此后，又是若干年的不曾谋面，又是若干年的遗忘，但一旦机缘巧合遇见了，还能像这次一样相谈甚欢，丝毫没有时间的流逝感，便也不枉了“故人”这一亲切至极的称呼了。

我们仨

中午和燕子、蓉儿约好了在淮海路的一家饭店吃饭，匆匆赶过去，蓉儿已在饭店门口接我。她俩已经等了近一个小时，我心怀歉意。燕子看见我，第一句话就问:“平常用不用面膜？”我说:“用啊，但是这几天在上海没用，觉得空气很湿润。”她说:“还是坚持用为好，你的脸看上去很干。”我说:“那好吧，一会儿吃完饭，你俩陪我买面膜去。”没有客气的寒暄，只有老同学见面的默契——这才是让我一直念念不忘的友谊。

这是一家很大的餐厅，装修带着鲜明的西式风格。白色调为主，配以金色装饰，干净清亮。客人们说话的声音很小，餐厅显得很安静。燕子点的菜都是广式菜，很精致。包子的皮儿晶莹透亮，薄到可以看清楚里面的馅儿，甜点酥软可口。菜似乎都带着甜味。她和蓉儿都吃得很慢，吃相很优雅。再看看周围，吃相都是和她俩一样的优雅。令我暗暗思量她俩现在真成为彻底的上海人了，我为她们的融入而高兴，毕竟这是一个逐渐蜕变的痛苦过程，谁都不希望被环境抽离。

饭后请服务生为我们拍照留念。上次来上海也是我们三人见面，却兴奋到始终没想起要留下纪念，这次正好补上：岁月给予了我们皱纹，却也奖赏了我们更加坚固的友情。

先去屈臣氏买了面膜，然后逛街。蓉儿才发现手机落在餐厅的桌子上了，赶紧去找，还好服务生放在了前台：同学相聚，最怕这样的事情坏了气氛。

燕子说淮海路有几家旗袍店不错，就去看看。旗袍的确好看，当然价格

也很“好看”。我一眼相中了一件黑色金丝绒风衣,小立领,盘扣,袖口、领口、对襟都装饰有黑色水貂毛,整件衣服透着一种古典的贵气,是我喜欢的风格。试穿,除了有点长,简直就是给我量身定做,但看看标价,想想自己最近的入不敷出,只好忍痛作罢。

又去茶座喝茶,闲聊着各自的工作、家庭。也许真的老了,特别爱怀旧。聊着大学的事,就给雪钰和雪萍打电话问安,人生中能有这样几个情同手足的姐妹,是我的福气,叫我怎能不珍惜!

回到酒店,我便将三人相会的照片晒到朋友圈,写了这样一句话:大学同学,402的室友,我们都要好好的,美美的……

顿时眼眶有些发热。

雪钰发了一个哭的表情:“姐妹相聚,可惜缺了我!”又留言,“常常想起二十多年前的我们,所以对现在的我们更加珍惜。”蓓蓓说:“雪钰,下次我们去骚扰她们。”几番话引出了402宿舍聚会的热议,蓓蓓说洱海边上有个金梭岛,住在岛上,足不出户,喝茶聊天,可以考虑去那里聚。这正是我渴望的聚会休闲场所,可是时间呢,能凑到一起的时间在哪里?

什么时候,才能将聚会的我们仨变成我们八呢?

清洁工

清明节放假，整栋教学楼静悄悄的。

打扫卫生的师傅见到我，很惊奇地问：“今天还上班吗？”我说：“不上，我有点活儿要做。”这是一个和我年龄差不多的女人，很男人的短发染成黄色，却又留了斜斜的刘海，很干练的感觉。我向来走路思绪恍惚，经常和她匆匆擦肩，却几乎没关注过她的模样，印象中她都是围裙雨鞋打扮，口罩遮面，很难看见真面目，只是觉得她扫地拖地很利索。看她忙忙地拖地，就说：“你也很忙啊，周六还要打扫卫生，很辛苦哦。”她呵呵笑了。

某次去洗手间倒茶叶残渣，正在犹豫该倒在哪里，她走过来说：“老师，你倒在这里吧。”撑开了一个大大的垃圾袋，“不能倒在洗手池子里，下水管道会堵，要是堵了疏通很麻烦。”她很认真地给我解释，指着墙角套好垃圾袋的垃圾桶又说，“以后你就倒在这里，我会随时清理的。”我笑了，觉得她真是个很认真的清洁工。

某次去教室上课，看见她正蹲在楼道，拿刷了很费力地刷洗地上的污垢，旁边放着一盆水。地板上的油垢、口香糖很难去除，但她并不抱怨，虽然额头上汗涔涔的，还是自顾自地卖力刷。上完课，我再次从教室出来走过楼道，那块很脏的地板已经被她擦洗得焕然一新，顿时感动：任何职业，都有尊严，认真工作，便是维护职业尊严的最好体现。除了告诫学生不要随地扔垃圾、不要随地吐口香糖外，我不知道还能为一个坚守职业尊严的人做点什么。

某次去洗手间，看见她坐在窗户边，拿着一本《嘉峪关教育》细细阅读，让我大感惊讶，见多了酒场上的戏谑笑闹，电脑前的游戏玩乐，谈笑间的利欲金钱，这样安静阅读的场景好久没有看见了。还是春寒料峭的二月，吹进窗户的风带着细微的寒意，很想提醒她谨防感冒，她专注的神情和静默阅读的身影却让我不忍打扰，于是惭愧于自己最近的不甚阅读，悄悄离开。

今天忽然想起她阅读的事情，我说："以后你要想看书，就到四楼语文办公室来吧，环境好些，也有椅子，我还可以和你聊聊天，洗手间看书有点冷，感冒了就不好了。"她有点不好意思："我也是打扫卫生累了，随手翻翻。"我说："看书是多好的习惯呢，只是《嘉峪关教育》太专业，读着会感觉晦涩，你要想看书就来找我，我那里书多，杂志也多。"她说好的。回到办公室，看见桌子上堆着的刚刚从门房取回来的杂志，随手挑了几本《小说月报》，跑到洗手间给她，她礼貌地说谢谢。

一个人在办公室呆坐，思绪有点飘散。忽然觉得，如果工作中多些这位清洁工的专注踏实，少些莫名其妙的烦躁心塞，或许在这放假的日子里，我就不用来办公室加班。

402 的宿友们

“我梦见你了，咱们还在学校，一起唱歌，你还像上学时那样，尤其是笑的声音”“祝你教师节快乐”……好久没上 QQ 了，今晚一上线，就看到了好友的留言，一瞬间心湖荡起了涟漪，原来离别十六年后，还会彼此魂牵梦萦，十六年，岁月还是无法抹去我们曾经的欢乐，丁香树、文科楼、402 宿舍、操场上、黄河边……我们播撒下多少欢声笑语，看多了世态炎凉，看多了人情冷漠，我以为我再也不会感动，可是，我还是被朋友这几句真心的祝福感动了，不争气的眼泪流下来了。

郭燕，自大学毕业至今，我们居然从未见面，若不是你前年费心打听我的消息，你我就真的断了联系，通过你，我才知道许多同学的联系方式。我是个懒人，一向不太注重友情，但是你，让我体会到友情的可贵，特别是老同学情谊的可贵。想起来真是遗憾，和你三次相约见面都未能成行，2008 年春节约好兰州见面，你都从上海回来了，我却因鼻窦炎严重而无法成行。2009 年春节，我路过兰州，而你恰好回兰州过年，见面似乎是很自然的事，却因我修车在修理厂耽误了半天时间，而你又因坐出租车丢了手机导致无法联系我而作罢。近在咫尺却擦肩而过，这种电视剧中常见的桥段却在我和你之间上演了。今年夏天，你回兰州探亲，我却去了云南，又一次错过！遗憾遗憾！不过呢，我已计划好了，若我到上海来，第一个打电话约你陪我逛逛世博园、外滩、鲁迅纪念馆什么的，我们一起去看看庄蓉和她的小宝宝，再去厦门看看雪钰，圆我们老同学见面的梦想。

庄蓉，我还记得毕业第一年居然收到了你的新年贺卡。那时就想，这个朋友我交定了，之后便听说你和男友去上海闯荡，再无消息，还是在网上看到你创建的同学录，才大略知道些你的情况，现在好了，我们可以随时在QQ上聊天。我印象深刻的还是大学时在你家包饺子吃的情形，饺子太好吃了，十多年，我几乎吃遍了嘉峪关所有的饺子馆，却再吃不出那么香的味道。

说到雪钰，毕业后我们是见过一次面的。那是大学毕业后的第一年，我经过兰州，在街上和你不期而遇，大概是刚工作时有诸多不顺，对前途的迷茫和困惑使我见到你居然泣不成声，那时真的觉得面前漆黑一片。后来也在电话上聊天，但真正联系多起来还是近几年，看了你发过来的照片，还是很清纯的样子，只是听你说增加了许多白发并为此黯然神伤，我以为很正常，毕竟我们都不年轻了。有可爱的儿子、事业有成的爱人陪伴左右，你该是很幸福的吧。

刘蓓，从云南玩到成都，刚好你返回了成都，我们终于在你家见面了。你比上学时胖了些，保养得很好，脸上看不出岁月的痕迹，令我羡慕的是你的心态，淡泊坦然。十六年的风雨没有将你我隔开，恍惚间，我竟产生了我们还在402宿舍畅谈的感觉。其实对你，我是心有愧疚的，因为汶川地震时不能在第一时间送上我的问候。当时我第一个想到的就是你的安危，后来看到新闻说成都安然无恙才放下心来。这次看到你生活幸福，真心为你高兴。

小梅，我的回族朋友，去年在兰州见到你，瘦了很多，其他还是老样子。听说你的父亲车祸昏迷在床，形同植物人好几年，你能毅然决然撂开工作，陪侍床边一年，这份孝顺之情感天动地。我曾经问过我自己，若这种情况发生在我身上，我能做得像你一样吗？答案是不能。我不是一个耐心的人，但从现在起，我会向你学习，我不想造成“子欲养而亲不待”的悲剧。

秀兰，身体是革命的本钱，这是句很老套的话，但也是很实际的话，为了孩子爱人，你也该把身体养好一点，毕竟我们正是拖家带口的时候。今年三月兰州之行，见你容颜憔悴、身形消瘦，着实令我吃惊。不要让疾病压垮了你，工作可以悠着点干，家里的事可以少操点心，想开了就没什么大不了的，不是吗？希望下次见面，能看到健康强壮的你。

我的402的宿友们，我想你们，特别是今晚。

第四辑

行色

我为什么喜欢旅行

我为什么喜欢旅行？我想是源于孤寂。

虽然生活在人海中，但人实在是孤寂的个体，把酒言欢难掩下一刻的孤独，坐而论道不消心空时的寂寞。虽然有人说充实的人不会孤寂，但对我而言，孤独无处不在，寂寞如影随形。因孤寂而上路，就成了旅行的最佳理由。

喜欢坐火车旅行的感觉。一个人躺在卧铺上，盯着车顶发呆，或者闭上眼睛冥想，眼皮是窗帘，把火车中人们的喧闹隔到身心之外，一条锦绣大道便在眼前铺开，那些难以忘怀的人便从大道的另一端款款走来，两手合抱胸前，对着我微笑，令我不由自主沉沦，或哭或笑。夜里，在众人的酣睡中一个人坐到车窗前，看着急速变化的夜景。一闪而过的原野像一匹野马，追撵着火车不愿离开。山峰迅速后撤，仿佛前面有黑压压的敌人逼近。夜空静谧深邃，星星眨着眼睛一闪而过。世界似乎癫狂了，呈现着加速度的状态，而我也仿佛飞身青冥，长袖善舞，快速游走，竭力配合着这场运动，体会着万物变化的节奏，心情便愉悦了起来，将诸多不快抛之脑后。

开车是旅行最好的交通方式。一边开车一边将喜欢的音乐声音开到足够大，噪声般冲击着耳膜，一直听到耳朵发痛才关闭，便觉得有一种毁灭般的惬意。行走在乡间小路，田园牧歌让坚硬粗粝的心变得柔软温馨。高速公路上的疾驰，神经会紧绷到无暇顾及其他，只是偶尔对着前前后后的大车小车以及司机的开车技术评头论足一番。穿越隧道，便会幻想泛滥，觉得隧道的那头直通瑶池仙台，神仙们正在饮酒作乐。看到心仪的景色，便停车细细观赏品味，觉得自己已经和大自然融为一体，不由得浮想联翩，频频用相机上下左右比画，规划着照片的构图，不放过每一处美景，回家也好向亲朋好友们炫耀。开车最大的好处就是且行且游，没有导游催促赶路，没有时间限制，“从流飘荡，任意东西”。阮籍迫于司马氏的高压政权，不能公开表达对朝政的不满，亦不能对至亲好友倾诉苦闷，孤寂便是他生活的常态，他经常独自驾牛车出游，日暮途穷，辄痛哭而返。这种自由自在的旅行方式令孤寂也顿时变得高贵起来。

旅行可以荡涤心灵的尘埃。或许久居城市，金钱让人心变得浮躁，旅行是给心灵洗澡，让心灵回归最初的洁净。夏天回到老家，住在破旧的房屋，感受着纯粹的黑夜，闻着泥土的香气，听着夏虫的喁喁私语，便觉得自己是一个通体纯洁的冰人，同事间的明争暗斗，职场上的进步落后，统统被抛诸脑后。在海南，享受着扑面而来的绿色和海滩上温暖的阳光，拉尔夫和麦琪的爱情便在脑海中荡气回肠地上演。虽然过了演绎爱情的年龄，但装有一个关于爱情的浪漫梦想总胜过心中装有邪恶念头——在这样一个物欲充斥的年代，梦想也是一件奢侈品。在凤凰，追随着沈从文的足迹，感受着这片古老土地的神秘和工业文明冲击下的落寞。在平遥，想象着当年钱庄的繁盛，惊叹于古人精明的商业头脑。在桂林，山山水水仿佛都有灵气，只等着你来，便将这灵气源源不断输送到你的心海……旅行中，你可以放浪形骸，可以无所顾忌，不必接受那些素日里必须遵守的规则，还原最真实的自己。在这些有意义的行走和想象中，回看曾经所谓的孤独与寂寞，只不过是闲极无聊时的呻吟罢了。

渴望在旅行中结识有缘人。不是期待艳遇，而是期待遇见旅行中脱去伪装、以诚相待的人。在上海的公交车上热心为你指路的大爷大妈，在峨眉山应你要求耐心为你拍照的陌生人，在泰山黑夜中陪你下山的男子，在苗寨请你喝米酒的苗家女儿，在藏区为你端上手抓羊肉的卓玛……当然也会遇到如鲠在喉的人。阳朔古街中向外国人伸手要钱的老大妈，韶山打着领袖旗号推销纪念品的山民，大理频频鼓动游客购买玉手镯的金花导游……人生就是一场旅行，会有形形色色的人陪你走过不同的路途，然而我从来坚信善良真诚的有缘人居多，就像我坚信好运气会一直伴随着我一样，他们会让我脱下因戒备而产生的孤寂的隐形衣，结结实实享受旅行的乐趣。珍惜这些有缘人，

不管他们带给你的是不愉快还是愉快，因为下辈子，都不会再见。

有人说：旅行就是从自己活腻的地方到别人活腻的地方去。如果某天，你突然想一个人、一个包，开始一段简单抑或复杂的旅程，那就请你孤身上路，不要犹豫。旅行不能经纶济世，却是一片阿司匹林。旅行中心境的变化和丰富的经历，足以让你远离孤寂的侵袭，建造精神花园中最美的风景。

邂逅乌镇

直到邂逅乌镇，才意识到，我经年累月跋山涉水寻找的，不过就是这样一方充满着江南灵秀与静谧的水墨丹青，这样一块淡然平和能让我灵魂洁净的安心福地。

乌镇像一位温婉秀美轻灵素雅的女子，静静伫立在缓慢悠长的岁月河边，巧笑流转美目顾盼之间，已然俘获了我青苔遍布的心。瘦削的乌篷船咿咿呀呀摇荡着离人的远梦，青瓦白墙的古旧屋舍承载着数千年的历史沧桑，青石板铺就的幽深小巷时不时叩响了清脆足音，晕黄迷离的灯火在河面上荡漾起一波又一波相思……那古朴厚重线条简洁的石桥上，该有玉人在明月夜吹起幽幽咽咽的箫笛吧；那雕花的窗棂下，该有闺中少女在如豆的灯火中思念远方的荡子吧；那缓缓流淌的绿水，该是年华易逝生命静好的有力见证吧；那悠悠飘过街角的裙裾，该是娉娉婷婷丁香般结着愁怨的女子吧；那精雕细刻花纹繁杂的千工拔步床，该是豪盛时代工匠们对美的尽兴展现吧；那入口柔绵回味爽净的三白酒，该饮醉了多少羁旅飘零的归人吧。

而我真的就在这样一首清幽的诗、一幅素雅的画中流连。纵使我一个人的呼喊，也轻声起来近乎呢喃；一个人的脚步，也轻巧起来近乎无声：只恐惊扰了这场他乡难得的宁静素美的好梦。如果能在这梦中沉沦，我愿意做一朵盛开在乌镇的风荷，在季节的枝头上旁若无人地弄影，在无情的春盛秋凋中哀怨自怜，就算是凋残了吧，也要在寂静的秋夜，聆听细雨微弱的呼吸。我愿意做一把胡琴，让盈满生命黏稠过往的乐音徐徐洒落在波澜不惊的水面

之上，被某个风尘满怀的旅人轻掬在手细细品赏。

但我更愿意做一个素净的水乡女子，“垆边人似月，皓腕凝霜雪”。在每个清晨行船人的低语中寄托我烟雾般缭绕的思念，在每个夜晚提着莲花灯走遍大大小小的石桥为爱人祈福。在晴好的日子里点燃一支烟临窗看水，在烟雨蒙蒙中高坐茶楼酒肆品茗饮酒。在温柔的午后任凭箫笛的呜咽隔离了游人浅浅的喧嚣，在黄昏时分手捧一卷诗书读得忘形直到暮色漫上窗台……

就让我沉浸在想念的海里。在乌镇最原始的脉动里肆无忌惮地想念，在乌镇黑白分明的悲喜里刻骨铭心地想念，想念一个让我魂绕梦牵的游子。在美人靠斑斑驳驳的裂纹里，在门楣上残损剥落的漆痕中，浮动着想念的光岚。对岸边的烟柳喃喃低语想念的悲苦，在水边凝望自己苍白消瘦的容颜。请让我在乌镇的每一个转角，铭刻上泛滥成灾的想念的印章。

从容淡定的乌镇，仿佛是我等待了很久很久的恋人，牵手的瞬间，注定了你我情定今生的夙缘。我愿意在乌镇散淡的光阴里徜徉，悠然自安，在乌镇的寂静无语中乐享岁月安好，时光清浅。

相遇平遥

漫溯在平遥古城参差错综的街巷，终于悟到，原来一路车船劳顿，任凭疲惫的灰尘沾满身体，只为了能和他在生命的某个季节不经意地相遇。

下午的阳光像一只只白色蝴蝶，翩然飘落在质朴宁静的古城之上，细嗅花香。

独行于繁华的明清街，慌张地面对着他突如其来的声势浩大的热情，想象力便像候鸟的翅膀般不规则地扇动，鹤发苍颜的先民便从古老的岁月深处缓缓走来，古铜色的脸上浮现着看透世事的平和散淡，似乎能触摸到他们的脉搏，感受到他们的心跳。他们孤单落寞的背影凝聚成一首首哀婉伤感的宋词，青砖灰瓦圈就的深宅大院和曲折逼仄的里弄巷陌镌刻着古城悠远厚重的历史，疲惫了他们满怀的沧桑。

打开饰有繁复图案的古朴雅致金碧辉煌的梳妆盒，就是打开一段传奇，抑或一个故事。绿茶一般温婉秀美的女子，晨起懒梳妆，霜雪凝就的皓腕若隐若现在宽大的衣袖里，纤纤玉指把玩着梳妆盒里每一件他曾为自己亲手佩戴的首饰，一段新愁涌上心头：客居他乡的游子，是否还伶仃孤苦在窗儿底下听人笑语？是否还记得共剪西窗烛的伊人？落花飞处，依旧是云遮雾罩的别离，相逢只是一场传说已久的华丽奢靡的旧梦！

在小巷的灯火阑珊处徘徊，青石板上叩出的足音弥散在清冷的月光里，干涸空洞得就像深闺独坐的美人紧闭的心扉。“我不是归人，是个过客”，唯愿化作堆烟杨柳掩映下的某处屋檐上的瓦菲，生生世世依偎在古城的胸膛。

香草牛肉的香味还在舌尖上搔首弄姿，一盏孤灯和一个枯坐的身影像是从画中走出般突兀在眼前，圆融娴熟的篆刻刀法灵巧多变地勾勒出粗犷的小篆字体，恰好适合古城苍老顽强的气息。而这位对篆刻艺术痴迷到几近走火入魔的清瘦中年人，居然就是中国用小篆书写《三国演义》第一人。精挑细选了一块石头，央求他为我刻成一枚小篆印章之时，忽然觉得自己已经穿越历史颠倒错乱的脚印，从小篆字体里感受到了先民血液的沸腾涌流。

住在古城内一个幽深的去处，木制门窗上摇曳的雕花，配合着窗外绮丽的风景和千里之外踽踽落寞的身影，演绎着一曲忧伤缠绵的古琴曲。枝叶间泄露下来的阳光碎银般跳跃在微微潮湿的地面，暮色黄昏，静静躺在摇椅上，摇走的失落相伴着残花寂寂洒满一地，摇不走的思念潮水般漫延在眉间心上。

竞豪奢的流金烟云，最适合在平遥古城遐想，烙印于紫陌红尘的思念，最适合浸着杏花佳酿满饮。

鼓动凤凰

几乎每一届学生，我都会和他们一起观看改编自沈从文小说的电影《边城》，我以为我已经看得很麻木了，可是今晚，我依然被《边城》击中，眼底一次次充满氤氲的水汽。清澈的沱江水、茂密的树林、老式的摆渡船、端午的龙舟会、善良的人们，一切都显得绝美和谐，世外桃源的画卷徐徐展开在我们面前。

质朴如翠翠的女孩子，大概在现代社会找不到了，纯洁的心灵、朦胧的爱恋，十五岁少女的羞涩矜持，让我这个看惯世俗爱情的人心向往之。

爷爷为翠翠的终身大事担忧，最终在对翠翠的不舍和牵挂中悄然离世。不愿意多收坐船人钱的爷爷，每次赶集，都会有好心人塞给他各种吃的喝的。生活在边城的人们，永远互相帮助，以善良回报善良。他们的心里，没有尔虞我诈，没有功利欺骗，淳朴真挚得就像沱江水。或许我们被太多的功利心包围，或许我们有太多的负累，或许我们的生活缺少一块净土，看完《边城》，总会让人唏嘘惆怅。

因为沈从文的《边城》，也因了这句“为了你，这座古城已等了千年”的广告词，去边城凤凰一直是我的心愿。

清秋十月，我的双脚终于踏上了湘西的土地，真正走进了边城凤凰。细细的雨飘飞着，像人纷乱的思绪，使古城更增添了几分韵致。沱江像一位风姿绰约的少妇，伸展着柔婉的双臂，两岸飞檐翘角的吊脚楼多为木质结构，依山而建，参差错落，是为她挡风遮雨的披风。时光在凤凰城中缓慢而舒展地流淌，午后的雨下得热烈而细密，打在吊脚楼的屋瓦上，发出细密而有节奏的滴答声。撑一把油纸伞，慢慢游荡在青石板铺就的苍苔遍地的悠长小巷中，恍然间以为自己行走在唐朝宋代的江南集市，古典秀美的感觉随之而来，满脑子的唐诗宋词一时间不知该吟诵哪句。

随意的一个桥洞下或者一段古城墙下，一把吉他，一个手鼓，一台简单的音箱，几个不知名的歌手就会即兴而歌。随意松弛的状态，简洁单纯的伴奏，激情四射的歌声，吸引得许多游客驻足。他们却全然忘了路人的存在，依旧陶醉在自己的世界里，任思绪穿越古今，年轻的心轻舞飞扬。

一首歌拨动了我的心弦，就像正落下的细雨悄悄浸润我的心。顺着歌声走到一家淘碟店，一个女孩子在穿梭织布，纤细的手灵巧得像一只兔子，在织布机上跳跃——她在织一条围巾，黑白条纹的图案，冷淡的色调。她的旁边，一个高挑的女孩子懒散地斜靠着墙壁，和着音乐的节奏敲着手鼓，清脆如山泉叮咚的鼓点，竟和凤凰古城极度和谐，也敲击在了我的心上。记住了这首叫《滴答》的歌，记住了这个叫坎坎的歌手，买了她的歌碟，却忽然担心车里的音箱凸显不了手鼓的浑厚低沉。歌曲透出的淡淡伤感，让我依稀回到大学校园，想来这轻忧伤是属于年轻人的，过重的忧伤会让人窒息得喘不过气，产生“要么现在就死，要么快乐活下去”的孤注一掷感，而习惯了纷乱麻木生活的我，在凤凰可以抛开一切世俗的苦痛，恰好品味这淡如烟雾的忧伤。

一个小店一个小店游逛，一块小小的石头，一对苗银的耳环，一块蜡染花布……每一个细小的物件似乎都沾染了古城的灵气，静静地吸引着你，让你不由自主走过去观望把玩，忍不住把它据为己有。看制作姜糖的师傅极其夸张地将姜糖团挂到店门旁的铁钩上反复拉长、绕圈，看苗女身上民族特征鲜明的绚丽衣饰——古城的每一个角落、每一个细节都会让游人流连忘返。嘴里嚼着姜糖，身上披着苗族的大披风，眼睛如饥似渴搜寻关于凤凰的一切，偶尔对着那些很个性的衣衫发呆，或者看着衣衫胸前、后背印制的痞气十足的个性语录发笑：这就是凤凰，尘世中不敢做的不敢说的这里都可以做可以说。凤凰让游人变得胆大，让每一个来这里的人心灵澄澈，凤凰需要细细品味，才能感受到它与众不同的内涵。

坐在沱江边的吊脚楼上，欣赏着如画如诗的美景，心旷神怡。喝着苗族兄弟家酿的米酒，好想一醉不归，凤凰的灵性让游人也受到浸染，就连笑谈的话语也有了浓浓的文化气息。灵秀的凤凰，难怪会孕育出沈从文、黄永玉这样的大艺术家：它本身就是一件美丽的自然艺术品！

“照我思索，能理解‘我’；照我思索，能理解‘人’”，站在沈从文故居前，这句刻在沈从文墓碑上的话涌现在我脑海，没能去先生的墓前拜谒，是一种遗憾。“今天见一大胖女人过桥，心中无限伤感”，这个二十岁就离开家乡凤凰，独自在京城寻梦的年轻人，怀揣着对美的敬畏，始终用抒情优美的文字，沉静地勾画着家乡的风土人情，展现着人性的善良美好。凤凰，因先生而变得深邃！

夜晚，站在虹桥上四处张望。沱江水静静地从桥墩下流过，吊脚楼上一串串高挂的红灯笼，给凤凰带来了朦胧魅惑的感觉，星星点点的河灯和倒映在水中的红灯笼相映成趣，闪烁的霓虹给沱江添上了斑斓的色彩，如织的游人在河边信步，酒吧驻唱歌手粗犷的声音弥散在河面上，给古朴凤凰带来了现代气息。

去露天剧院欣赏歌舞，一出《赶尸》让我恐惧非常，以至于戴着狰狞面具、穿着素白长袍的女鬼忽然扑向观众席时，坐在第一排的我被吓得尖叫起来，双手紧紧捂住眼睛。虽然看过揭秘赶尸内幕的文字，但对死亡一直不能释怀的我还是被吓到心跳。赶尸、放蛊、落洞，诸如此类的巫术文化，更给凤凰蒙上了一层神秘色彩。

要离开了，心中竟有万般不舍。我很清楚，真正的边城，就像在水一方的伊人，令人企慕追寻却永远也到达不了她身旁，只能徒然生出无尽的惆怅和无穷的感伤。眼前的边城凤凰，尽管有喧嚣，有商业气息，尽管再也找不到翠翠般淳朴的人们，然而和红尘中名利包围下的城市相比，它还是足够引起人诗意的联想。也许我们的心灵已经被太多的金钱腐蚀，浮躁让灵魂无所皈依，那么，来凤凰吧，在这里脱掉沉重的枷锁返璞归真，回归本真才是心灵救赎的终极方式。凤凰，是现代文明侵蚀下人们的精神家园。

老街

是在黄山市游逛的时候，不经意间走进老街的。

分不清东南西北，就在一家家时装店徘徊，反正没啥要紧事情，就这样慢悠悠闲逛也是一种休息——旅游本来就是一种休息。一个高大的牌坊孤零零地矗立在一小块空地上，牌坊由两根大立柱支撑着，顶端飞檐翘角，门楣上雕饰有“丹凤朝阳”“双龙戏珠”图案，门额上写有“老街”二字，我才知道原来这就是著名的黄山老街，不由对自己的孤陋寡闻暗暗惭愧。也忽然涌起了好奇心：这样古色古香的牌坊，里面隐藏的也许就是一段古老历史抑或一个女人的故事。我向来对古典物事充满向往和热爱，一段窄窄的板桥、一条仿古的宋元街市、一个严实的四合院，都会让我想到某段哀婉凄美的传奇，抑或一个香艳诱人的故事。

站在老街街口望去，街面均用赭色的大块条石铺成，街道狭窄幽深，两边都是两三层高的砖面结构的楼阁，这些做店铺用的楼阁鳞次栉比错落有致，白墙上覆以青瓦，楼阁与楼阁之间用马头墙隔开，精巧玲珑的楼阁上镂刻着精美的花纹和图案，使老街显得非常古朴典雅。在一家卖徽墨的店铺里，我和一位世代居住在老街的老者聊天，才知道原来老街体现的是徽派建筑的特点，老街是国内目前保存较为完好的具有南宋和明清建筑风格的古代街市，被誉为“活动着的清明上河图”。

正是七月，正午的阳光毫不留情炙烤在身上，炎热让我心浮气躁，好在老街上多的是店铺，一家家地钻过去，也算是躲开了太阳的追捕。街上游人很少，这正合我心，我一向不喜欢人声嘈杂。昨天上黄山，羊肠小道上摩肩接踵的游客，就让我觉得烦躁，游赏情绪全无，全然没有兴致感受黄山的秀美。就连奇松、怪石也没激起我的乐趣，只是看到云海的时候，有些许激动，却也远没有登峨眉山、泰山的兴奋。老街宁静安详的氛围，正是我追寻的。

街上多是卖砚台的铺子，我向来喜欢笔墨纸砚，虽然至今分辨不清何种为上乘，但每次见到，都会产生一种亲切感，大概是上中师的时候练过毛笔字的缘故。那时班里大兴练字之风，我也不甘落后，每天中午吃过饭，就会写三四张大楷，不练的时候，也会拿着字帖认真揣摩字的间架结构。那时还不懂砚台对于一个读书人来说所意味的文化品位，也没经济条件买上好的砚台，一只廉价的墨盒，一支普通的毛笔，一卷旧报纸，一本柳公权字帖，就开始练毛笔字了。两年时间，居然也懂得如何运笔，毛笔字写得像模像样。上了大学，我仍然坚持练了几个月，其间我的毛笔字还受到书法课老师——一个干瘦老头的表扬，但我从来就是个做事没毅力的人，同学们都有各自的事情要忙，没有练字的氛围，我也就将练字丢弃了。现在想来常常觉得遗憾，因为一直没有写出一手好字。工作以后，也有好几次想重拾这项爱好，可惜都因各种借口没有拾起，但对文房四宝的喜欢却不但没有减退，反而更浓。

老街卖的是四大名砚之一的歙砚，和甘肃出产的洮砚明显不同。在一家店里，店主看我观赏很细致，就主动给我讲解歙砚的历史、产地，并教我辨别上等歙砚的方法。这是一个三十多岁的男人，非常健谈，也很干脆利索。近半个小时的介绍，我饶有兴趣听着，觉得不买一块他的歙砚都不好意思走出店了，但一块巴掌大的砚台都卖到好几百元，更何况这么重的东西很不好携带，最终决定不买，就向他深表歉意，他倒是无所谓，说下次你来的时候买也行啊，我才放下愧疚之心出了这家店。

又徘徊在几家扇子店。都是店家自做的扇子，有书生拿的大折扇，也有淑女拿的小折扇，扇面上或题写诗词，或点染成花鸟虫鱼，每一把都让我心仪。一把小巧的折扇，做工很精致，绢面上是淡雅的兰花，拿在手里既不过分张扬也不过分普通，毫不犹豫买下了它。

又是一家卖折扇的店。一位二十多岁的女子，坐在店铺正中，专注地在扇面上写字，秀美的蝇头小楷，从容洒脱的字体，引得不少人围观。女子穿一件紫红色旗袍，长发飘逸，俊眼修眉，皮肤白皙。四周摆满了各种折扇，她坐在折扇中间，显得古典高雅，仿佛是从明清时代穿越到现代的美女，浓浓的文化气息充盈着整个店铺。

其实不止这家店，老街处处都充满着文气墨香。徽墨、歙砚、折扇、书画、宣纸、茶叶，都给人以文化熏陶，特别是老店铺的金字招牌以及招牌上不同的书法字体，更有着厚重的文化味。

看到丝绸店的各色丝巾，忍不住买了几条——带回去送给朋友也是好的。给自己挑了一条特别鲜亮的绿色丝巾，记起一句话：当喜欢艳丽色彩的时候，说明已经老了。是啊，岁月不饶人，“少要稳重，老要张狂”，年轻的时候最怕被人说不稳重，买衣服多为黑色灰色，而现在却最怕别人说过于稳重，反而喜欢大红大绿的颜色，看来真的有些老态了。

一件旗袍引起了我的注意：白色丝绸上绣满淡淡的粉红色花朵，领口裁剪得很别致。上身一试，简直就是为我量身定做。以前总觉得自己没有傲人身材，所以从没尝试过穿旗袍，这次终于下定决心，买下了这件旗袍并当即穿在身上。手里轻摇着小折扇，走在老街上，才觉得自己和老街真正融为一体。

一种点心让我驻足。点心很小，外皮焦黄，内里包着菜或者肉，黄灿灿的很诱人。我是很好吃的人，看着它就已经馋涎欲滴，一打听，才知道这是有名的黄山烧饼。买了几个，就在老街上吃起来，全然不顾淑女形象。

夜幕降临，老街上高挂的红灯笼透出的柔和的光，照在赭色石板路上，照在粉墙青瓦上，营造出朦胧的氛围。老街上的游人多了起来，熙熙攘攘，喧嚣嘈杂。黑夜是老街的白天，老街愈夜愈美丽。而街外，新安江像个熟睡的婴儿，微微泛起的波涛是它均匀的呼吸。

习惯了忙忙碌碌的生活，却忘记了幸福的味道。也许在忙碌中，我们需要“偷得浮生半日闲”，就像今天，随意在老街游逛，感受老街的文化气息也是一种幸福。做个有心人，收藏点点滴滴的幸福，生活就会变得情趣盎然！

走进新疆

我从小就对新疆充满向往，原因只有一个：三年自然灾害时期，家乡饿死了不少人，那些胆大跑到新疆的人却活了下来，而且大都生活优裕事业有成，荣归故里的时候，自然成了父辈们羡慕的对象。从父辈们对他们传奇人生的讲述中，我对新疆有了一种模糊的认识：这是一个能让人吃饱肚子的很富庶的地方。

后来认字了，阿凡提机智聪明惩治巴依老爷的故事让我着迷；后来有了电视，新疆歌舞使我心动；再后来看神话故事读武侠小说，周穆王驾车在天池私会西王母的神话令我浮想；天山剑客出神入化的武功给我快意……新疆在我眼中是神秘的、浪漫的、充满想象的地方，但我一直无缘踏上这块土地。

大学毕业时的一次招聘会，土哈油田招大学毕业生，我嫌油田离家太远而犹豫不决，等打定主意准备签合同的时候，油田负责招考的主任告诉我人已招满，我丧失了一次到新疆工作的机会，至今后悔不已。

十年过去。终于，我有了到新疆观光的机会，可以真正领略新疆风情。

走进新疆，就是走进了歌舞的海洋。

正是初秋天气，我们先到吐鲁番，坐在维吾尔族大叔的农家小院里，吃着香甜的葡萄。维吾尔族年轻人的穿着几乎和我们没有两样，只是他们的衬衣袖口或者领口上有精美的绣花。听不懂姑娘小伙子们在说什么，但觉得他们说话都像在唱歌。那些维吾尔族老大爷和老大娘，穿戴着传统的民族服饰，

忙忙碌碌为我们准备吃的，一举手一投足都带有舞蹈的韵味：他们是天生的舞蹈家。

在葡萄沟，在哈密，随便在哪个旅游景点，都有梳着许多小辫子的维吾尔族姑娘或戴尖顶花帽的哈萨克族姑娘身着鲜艳的民族服装和游客照相，少数民族姑娘皮肤白皙，大眼高鼻，有一种迥异于汉族姑娘的美。随便摆个造型，就将身边的游客衬得灰头土脸，配角变成了主角；随便抛个媚眼，就足以让男游客神魂颠倒、女游客心生嫉妒。

到处飘的是新疆特色的歌曲，任何一个新疆人，都能哼出《我们新疆好地方》《达坂城的姑娘》这样的曲子来，歌声中透出新疆人的自豪。导游是个热情的新疆小伙儿，他为我们即兴演唱《古丽》，我们也被感染了，一首接一首地唱起新疆歌曲，旅途变得热闹起来。

我们在乌鲁木齐街上溜达。朋友是懂音乐的，徘徊在乐器面前不肯离开，手鼓、热瓦甫、都塔尔、马头琴，还有一些叫不上名字的乐器，朋友细细把玩，每一件都爱不释手，恨不得全部带回家去。在一个维吾尔族老人那里，朋友发现了一件热瓦甫，细看做工精致，弹拨音质很好，一下子就喜欢上了，无奈老人怎么也不肯卖，说已名花有主，朋友情急之下扔下钱拿起热瓦甫就跑，老人追赶不上只好无奈摇头，看得我们大笑不已。

晚上住在宾馆，打开电视，先看见的就是陈宝国操着满口维语介绍吴太感康，虽然知道这是配音，但还是觉得很古怪而忍俊不禁。翻到其他频道，才发现新疆的电视节目多歌舞，几乎每个台都是歌舞。漂亮的维吾尔族姑娘、英俊的哈萨克族小伙子，随着音乐翩翩起舞，或热烈奔放或含蓄内敛，眼神顾盼流转释放无限情愫，迷人曲线在旋转中完美体现。美妙的舞姿吸引得观看节目的人脚直发痒，也想跳起来唱起来。不由产生无限遐想，葡萄架下苹果树前，多情的人就是这样借歌声向心爱的人传递爱意吧；水草丰美的牧场、美丽肥沃的田园，勤劳的人就是这样用舞蹈表达丰收的喜悦吧。在天山脚下伊犁河谷，在高昌古城楼兰古迹，在克拉玛依油田塔克拉玛干沙漠，在平整宽阔的柏油马路上高耸雄伟的风力发电机旁，新疆人就这样打起热情激烈的手鼓，弹着悠闲清雅的都塔尔、清脆明亮的热瓦甫，跳着优雅热情的赛乃姆、欢快沸腾的夏迪亚那舞，他们且歌且舞，描绘着田园牧歌的生活。

我想起了著名的胡旋舞。这种源于新疆的舞蹈动作轻盈、旋转急速、节奏鲜明。胡旋舞就是因为在跳舞时须快速不停地旋转而得名的。胡旋舞在汉末传到中原，立刻受到了中原汉人的热烈追捧，汉灵帝就非常喜欢这种舞蹈。曹操的儿子曹植还会跳胡旋舞。历史前行到大唐王朝，长安城里，一时舞胡旋成风，胡旋舞成为当时最为流行、最为时髦的舞蹈。杨贵妃会跳各式各样的舞蹈，她跳起快速多变的胡旋舞来更是多姿多彩、无与伦比。有一次，唐玄宗看杨贵妃跳胡旋舞，只见她两脚应和鼓点，身体左旋右转，舞袖飘拂，裙角飞扬，唐玄宗为之倾倒，接过鼓槌，忘乎所以地为贵妃击鼓，竟把羯鼓都击破了。

白居易写长诗《胡旋女》,将在鼓乐声中急速起舞的形象刻画得非常传神：

胡旋女，胡旋女，心应弦，手应鼓。弦鼓一声双袖举，回雪飘摇转蓬舞。左旋右转不知疲，千匝万周无已时。人间物类无可比，奔车轮缓旋风迟。曲终再拜谢天子，天子为之微启齿。胡旋女，出康居，徒劳东来万里余。

现在的新疆舞蹈，还保留胡旋舞特征，新疆舞蹈散发的魅力穿透古今。

如果你觉得新疆只是民族歌舞的故乡，那就大错特错了，我们去的时候，正是刀郎的《2002 年的第一场雪》《情人》流行的时候，导游非常认真地向我们介绍八路汽车停靠的新疆宾馆，新疆人以刀郎为骄傲，也许是向世人证明：新疆不仅孕育民族音乐，也能打造流行音乐。

白天玩兴未尽，晚上我们找了一家迪厅狂欢，才发现乌鲁木齐的迪厅非常现代化，年轻人的舞姿动感十足，不时有老外掺杂其间。领舞的几个女孩将肢体语言发挥到极致，场面异常火爆。

这样一片歌舞的热土，的确是产生歌手、舞者、作曲家的地方，也就不难理解王洛宾为何在 20 世纪三四十年代，毅然决然放弃去国外留学深造的机会留在新疆了，而且这一留就是一生，连魂魄也留在这里。这位令人尊敬的老人晚年还在孜孜不倦地搜集各民族的民歌，我依稀记得看到过他的一张照片，老人一身休闲打扮，戴着宽边帽子，兴致勃勃跳着维吾尔族舞蹈，几个大胡子维族吾尔老人敲着手鼓弹着都塔尔为他伴奏，看得出他深受爱戴。这样一位能真正融入新疆的人，自然会创作出脍炙人口、流传千古的歌曲，正是他的发掘传承，让全世界更多地了解了新疆音乐。

耳边响起《在那遥远的地方》，愿陶醉在新疆歌舞中，不再醒来。

一个叫南京的城市

火车驶过南京长江大桥，一位素不相识的中年妇女欣喜地对我说："看，南京！这就是我的家！"我被她溢于言表的自豪感染，第一次仔细打量这座神秘的城市。

正是黎明时分，远山还在黑暗的拥抱之中，微微显出一点倩影的，是树。大片的树郁郁葱葱，在夜色中都能感觉到它们扑面而来的生机。那远处闪闪烁烁如萤火虫的，是车灯是霓虹，是挂在南京城脖子上的项链。

我惊叹于长江的壮阔，尽管只如惊鸿一瞥。望不见长江的尽头，它弥漫于水气之中，隐身在漂浮的黑色背后，水雾迷蒙，烟涛微茫，偶尔有几只水鸟飞过，一只船孤零零地停在岸边。看不清长江的真面目，在这乍亮还黑的时刻。但我以为这正是长江的美，神秘而诱人，一如依偎在它身边的南京。

想象中的南京，是古典与现代相结合的最完美诠释，古色古香的充溢江南风味的建筑，虽有浓重的六朝金粉气息，但又不乏帝王的霸气，刚强而妩媚，正如英雄也有儿女情长的时候，南京集二者于一身。它是繁华的，只是这繁华中透出一股怀旧气息，让每一个来南京的游人去遐想它厚重沧桑的历史，它有帝王之都的气派和江南水乡的灵秀，正如它不南不北的地理位置。

我急于撩开蒙在南京城脸上的面纱。

太阳出来了，一个真实的南京呈现在我面前。

高楼林立，汽车如流，现代文明迅速吞噬着这座有着悠久传统文化的城市。空气中充斥着刺耳的汽车喇叭声和浮动的灰尘，每一幢楼上都晒晾着花花绿绿的衣物被褥,如同悬挂在半空中的南京城的名片。在一些小区的角落,垃圾正在静静地发霉……我几乎不敢相信自己的眼睛,这就是我想象中的南京?在我眼中,现代化的城市都是相同的,包括女人们穿的衣服。钢筋混凝土的建筑、柏油路面、水门汀地,呈现的都是一片灰色,偶尔有一抹亮色,却总在这片死灰当中露出可怜的姿态来,我就是在这样的心情中认识了北京,可是我不愿再这样认识南京。

我在李香君故居、王谢故居徘徊,我在秦淮河上游荡,可是这些复原的故居引不起我丝毫诗意的联想。秦淮河发绿发臭的河水更使我无法沉浸到《桨声灯影里的秦淮河》的意境中,我甚至怀疑,夫子庙熙熙攘攘看灯的人们营造了一种虚假的繁荣。倒是中山陵层层的石阶让我沉思,这层层石阶如人生,亦如走过千年风雨的南京,我愿意这样不停地走,永不停留。梅园新村一段并不长的走廊,却在我心中悠长深邃,如永远也走不完的心路历程。

据说上海人把南京叫作乡村,喜欢到南京度假。在我看来,南京不是真正意义上的乡村,它缺乏乡村的宁静和朴实,它表面的宁静中蕴藏的是一股追赶潮流的潜流。南京正如一个环佩叮当、满头珠翠的古典美女大跳着现代舞,认真却滑稽。虽然它打着传统历史文化名城的招牌招徕游人,但事实上,它的古建筑已保存无几,南京正慢慢失去它独特的个性,因此很难给它一个准确的定位。

弥漫于南京大街小巷的是一种慵懒的气息,这或许跟南京的气候有关。南京很少有北方的极冷天气,即使在冬天,太阳光暖暖地照在身上,屋外的阳光比屋内更让人觉得暖和。所以,在大街上行走的南京人,步履轻松,神情悠闲。南京的雨,来势柔和,雨丝细细的,扫去我心头的阴霾,让我的心中生出无限的情丝。

在南京,生活是缓缓向前流动的,如一曲优雅的慢板。你可以尽情体味生活,而不必行色匆匆。你感觉不到现代生活的快节奏,现代文明在逐步蚕食南京的传统文明,却无法改变南京几千年形成的生活节奏。

南京的确是一个舒适的、休闲度假的好地方,在这里,你想到的只是如何玩得开心,很少顾及在其他城市必须考虑的实际生活问题。南京又带有一点颓废色彩和寂寞情绪,或许,这正是它吸引游人的原因?和北京相比,南京似乎缺乏一点朝气,我们只能从南京的报纸中觅到一点朝气的影子。

我依旧为南京感到遗憾，南京已不再有帝王之都的霸气，只剩下冷香残脂。“潮打空城寂寞回”，南京城正在老去，其实，老去并不是问题，问题是如何优雅地老去，这对南京城来说，是值得思考的。

或许，朱雀桥畔的绮丽往事，乌衣巷口的凄美回忆，只能从故纸堆中找寻。钟灵毓秀、美丽伤感的石头城，只能存活于我们的想象中。

就让南京城继续蒙着它神秘的面纱吧。

行走五台山

对五台山的印象，源于几位小说中的人物。

鲁智深，这位《水浒传》中的莽汉，为了躲避官兵的追杀，不得已在五台山皈依佛门；杨五郎，沙场兵败，英雄末路，目睹父兄惨死怀中，万念俱灰，在五台山遁入空门；清世祖，贵为大清天子，却不爱江山爱美人，终因红颜知己董小宛仙逝而难逃情劫，在五台山剃度，从此常伴古佛青灯……五台山在我心中，始终是一个心情苦衷的悲情英雄不得已而隔绝红尘的悲凉去处。因此游览五台山的最初，我的心情完全被一种悲悯情绪左右，一如劈空而下的瓢泼大雨。

“金五台，银普陀。铜峨眉，铁九华”，这是佛学大师赵朴初先生对四座佛教圣山的评价，五台山排名第一当之无愧，被称为“佛国”的五台山，仅大大小小、年代不一的寺院就有 124 座。五台山是文殊菩萨的道场，据说在这里许愿很灵，所以自古至今，五台山香火鼎盛，绵延千年。

身着黄衫的显宗弟子和身着灰袍的密宗弟子相拥而行，光头的和尚尼姑和蓄发的居士信众寂然打坐，身披紫红袈裟、手摇转经筒的藏传佛教弟子旁若无人地诵经文转佛塔，虔诚的佛教徒一遍又一遍磕长头……在这里，中原佛教和藏传佛教得到了很好的交融，佛光普照之下，游人、香客、僧侣奇异友善地混杂在此，令我想到最多的词是“和谐”。

坐景区公交车的时候，上来了一位老僧人，我急忙让座给他，他慈爱平和的神情让我杂念顿消，我问他有关佛学方面的问题，他很认真地给我解答，下车的时候,他突然问我:“你从哪里来?”我老实回答说我从甘肃嘉峪关来,他微微一笑说很远啊,飘然离去。我目送着他的背影,忽然觉得自己好傻气,他的问话很有偈语的味道,也许我应该回答“从该来的地方来”或者“既然无所谓去,也就无所谓来”之类的话,我向来很向往佛家的辩经斗法禅宗的修为机缘,但也许我没有佛家所谓的慧根,才会有如此笨拙的回答,这到底令对佛学有好感的我顿时有了深深的惭愧之心了。

看僧侣们上晚课,迟到的僧人步履匆匆,边赶路边整理身上的袈裟;年长的僧侣似乎已经深悟佛学精妙,很随意地跪坐在蒲团上,微闭双目,完全沉浸在诵经当中;年纪小的僧侣还没有尽脱尘世嘈杂,睁只眼闭只眼一面念诵经文一面偷窥大殿外观望的游客,心不在焉得就像邻家貌似认真写作业心里却在想着刚结束的足球赛的顽童。这情景多少让我忍俊不禁:原来寺庙里也是有凡人世相的,唯愿如此,更显真实,更觉可爱。

看到一位年轻僧人匆匆到禅房取经书,就很好奇地跟在他身后,想看看他们的禅房究竟暗藏着什么玄机。他到禅房门口,却并不伸手从口袋里取钥匙,而是抬起手来到门上面的隔板上一抹,一把钥匙便滑落下来,原来钥匙是用绳子拴在隔板上的,这让我忽然有置身乡村的感觉。这把钥匙打开了通往童年的通道,父母还没有从田间回来的夜晚,我也是踩着土块,努力伸长手臂,艰难地取下放在门顶上的钥匙,打开家门的。

禅房里除了简单的日常用品,没有其他。这和我想象的佛门生活一致,既然清修,便要简朴,方能更好领悟佛法奥妙。

看到几个身穿白衫的小尼姑,就很好奇地问她们为什么穿的是白色僧服,她们满脸稚气的脸上露出茫然的神情,并不说话,只是摇头。大概是五台山佛学院的弟子,举止神情纯洁得就像佛祖座下绽放的莲花。

走过解脱门,跨进般若门,但愿人世烦恼就此烟消云散。既然佛说万般皆空,何必纠缠于不必要的烦恼,摒除欲念,保持空灵之心,也是一种人生的智慧。此刻,宁静祥和就像一株带露百合,安静盛放在我的心田。

夜晚,住宿在五台山深处的农家客栈,秀美的乡间景色迷住了我,趁着夜色兴致勃勃去爬山,伴着寺庙的暮鼓晨钟入眠起居,也是美好的人生体验。

只是没来得及欣赏五台山奇绝的自然景观,成为此次游五台山的遗憾了。

西安，西安

·流连西安古城墙·

作为游客，到了西安没有到古城墙上走一走，会倍觉遗憾。

登上古城墙，瞬间被它恢宏壮美的皇家气度所吸引。庆幸自己来之前没有对西安的人文景点做任何预习，期待中的一见钟情在这里油然而生，古城墙让我尤其感觉惊艳。

据说这段由隋唐皇城扩建而成的古城墙已经有 1400 多年的历史，最晚的一次扩建发生在明洪武年间，距今也有 600 多年。整段城墙呈长方形，全长约 13 多公里，城外有护城河，现在看见的只是绕城防护林。

站在外侧垛墙朝下张望，更觉城墙之高耸巍然，一时眩晕，赶忙撤回身子，忽然想起有关女游客逃票，直接从墙底攀援至墙顶参观的报道。敢攀援 12 米高的城墙，不由佩服起她的胆大和勇猛来，想到一介女流众目睽睽中奋不顾身用力攀爬的狼狈模样，一时忍俊不禁。

古城墙由黄土夯筑而成，墙面和墙顶均由青砖铺墁。年代久远的缘故，许多青砖已经残损，墙顶许多地方也已凹凸不平，然而这些细微的瑕疵不足为道。真正让我惊叹的是墙顶的宽阔，据说宽阔到超过城墙的高度，犹如一条大马路在眼前铺开，士兵可以在上面操练，相比现今某些城市街道逼仄的小家子气，不能不为古人修建城墙时的大手笔感慨。

敌台、角台、垛口、马道……这些城墙上的辅助建筑无一不是为防御外来侵袭而设。今天，古城墙已经完成了它的军事重镇的防御使命，转变为游览观光胜地。观光车、自行车在城墙上往来穿梭。租辆自行车绕城墙骑行，也是西安行中值得留恋的乐事呢。

城墙有东西南北 4 座主城门，每座城门都会让人想到盛唐气象。络绎不绝的商队等待入城出城，传递的是西域诸国的臣服、天可汗的威严，播撒的是自信开明的种子、繁荣发达的阳光。

这个早晨，城墙上高挂的红灯笼散发着吉祥和平的气息，城墙下嘈杂的市声忽近忽远。这道印满历史痕迹的古城墙，让我再一次感受了西安千年文明的厚重。

·回民街印象·

夜幕低垂，正午的酷热尚在散发最后的余威，游弋于西安回民街，迫不及待潜入商贩们揽客的吆喝声中。店铺挨挤，游人如织，幡旗侧立，旅游纪念品堆积：到处都是闹哄哄的味道。其人声鼎沸、嘈杂喧嚣的景致和黄山老街、平遥明清街、阳朔西街并无二致，当然也有不同：没有高挂的红灯笼，没有清一色或原貌或仿古的特色建筑，没有酒吧和驻唱歌手歇斯底里的演唱。倒也觉得这种杂乱的氛围尚能接受，至少不会有极大噪声刺激得我耳热心躁，而我是越来越喜欢清静的。

回民街主打饮食，各种烧烤、西安各色面食都可在这里觅得，是喜欢西安特色美食的吃货们的天堂。随便走进一家面馆，都有面供你大快朵颐，个别小有名气的面馆门前还排起了长队。紫色瓷质的大海碗，盛上长宽厚硬的面条，浇上色泽鲜亮的配菜佐料，的确令众多饕餮食客胃口大开，吃得风卷残云，当然你得无视桌下的餐巾废纸和油污横陈、已经看不出地面颜色的地板。

吃到嘴里的是美食，留在心里的是文化。西安的饮食文化更多反映出西安人的豪气和实在。相信初到西安的南方游客，会被粗瓷大碗的剽悍吃法吓到，一碗面折射出西安人的性格倾向。

大大小小的饭馆门前都有招牌，多为杏黄色镶红边的倒三角旗子，不由想起“杏帘在望”四字，只可惜市廛陋巷终究担当不起这四字的雅致！意淫罢了！

一家卖馕的店铺门前，长相英俊的少数民族小伙一边就着炉火烤着馕，一边和着录音机的音乐又唱又跳，听不懂他的唱词，但他抖动的肩膀，热烈的舞步，盛开的笑容，都向人们传递着他的快乐。面对围观者的镜头，他舞得更加卖力陶醉，这让我忽然觉得：生活，不是将我们打造成痛苦的思想者或物质的膜拜者，而是一头头快乐的小猪。

·辉煌法门寺·

法门寺因舍利而置塔，因塔而建寺。作为昔日皇家寺院，法门寺因供奉佛祖指骨舍利而闻名海内外。

法门寺宝塔曾于1981年半边倒塌，1987年重修之时，意外发现地宫，佛祖指骨舍利在沉寂了1113年之后，重回人间。当时发现的指骨有四枚，三枚被称为“影骨”，其中两枚为白玉制成，另一枚是一得道高僧的舍利。三枚影骨是为了保护佛祖舍利而放在一起的。

我们浏览的是重建后的法门寺，金碧辉煌，庄严气派，直让我们发出元妃省亲进入大观园时的感叹：太过奢华了。

行走在佛光大道，耳边响彻着空灵的佛教音乐。骄阳似火，汗湿衣背，气喘吁吁之时，想到成佛超脱之艰难。世人往往在功名利禄中迷失了本性，辗转于名利场，混迹于欲望间，灰头土脸抑或春风得意之时，能有一时安静领略佛法，也是人生幸事。不由想到上中师时的室友，十几年打拼，赚得千万家产，却始终虔诚礼佛，定期上寺院洁净身心。她的脸上是平和慈祥之态，她的车上播放的都是佛教音乐。在她身上，看不到骄矜暴戾之气，或许就是佛光照耀的缘故罢。和她在武威见面的时候，她送我两本佛经，劝我认真研读，只可惜我总是借口俗务缠身，不曾翻阅一页，罪过啊！

在双手合十塔，我们幸运地瞻仰到了佛祖的指骨舍利，向佛之心顿生。

试着和佛祖的眼神对接。当你以邪恶眼神对之，佛祖还你以正气；以悲悯眼神对之，佛祖还你以赞许；以张扬眼神对之，佛祖还你以沉静：在佛祖

面前，所有杂念会不由自主消失遁形。

法门寺亦有法师为你测算前世今生，却并不设下诸多陷阱巧夺豪取，这让我们直感叹西北人的憨厚淳朴也表现在寺院里。从山西到陕西，一路行来，几乎每个寺庙道观，都在使出浑身解数敛财，稍不留神，就会陷入精心设置的的敛财圈套里。佛教徒尚且不能脱出金钱的诱惑，更何况俗人？佛教在当代不能发扬光大，由此可见一斑。

在法门寺，我同样是照相达人。并不是为了把照片作为向别人炫耀到过某处的资本，而是想在一个人的时候，静静回忆行走中经历的风风雨雨，体会不同的风俗文化。

·风雨乾陵·

虽然暑气逼人，我们还是兴致勃勃游览了乾陵。乾陵是武则天和唐高宗的合葬墓，陵墓的布局规格和其他皇帝墓葬大致相同，但是那块无字碑，却让人遥想起唐王朝当年的风风雨雨。作为中国历史上唯一临朝称制的女皇帝，武则天可谓才略过人，是她将唐王朝向兴盛的道路又推进了一步，然而在男权当道的社会，她“担当身前事，何计身后名”，所以她为自己立了一块无字碑。武则天的这一行为被许多人解释为她对后世批判的恐惧，但我觉得，这是她足够自信霸气的表现，一块无字碑最后一次显示出武则天的智慧：她相信历史会给她一个公正的评价！

而今，武则天和她的丈夫安然长眠在这里，享受着后人的敬仰和祭奠。

那些排列整齐的无头雕像吸引了我的视线。雕像身形高大，衣饰带有明显的西域少数民族风格，都是双手合抱胸前，做拱手称臣的虔诚状，盛唐气象在这里可见一斑。问及雕像为何无头，导游说有两种说法，一种是后来的西域人看到自己的同族居然向唐朝皇帝俯首称臣，觉得受到羞辱，便砍去了雕像的头；另一种说法是这里经常闹鬼，当地的老百姓认为是这些雕像作祟，便砍去了雕像的头。单纯从美的角度欣赏，无头雕像更引人遐想，就像断臂维纳斯、无头的胜利女神，残缺即另一种形式的完美。

居然有人在吹埙，苍凉悲抑的感觉瞬间将我吸引，不由自主走到吹埙人跟前。卖埙的小伙子当场为我演奏《阳关三叠》并教我吹埙，双手捧着埙的一刻，忽然觉得我和埙之间仿佛产生了心灵感应，以至于我的呼吸急促起来。我是懂一点音律的，可是手指按住音孔，嘴唇凑到埙的上端音孔吹奏的时候，却因过于激动而吹不成调：从来没有哪种乐器让我产生如此强大的心灵颤动。

还记得第一次听埙乐，是在一位老师的公开课上。他执教《哀江南》，朗诵时的配乐就是埙乐，那种古朴醇厚、低沉悲壮的感觉让我如醉如痴，那时就记住了埙的名字。后来看电视剧《大明宫词》，埙如怨如诉、如哭如泣的声音，配上非常有莎士比亚风格的典雅华丽的对白，更让我沉迷。此后便常常想着买埙回来学习吹奏，没想到在这里，我真的遇见了。

“埙最能表现旷古的悲凉与沧桑”，今天，在吊唁史上最伟大女君主的时候，埙更添伤感之意……耳边响起了《大明宫词》中唯美的对白和哀怨凄绝的埙音。

泰山笔记

·泰山印象·

我和小马相约去登泰山。

从宾馆到泰山的路上，我向司机询问登山所需时间，那位山东壮汉仔细打量我俩，怀疑地问："就你们俩？徒步上山？"我说："是啊，有什么不对吗？"他又问："平常锻炼吗？"小马说："基本不锻炼。"他就说："那至少得六小时。"我和小马吃惊不小说："不对吧，我们先前打听的是三四个小时。"他不屑地说："那是坐缆车上下山所需时间，若徒步登山，就凭你们俩，至少六小时。"我俩一时无语。

到泰山脚下是下午一点半，兴冲冲买了门票进去，大概先前在酒店窝了几天很憋闷，走在石阶上，看着周围的景色，觉得身心一下放松，脚步也格外轻快起来。山势并不很陡，有几处还格外平缓，我俩走着走着就有点自大起来，说泰山也不过如此，并没有传说中的陡峭。不由想起刚到泰安的情景，我们急急向一位三轮车师傅打听泰山在哪里，他头向右一偏，说那不是吗，我抬眼望去，只见一座小山矗立在泰安市北面，远没有我想象中的巍峨高峻绵延千里之感，就又问海拔多高，那师傅说大约 1500 米，我和小马相视而笑，说嘉峪关的海拔大约是 1600 米，还没嘉峪关的海拔高呢，以此推论，我们每天生活在泰山顶上，那师傅白了我们一眼没说话。此后每天站在酒店窗口眺望，泰山便映入眼帘，大概西北多高山的缘故，我心中对泰山充满失望，觉得不过一个小土包包而已，远没有祁连山那样让我心生敬仰。

一天见到一位宁夏的老师，说起泰山，这位皮肤白皙、看似相当文静文雅的女老师扶了扶眼镜边，轻声细语说：“人说‘有眼不识泰山’，可泰山这么矮，叫人怎么识啊。”一句话逗得我和小马哈哈大笑：看来她的感觉和我们是一样的。今天走在泰山石阶上，我又想起了女老师的这句话，忍俊不禁。泰山，你让远道而来的客人失望了。

我俩一边欣赏两边风景，一边拍照，倒也不觉得特别累。已经是深冬，泰山到处充满着萧瑟之感。不知名的古树参天而立，有的木叶尽脱，有的还有零星的叶子点缀，只有松树的叶子长青，但也看似冷落坚硬，一颗颗松针硬得似乎能扎进人的心里。泰山多松树，风吹过来，虽没有万马奔腾之势，但也有金戈交接之音，松涛阵阵，鸟儿啁啾。山涧中怪石林立，瀑布已然消了踪影，然而岩石上它那凌厉的气势犹存，似乎只要一声呼喊，瀑水便会汹涌而下，令人猝不及防。

登山的游客并不多，偶尔可见当地人拿着水桶到山上提水——据说泰山泉水可治百病。记得上学时学过一篇题目叫《挑山工》的文章，讲的就是泰山挑山工的艰辛，遗憾的是，今天我们一路走来，没见到一个挑山工。不见也罢，夏天我在峨眉山和青城山见到过背着大块条石上山的背山工，那种辛苦令我毕生难忘。

到了经石峪，只见迎面两面杏黄大旗迎风招展，小马说：“我们进入水泊梁山的山寨了。”大笑。一路走来，才发现杏黄大旗随处可见，我们继续拾级而上，觉得很疲惫的时候，中天门到了。

·泰山艳遇·

从中天门到南天门的一段路，是最难走的，极陡峭。起先站在中天门向上眺望的时候，就觉得山体几乎要迎面倒下来，令人头晕目眩。我和小马被险峻的山势吓住了，就想坐缆车上山，但又不甘心，觉得那样没有征服泰山的快感，更何况之前我们一直觉得泰山不过就是一个小土包包，我们怎么会连小土包包也征服不了呢？我今天登山的兴趣很浓，就鼓动小马徒步上山，

大不了上到山顶天色晚了，就在山上过夜，正好明早起来看日出。小马被我煽动起来了，就说好吧，我们继续向上爬。

爬过一段不太陡峭的石阶，到了“快活三里”，原来这里的山势比较平缓，爬山者到此如履平地，自然产生快活之感，遂以此命名。我被这有趣的地名吸引，稍作流连，不觉想到了《水浒传》中的“快活林”和水浒好汉们言语之间经常提及的“快活”二字，水浒故事亦是发生在山东地界，“快活”二字倒颇能体现山东人直接豪爽的性格。

站在升仙坊俯瞰，石阶就像一条天梯，从山脚绵延直上云霄，风吹过来，天梯似乎随风飘摇。芸芸众生都被抛掷脚下，顿有“飘飘然如遗世独立，羽化而登仙”的恍惚，一时心神摇动，站立不稳。抬头望去，却又被望不到头的石梯吓到——原来这里距离南天门还有一段更陡峭的路程，叫十八盘，那石阶似乎垂直而上，攀爬很困难。石阶两边有石栏杆，石栏杆上又有铁扶手，我们借助扶手很费力地向上爬，几乎五步一小歇，十步一大歇，正在费力的时候，就听见后面有人说：“穿着高跟鞋爬泰山，真行啊你！”我向后一看，原来是三个男人，看着小马穿着高跟鞋爬山很惊奇。小马看了他们一眼，抬起脚说：“这叫‘谢公屐’，不懂了吧？”三个男人愣了一下笑起来，其中一个戴眼镜的矮个子男人就吟诵起了“脚著谢公屐，身登青云梯”的诗句，原来他们是来观摩课赛的山东老师，听说我们是来参赛的，那个眉目端方的老师就说：“怪不得今天下午点名，有两位甘肃的老师没有点到，原来是你们俩啊，溜出来爬泰山了。”我说：“骗人吧你，那么多听课的老师，怎么可能点名？”他坏坏地笑起来。我们就一起向上爬，我和小马跟不上他们，就说：“你们先上吧。”后面又上来一位高个子、长得很清瘦的男老师，原来也是他们一起的，因为运动鞋的带子断了落在后面，就和我们一起向上爬。

下午五点钟，天色暗下来了，山色朦胧，回头可以看到泰安城零星的灯光。风很大，脸被风吹得生疼，像一把很锋利的小刀割在脸上。汗湿衣背，气喘吁吁，腿重得抬不起来，这才体会到了登泰山的不易，不由为先前对泰山的不敬而羞愧，看来“有眼不识泰山”用在我俩身上再合适不过了。

终于到了南天门，已是下午六点钟，天完全黑了下来。四位山东老师已经等在那里，约我们一起上玉皇顶，说只有五分钟路程。我很想去，毕竟来一趟泰山不容易，小马却不想再爬了，说还是下山吧，天太黑了。就和她一起找缆车打算下山，到缆车运送处，没想到缆车已经停了，一位很壮实的光头小伙子说："你们两位大仙真行啊，大冬天的，这么黑，你们在山上逛啥啊。"若在平常，我和小马肯定不会辜负这笑点而无所顾忌大笑起来，然而此时，我们却一下子恐慌起来，无奈地返回到南天门，我说："不如就住在山上，明早看日出。"

小马却很担心住在山上的安全，露出不情愿的神色。毕竟是冬天，山上住宿的游客几乎没有，更何况是两个女人。风愈发刮得大了，似乎一不小心就会被它吹跑。环顾四周，黑云弥漫，黑漆漆的只看得见山峰的剪影和山脚下泰安城闪闪烁烁的灯光，看不到姚鼐在《登泰山记》中提到的汶水和徂徕山。向南天门的左边望去，可以隐约看见日观亭高高矗立在山峰之上，右边，就是通向玉皇顶的石阶，犹豫之中，我想到了四位山东老师，就说："要不我们等四位山东老师从玉皇顶下来，若他们住在山顶，我们也住，若他们下山，我们也跟着下。"就一直等到他们返回到南天门，四位老师执意要摸黑下山，还鼓动我们一起下。我朝来时路看了一眼，陡峭险峻幽深黑暗，不敢想象在黑夜里下山的情景，然而又不敢住在山上，就直言不讳说："那你们别下到中途扔下我们不管，把我俩闪在半道上，我们可就惨了。"他们说："那哪能呢。"就一起下山。

山中本来就很冷，夜晚尤甚。手抓在铁扶手上，冰冷得几乎失去知觉，我抱怨说："我的手快冻僵了。"那位高个子老师就递过来一只手套，还不断提醒我和小马走在他们中间；每到平缓处，我往往看不清向下的第一个台阶，眉目端方的老师就不断提醒我"有台阶"，看我要摔倒了就拉一把；地势不太陡的地方，我就丢开扶手，两手插在裤兜里向下走，那个不善言辞的老师就对我说："还是扶着栏杆吧，太危险了。"我和小马就在这样的关心下磕磕绊绊下山。

一路上居然还有零星上山的游人，大概是等待天明看日出的。也有一些小观音像放在路中间，这在我们上山时是没有的，眉目端方的老师说泰山一带信佛的人很多，这是信佛的老人放在路上保佑登山人平安的。

我说："今天多亏你们，我俩才敢下山。"高个子老师就说："那下山之后你们请我们吃饭吧。"我说可以。矮个子老师就开玩笑说回去一定要和学生分享这次游泰山的经历，尤其要隆重推出遇到的两位甘肃美女，小马就说：“干脆你写篇文章好了，题目就叫《南天门的艳遇》，一定有卖点。”大家哈哈大笑，就在说笑当中，不知不觉最难走的十八盘走过了。我的膝盖痛得要命，几乎不能打弯，右膝盖尤甚。我的右膝盖以前受过伤，还以为是旧伤复发，但又不敢惊扰别人，就咬了牙，侧着身子往下走，每到平整处就稍微休整。终于到了中天门，矮个子老师提议说：“不如拍照留念，记下这次有趣的泰山艳遇。”就拍照留念。

快到斗母宫了，我提议说：“不如我们休息一下吧，正好你们也可以抽支烟。”大伙儿说行，就在石栏上坐下来，大家都走累了，也不说话。山中好静啊，静得只听见呼吸的声音。天空灰暗，仔细看有星子一闪一闪地发出淡弱的光芒。或许是习惯了城市的灯光，好久没有看到夜晚高远的天空和闪烁的星星了，虽然还是冷，但那种寂静的氛围却让我的心瞬间宁静澄澈下来。

起身的时候，才发现我刚才提议休息是个多么馊的主意，大伙儿的腿都痛得站不起来，但都强撑着，谁也不愿意拖后腿。就在互相鼓励中，走过了“孔子登临处”，终于到山脚了，时间已经是晚上九点半。

我对四位老师说：“不如我们一起吃饭吧，我和小马请你们，没有你们相助，我们是无论如何不敢下山的。”眉目端方的老师反而不好意思了，说：“你们远道而来，应该是我们请你们吃饭才对。”我说不必，他就说：“那还是各自回去休息吧，都很累了，若有缘，以后还会再见的。”挥手作别。

我和小马从上山到下山，用了将近八小时，算是大致领略了泰山风光，但也留下了缺憾：没有登上玉皇顶，没有领略天街风情。转念一想：缺憾即另一种完美。何必叹息！

所以用“泰山艳遇”做标题，完全是因为这四个字够香艳，博人眼球而已。山东人的热情和直爽，在这次游泰山的过程中，我领略到了。

·泰山石刻·

没来泰山之前，我对泰山充满憧憬，毕竟这是许多皇帝称颂过的地方：秦始皇统一中国后，曾在岱顶行登封礼，并立石颂德；汉武帝八登泰山，发出一连串感叹：“高矣！极矣！大矣！特矣！壮矣！赫矣！骇矣！惑矣！”；明太祖朱元璋亦说“泰山根盘齐鲁兮，不知其千百里；泰山高耸入云兮，不知几千万仞”。泰山在中国皇帝心中，是大一统的象征。

泰山是一座文化山，充满了人文气息，历代文人墨客留下了许多关于泰山的诗文，《诗经》中有“泰山岩岩，鲁邦所瞻”的句子，意思是把泰山当作鲁国的靠山；孔子“登东山而小鲁，登泰山而小天下”，借泰山讲胸襟的拓展和境界的升华；诗仙李白面对泰山，发出“天门一长啸，万里清风来”的感喟；诗圣杜甫吟诵出“岱宗夫如何？齐鲁青未了……会当凌绝顶，一览众山小”的绝唱，唱尽泰山风流。

令我印象深刻的是泰山石刻。石阶两旁的大石头上几乎都有题字，或词或句或诗，遇到的寺庙都有楹联。我和小马一路欣赏过来，小马说感觉自己好像不识字了。的确，那些书法，或灵动飞舞，或潇洒飘逸，或圆润浑厚，多是笔随心动、意兴所致之作，难以辨认，但这丝毫没有消减我们观赏的兴致。

从中天门到南天门的一段石梯，山势极其陡峭，石刻更多，字体各异，风格不同，简直就是书法大展览。这些刻字主要是明清时期留下的，多刻在悬崖峭壁，这其中就有乾隆皇帝的题诗，据说乾隆皇帝曾 11 次登上泰山，留下多处题字，这里刻的不知是他哪次登山所作，笔法遒劲有力，凝练厚重。悬崖如削，直让人感叹工匠们刻字的艰辛。我和小马顾不得说话，拿着相机猛拍，犹自应接不暇，觉得看不饱品不够。路过十八盘，有一处刻字很独特：其他摩崖碑刻都是朱砂大字，这里却用靛蓝色刻着“中国旅行社”，我正诧异怎么将广告打到这里，破坏了泰山的人文氛围，仔细一看，原来是民国时期留下的，不由感叹时间流逝之下，当年的广告也成为泰山一景了。

在岱庙，也保存了不少书法遗迹。岱庙是皇帝举行封禅大典时的行宫，墙上有历代文人的题字，前院有不少碑刻，其中就有宋代书法家米芾写的“第一山”三字，洒脱不羁奔放有力的笔法，直让人流连忘返。

恋上额济纳旗

我们一行五人，驱车前往400公里开外的额济纳旗中学讲学。

正是周四下午两点，车在广袤的戈壁滩上疾驰，天空蓝得纯粹，红柳和梭梭透着返青的迹象，偶尔看见如沙雕般矗立的骆驼，却罕见放牧者的身影。大约自小生活在西北的缘故，相对于高山带给我的沉重压抑和深海带给我的阴森恐怖，无垠的戈壁和绵延的沙漠总给我熟悉的亲切感，并会因此引发各种豪放悲壮的联想，空旷辽远令我心净如洗，荒凉静谧令我慷慨沉静，我愿意在这片粗犷的土地上生活并长眠其中。

说到讲学，额济纳旗中学和嘉峪关市一中是友好学校，因此才会邀请我们前去讲学交流。我自然知道外出讲学的重要性，如果不是讲课讲到极精彩，听课的老师便会因学无所获而露出不屑和鄙夷的神情，邀请方会深感失望，而被邀请方也会感到失望。讲课篇目是额济纳旗中学事先定好的，然而几天来因为杂事缠身，一直没有心思备课，只在临行前晚上，才在夜深人静时开始备课。以往参加课赛或者承担比较大型的公开课，我都会将教案备写成讲稿，课堂上说的每一句话都会在教案上体现，以求课堂语言的干净利索，然而这次公开课，我不想拘泥于讲稿，因此只理出了讲课思路。出发那天一大早，便急急忙忙做好课件，一切基本准备就绪，便忙忙收拾了简单行李，匆匆上路。

三月的太阳透过车窗玻璃照在身上，暖意弥漫。我们有一搭没一搭地闲聊，困意很快漫上眼睑，我便换了一个舒服的坐姿，打起盹来。然而很快被嘈杂的人声惊醒，原来是10号基地到了，写着“泄密必被抓，抓住必杀头”的广告牌悍然矗立在路边，虽然惊骇于措辞的直白严厉和内容的杀气腾腾，然而想到军事重地的严肃，一行人便也表示理解。

下午七点，终于到了达来呼布镇，额济纳旗政府便设在这里。这是一个常住人口不到三万人的小镇，说是小镇，其实是县级建制，隶属内蒙古自治区，虽然额济纳旗是蒙语叫法，居民应该是蒙古人居多，但实际汉民占大多数。额济纳旗历史悠久，早在西汉，史籍便有关于它的历史记载，马可·波罗在其旅行游记《马可·波罗游记》中对额济纳有如下记载：“……从甘州城出发，如果骑行十六天，就到了亦集乃（Edzina）城。该城在荒漠戈壁的边界，隶属于唐古忒州。旅行之人最好在该城预备好四十天的干粮，因为离开此城之后，向北走就进入了沙漠。”中华人民共和国成立以后，因为酒泉卫星发射基地选址在额济纳旗政府所在地的巴彦宝格德山一带，额济纳旗人被迫迁居，他们曾经有过长达八年、三易其居的生活，最终定居在现在的小镇。

思绪还沉浸在额济纳旗的历史沿革当中，车已经行驶到了额济纳旗中学门口。这是一所刚搬迁至新址的完全中学，校区很大，教学楼、科技楼、餐厅、体育馆等场馆设施齐全，正在对额济纳旗中学的硬件设施赞叹不已时，热情好客的李校长，已经带领着领导班子成员，在教学楼前欢迎我们的到来。

周五早晨九点十五分，我开始上课，踏上讲台的瞬间，忐忑的心情很快静如止水，我平静自然地讲述，启发诱导学生思考，对稍有见地的回答予以鼓励表扬，学生很快由开始上课时的拘谨变得放松自如，课堂气氛逐渐热烈起来。这篇《春夜宴从弟桃花园序》是选修课中的篇目，我也是第二次遇到，因为篇幅很短，所以我备课时本着“短文长教”的理念，力求挖掘出文本的文化内涵，我采用了古人“以诗证诗”的讲法，即引用大量的古诗词佐证，让课堂厚重起来。在教法上，主要设计了三个由浅入深的话题供学生探讨，体现新课程让学生动起来的理念。课堂中的我，仿佛成为两个，本尊沉浸在人生短暂、天地永恒的伤感中不能自拔；分身飘浮在半空中，观察着学生的状况和听课老师的反应。这是一个阶梯教室，听课的老师远远多出学生，学生在左面就坐而老师在右面就坐，看到学生们紧盯着我的眼神和老师们认真听讲的表情，我知道这节课整体很成功，尽管也有几处细节上的小瑕疵。

下课后我才知道，没课的老师都来听课了，学校领导班子成员几乎都来了，旗教育局也来了四个教研员听课，局长本来也要来的，但因为开会临时没来。感动于他们如此隆重地对待这次讲学，到底让我有受宠若惊之意了。

按照行程安排，下午我和额济纳旗中学的语文老师交流，才发现，这里的语文老师相当年轻，教研组长算是比较老的，也才 31 岁。由于缺乏专业素养深厚的老教师引领指导，虽然他们热爱语文教学工作，但有很多困惑，面对这些年轻人急迫求教的眼神，我除了一一解答问题外，还将平常教学中的一些经验和做法倾囊相授，更将语文教学目标提到了为学生的终身发展奠定良好文化修养的高度。《论语》有言："取乎其上，得乎其中；取乎其中，得乎其下；取乎其下，则无所得矣。"在我看来，当我们将上语文课的终极目的定位为大力提升学生文化修养的时候，高考语文成绩就只是附属于这一宏伟目标的一个很小目标而已，自然不会将老师束缚。当然，这种定位对语文老师的要求很高，一个优秀的语文老师对学生的影响是终身的。一个人文化素质的高低，一定程度上取决于学生阶段语文教师的文化素养，因此语文教师不论多忙，都要读书提升自己。

不知不觉中两小时过去了，我由衷喜欢这些年轻的老师们，他们身上表现出的谦虚、干劲和朝气都是我已经失去或者将要失去了的。我们拍照留念，记录下相处的美好瞬间。

和我一起前来讲学的年轻数学老师甄荣和资深地理老师郭志杰的课分别安排在下午第一节和第二节，从老师们的课后反馈看，他们的课同样获得很高的评价。作为后起之秀的甄荣，组织教学的严谨和调动学生的多能，清晰有趣的表达和超强的亲和力，都受到了老师们的盛赞；郭志杰老师一边教给学生知识，一边培训听课老师的授课方式，也得到了老师们的认同。

下午五点，带队的何爱社主任的报告《新课程背景下的高中教学管理》在多功能厅开讲。何主任全面介绍了我校在教学管理上的具体做法，从三大特色讲到奥赛班教学，从高考激励制度讲到青年教师培养，特别强调我校之所以连续几年取得辉煌的高考成绩，是因为一直都有危机意识，很注重培养教师的团队合作精神。我陷入沉思，作为一个从教二十年的教师，嘉峪关市一中一路走来的艰苦辛酸，我是有些发言权的，正是一中老师们合作、进取、拼搏的精神，正是老师们时时刻刻关注学校的现在和未来，群策群力，在危机中探寻发展的契机，才让一中有了今天有目共睹的成绩。结束讲学，我们抽出周六全天的时间，领略额济纳旗美景。

驱车 77 公里，便到达策克口岸，策克口岸是内蒙古阿拉善盟以及甘肃河西地区唯一的出境通道，是中蒙边境双边性常年开放口岸。这里平静安宁，没有想象中戒备森严、铁丝网横亘的严肃气氛，朝外蒙望去，除看见中方援建的大楼外，看不见人烟。

居延海是沙漠瀚海中的一粒明珠，到这里最易联想起的诗句，便是王维那首《使至塞上》中的前两句："单车欲问边，属国过居延。"而王维同样在居延海边驻足写下的《塞上作》一诗则不为很多人熟悉，其诗云："居延城外猎天骄，白草连天野火烧。暮云空碛时驱马，秋日平原好射雕。"秋高气爽之时，将军平沙狩猎，意气风发，豪壮威猛令人浮想！现在的居延海，已完全消去了昔日的杀伐之气，碧波荡漾，水鸟纷飞，芦苇摇曳。宛如一位恬静美丽的少女，浑身散发着迷离的香气，静静安卧于大漠戈壁之上。这位少女在 20 世纪末期，曾经因注水量不足而气息奄奄，生命将逝，是在中央领导的亲自关怀下才大病渐愈，重新明眸善睐。难怪额济纳旗人一说到居延海，脱口而出的便是"小小居延海，连着中南海"了。

"千年不死，千年不倒，千年不朽"的胡杨精神从来就是西北人顽强生命力的写照，胡杨林便是我最想看的景致。然而我们来的不是时候，三月的胡杨，不可能有明艳黄亮的树叶，枝条只有稍微发芽的迹象，但是遒劲的树干，沧桑的容颜，相比十月炫目的黄叶，更让我有触目惊心之感。在怪树林看到将死或已死的胡杨树，思绪便会飞到久远的古战场，任他枪林弹雨，看我笑傲疆场，勇士虽然战死，姿势依旧不屈。满脑子的诗词名句喷涌而来："大丈夫当战死沙场，马革裹尸而还""可怜无定河边骨，犹是春闺梦里人""凭君莫话封侯事，一将功成万骨枯"……

登上黑城子残存的城墙，同样万般感慨。瓦砾遍地，墙垣尽废，颓废的黑城映照着一个王朝的衰亡，朝代兴替，自古亦然。西夏时水草丰美之地，宏伟壮观之城，而今荒凉贫瘠，冷落破败，直让人遗憾时光易逝，繁华不再。

周日即将返回之时，发生了一支小插曲。收拾行李的时候，我突然发现风衣找不到了，这件风衣是我去年十月在兰州做课时，花两千多块钱买的，暗红色的缎面上印着黑色的团花，穿上身很彰显气质，是我非常喜欢的一件风衣，只穿过几次。这一次行程匆忙，大概丢在了额济纳旗中学，于是李校长和铁校长亲自到学校寻找，遍寻不着，连说抱歉。后来终于在宾馆找到，而我已经在返程的路上，李校长和铁校长亲自驱车送来，令我着实不好意思，连声感谢。

站在茫茫戈壁，回看达来呼布镇，它已经隐没在白云深处。额济纳旗美景，热情的额济纳旗人，都留给我美好的印象。小镇的安静令我向往，这是一个修养身心、潜心写字的好地方，能在这个小镇生活，还用羡慕梭罗在瓦尔登湖畔的惬意吗？不由让我对生活在小镇的人们羡慕嫉妒恨了。期望再来！

云冈石窟遐想

火车到大同的时候，已是下午两点，便直接去看云冈石窟。同行者中许多人去过敦煌莫高窟，因此不自觉地将两者做起了比较，品评着两大石窟的优劣。说来惭愧，虽然敦煌石窟距离嘉峪关如此之近，但我从来没有参观过敦煌石窟，大抵越是身边的物事越容易被人忽视的缘故，但这样正好避免以审视的眼光看待云冈石窟了，于是无所顾忌地欣赏起来。

先是心生敬畏，这样雄壮的石窟，需要多少年、多少工匠、耗时多久方能完成！云冈石窟始建于北魏，是鲜卑人建造的。岁月侵蚀下的佛像，形象眉眼大多已经模糊，然而面相还是流露着鲜明的波斯色彩。大佛像之外，石窟中留下的乐舞和百戏杂技雕刻，体现了当时佛教的盛行，反映了北魏多彩的社会生活。

第十八窟和第二十窟的佛像留给我的印象最为深刻。

第十八窟是一尊正中立像，据说这尊佛像是北魏太武帝。太武帝身披千佛袈裟，目光深邃，似乎在忏悔自己当年发动的声势浩大的灭佛运动。

我的思绪长久停留在这段哀伤的过往上。宰相崔浩的蛊惑，寺院经济的繁荣，不法僧人的胡作非为，佛教和道教的冲突，使得太武帝终于大怒，一场风声鹤唳的灭佛运动就此展开。焚毁经书，杀戮沙门，太武帝对佛教犯下了不可饶恕的罪行。由太武帝始，北周武帝、唐武宗分别进行过灭佛运动，佛教在“三武”的摧残之下,明显衰微,却始终屹立不倒,佛法依旧四海弘扬。

当初的繁荣恍若一梦！愈美好的东西愈难留驻！佛教在汉朝传入中原，

梁武帝时达到鼎盛，有杜牧的诗为证:“南朝四百八十寺，多少楼台烟雨中。”梁武帝本人就是虔诚的佛教徒，曾几次舍身佛寺，大臣们花费大量钱财才将他赎出。那时全国僧人众多，几乎占去了总人口的十分之一。时光潇潇洒洒流转到了盛唐，大德高僧辈出，信徒香客众多，佛教又一次走向繁荣。虽然之后又经历了后周世宗的灭佛运动，然而具有超强生命力的佛教，每一次浩劫之后都能迅速走向复兴，这和佛教宣扬的众生平等、拯救苦难的教义迎合了广大民众的心理是分不开的。

第二十窟的露天造像，据说是佛祖释迦牟尼，佛祖端坐于莲花宝座，双目俯瞰众生，面目慈祥，气定神闲，大有唯我独尊之气概。在佛祖面前，我敛气屏神，丝毫不敢放肆，唯恐稍有差池，便被佛祖看透了本心。或许，他已经看透，所以嘴角露出一丝隐隐的笑意了呢？这到底让我惶恐不安了。

最后一个衡山……

写下这个题目，自己都想笑。这个题目可以引起许多联想：最后一个衡山贵族，最后一个衡山道士，最后一个衡山弟子，等等。如果是最后一个衡山弟子，那我就是武侠小说中呼风唤雨的衡山剑客，剑术高超如独孤求败，美丽绝世如西门吹雪，机智自恋如陆小凤。怎奈江湖腥风血雨，一趟塞北江南，衡山派一夜之间惨遭灭门，留下我一人苟活于世，苦苦寻找衡山派仇人。二十年苦心经营，终于云开见日，报仇雪恨，而自己亦重伤不治含笑九泉……呵呵呵，最好再穿插一点三角恋或者多角恋的故事，免得我孤独寂寞，要知道二十年不是短时间啊。恩怨情仇凶杀，该有的卖点全都具备，接下来就是把故事讲得曲折回环荡气回肠。嘿嘿嘿，我就不信这样的书会没人看没人买，说不定我会一写成名发大财呢。

然而只是想象而已，没有一写成名没有发大财，我还是我，普普通通。只是不经意间，索道管理站的铁门在我身后冰冷关上的瞬间，同伴忽然扭过头对我说："你应该庆幸，你是最后一个衡山游客。"我才发现，我真的是十月十六日的最后一个衡山游客，这让我很兴奋，因为有了一种无法言说的近乎末世的悲凉感，这让我觉得很美。高层次的美总是偏向于悲凉伤感的，我喜欢这种感觉并愿意长时间沉浸其中。

下午四点，我们一行五人才到了中天门，从中天门到祝融峰，路不是很长，我们边玩边闹边拍照，不知不觉到了峰顶。衡山比我想象的大好多，极目四望，林木苍翠，楚地尽收眼底。衡山如一位精神矍铄的老人，苍劲孔武，似乎每棵树都长得比其他山上的树苍翠些。同样是翠色逼人，但衡山的翠色又不同于峨眉山的滴翠，没有湿漉漉的水汽搅得人心中燥热。衡山的每块山石都显得低调，不像张家界天门山的石头都在竭力张扬自己的个性，也不像黄山怪石引起游客各种关于神话的联想，它只是安静地藏在绿树的后面，偶尔露出一点脸庞。

衡山是一座最能引人进入神话境界的山。盘古开天辟地，四肢化为五岳；炎帝神鞭打落朱鸟，朱鸟便成为衡山山徽；南岳又被称为寿岳，自然是和苍生寿命有了某种神话关联；火神祝融也曾在这里享受众生供养。来到衡山，就像来到了神话世界，那些寓居在发黄书页里的神话人物忽然鲜活起来，从衡山的每个角落里每棵树后向你招手微笑，邀你穿越到远古体悟他们的生活和精神世界。

遗憾的是，我们只有短短的两个小时游玩时间，不能体验爬山的全过程，不能将冥想进行到底，不能去回雁峰更深体会“雁阵惊寒，声断衡阳之浦”的意境，只能匆忙下山了。

衡山，我来过了，还会再来。

佛祖释迦牟尼的眼神

我们驾车到山丹大佛寺参观，据说这里拥有世界上最大的室内泥塑——坐佛。

车缓缓停在大佛寺前，这是一座依山傍水的寺院，山门前有大青条石铺就的十八层台阶，给人以威严之感。寺门前地势平坦，地上微微泛着些潮气，树的影子依稀参差地轻轻晃动在寺院的大门上，安静的氛围让我们说话也不由自主地轻声起来。前庭、后院，古朴典雅的房屋点缀其中，错落有致。山门门厅、过道里丈余高的哼哈二将和四大天王塑像，形态各异。这座始建于北魏（约公元 425）的寺院，多次横遭兵祸战乱，几番重建，几度兴衰，最近的一次毁坏是“文化大革命”时期。我们现在看到的大佛寺，是 20 世纪 90 年代初重新修建而成的。

站在大雄宝殿门口，抬眼望去，被佛教界人士誉为“天下第一佛”的佛祖坐像栩栩如生，佛祖释迦牟尼高坐莲花宝座，为脚下的善男信女讲经说法。佛祖注视着你，眼神中饱含着慈爱、悲悯、庄严、洞悉一切的光辉，让你不由自主地跪倒在地，想谦卑地吻他的脚背，对他毫无保留地说出困惑，恳请他的指点。在他面前你无处遁形，纵然有孙猴子的七十二般变化，生死命运亦在他的掌控之中。再卑鄙龌龊之徒也会在佛祖的目光下变得收敛起来庄重起来，不复有作恶的心思。我试着和佛祖的目光对视，可是几次都被他逼退。最后一次我摒除杂念，稳住心神，终于能和佛祖的眼神有一刹那的交融。迦叶尊者悟到了佛教的真谛，难怪佛祖拈花微笑了，那微笑该是和此时佛祖脸上的笑意一样的吧。

我喜欢大佛寺的佛祖，因为他的慈眉善目和亲切的笑容；也喜欢佛祖两侧陪侍的、我不知道名字的得道佛祖，也是因为他们的可亲可爱的表情。我走过的佛寺并不多，每每被罗汉们凶神恶煞的神态和张牙舞爪的动作吓得不敢再看他们第二眼就匆匆出殿，被供上神坛高高在上，让芸芸众生望而生畏，恐怕不是佛教的本意吧。

大佛寺的香火并不旺盛，穿着青布长衫圆口布鞋、一脸平静的老和尚并不吆喝游客烧高香，亦不故弄玄虚为游客算命，只是在游人跪拜参佛时敲几下木鱼。没有喧闹，没有香火缭绕后面汹涌的追逐金钱的暗流，我以为这才是寺庙的特色：远离俗世纷扰，一心向佛，全力清修，在寂静庄严中领悟佛法的奥妙。

说到清修，我忽然悟到：既然佛教教人向善，那么只要能急人所难，扶危济困，又何必严守那清规戒律。“佛祖心头坐，酒肉穿肠过”，是以济公被人尊为佛祖。既然这样，要清规戒律何用？大概是为意志不坚定的修行者制定的吧，因为由俗人到佛祖，最初的斩断尘缘难上加难，这就需要清规戒律的约束，大彻大悟之后，一切的清规戒律即所谓的形式就不再是形式了。对于我等凡夫俗子来说，拥有一颗向善的心，随时随地给需要帮助的人以帮助，就是在弘扬佛法了。

这是山丹大佛寺的释迦牟尼佛祖给我的启示。

寂静海德堡

走进海德堡，立刻被它的寂静气质吸引。

已经是当地时间早晨九点，海德堡还静静地躺在内卡河的羽翼下沉沉睡着。街道空旷冷清，空气湿润寒冷，没有人声嘈杂，没有车马喧嚣。寂静，似乎是海德堡永恒的主题。

始建于公元 1869 年，已经有 150 年历史的海德堡古桥安静矗立于内卡河上。从河南岸的老城一侧的入口走上这座古桥，立刻就会为眼前的景象所迷醉：桥下深绿色的内卡河水缓缓流淌，桥南面青灰色的古堡和同样青灰色的古桥遥相呼应，桥北面的山上，茂密的树林和红顶白墙的别墅相互掩映……绿水、灰桥、红瓦、白墙，给阴霾黯淡的天气涂抹了点点亮色，眼前的风景顿时生动起来。

桥的入口处有两座圆塔，是古桥忠实的卫兵，据说曾经是关押偷漏税犯人的牢房。桥上有两座雕像，南边一座是选帝侯卡尔·铁欧德——至今仍然踌躇满志、警惕坚定地雄视着他的领地，他的脚下则是四座河神雕塑。如果从古桥的南面进入古城，穿过神灵教堂，沿着山间石径前行，就会到达神秘的选帝侯官邸。历时四百年才完工的选帝侯官邸坐落在国王宝座山顶上，现在被称为海德堡古堡，是有名的古迹。经过几次扩建，古堡形成了哥特式、巴洛克式及文艺复式三种风格的混合体建筑，是德国文艺复兴时期建筑的代表作。古堡的正门雕有披着盔甲的武士队，中央庭园有喷泉以及四根花岗岩柱，四周则为音乐厅、玻璃厅等建筑物。古堡几经战乱洗

礼,残损和完整并存,有一种惊心动魄之美。站在古堡顶端远望,蓝天白云,苍山翠树,都尽情展示着自己的秀美,虽然寂静无语,却仿佛都有了灵性,令人有身心洁净之感。

古桥北边的一座雕塑是手持长矛、神态安定的智慧女神雅典娜,她的脚下则是象征公平、农业、艺术、天文等的神灵雕像。也许海德堡正是有了智慧女神的庇护,才会赢得众多哲学家、艺术家的青睐。歌德曾说:“海德堡,你偷走了我的心。”马克·吐温说:“海德堡是我到过的最美的地方”。而这里最受智慧女神宠爱的,便是被誉为“海德堡精神象征”的现代思想之父马克斯·韦伯,韦伯在这里写就了一生中最主要的哲学论著,他 17 岁在这里读书,32 岁在这里精神崩溃,至今长眠于海德堡。

站在雅典娜雕像前,遥望着古桥北面的“哲学家小径”浮想联翩。歌德、黑格尔、费尔巴哈、阿伦特、冯特等都曾在这条幽深寂静的小径上徜徉,思考着高深的哲学问题。据说哲学家小径旁有一只向上平伸的手掌,掌心写着一句话:“HeuteSchon Philosophiert?”翻译过来就是:“今天哲学了吗?”只可惜时间紧迫,没能亲临哲学家小径一观,实为憾事。

寂静海德堡。就连内卡河,流动的也是深深的寂静。

离开海德堡的车上,脑海里想起智利诗人聂鲁达的诗《我喜欢你是寂静的》:

我喜欢你是寂静的,仿佛你消失了一样。
你从远处聆听我,我的声音却无法触及你。
好像你的双眼已经飞离远去,
如同一个吻,封缄了你的嘴。
如同所有的事物充满了我的灵魂,
你从所有的事物中浮现,充满了我的灵魂。
……

茜茜公主的因斯布鲁克

到达因斯布鲁克的时候，正值暮色漫过阿尔卑斯山。

这是一座位于阿尔卑斯山谷中的、仅有 18 万人口的奥地利小城，因为处于阿尔卑斯山的心脏位置，气候宜人，风景优美，吸引得游客纷至沓来。积雪随处可见，甚至于在城中只要抬头，就可以看见白雪皑皑的阿尔卑斯山。雪似乎是小城冬季最重要的名片，也使得笼罩此时的暮色相比其他城市凉薄了许多。高大的杉树随处可见，倚树照相的时候，收获了小城人友善的微笑和目光，令我有些许羞涩但又感觉温暖。

小城到处散发着的中世纪的典雅与高贵之气，令每个到此一游的客人流连忘返。哥特风格的楼房、巴洛克式的大门、文艺复兴式的连拱廊，诉说着小城的沧桑；装饰华美的金顶屋、巍峨雄壮的霍夫城堡和大气庄严的宫廷教堂，展示着小城悠远的历史；格调高雅的酒吧、陈设讲究的咖啡屋，直让人有沉醉不归夜夜笙歌的冲动。

似乎是从黄金屋顶旁边一个不起眼的门洞钻进去，便到了玛丽亚特雷萨大街。街道都很狭窄，有点中国江南弄堂的感觉，然而这狭窄的街道又四通八达，两侧排列着众多的装饰精美的店铺，英伦风格的酒吧和咖啡店夹杂其间。微雨天气，暮色渐浓。华灯初上，才发现这幽深的小巷里亮起的，大多是花朵状的水晶吊灯，闪烁璀璨的灯火，让小巷氤氲着古色古香的浪漫气息，如一股磁力吸着你的脚步不让离开。才想起施华洛世奇的总部设在这里，水晶让游客们慕名而来，也让这座小城拥有了水晶般晶莹剔透的魅力。

然而小城更吸引我的，是茜茜公主童话般的爱情。

茜茜公主 14 岁时，在因斯布鲁克的霍夫堡皇宫见到弗兰茨皇帝，弗兰茨对她一见钟情。16 岁，茜茜公主嫁给了弗兰茨，开始了 44 年的婚姻生活。电影茜茜公主系列《茜茜公主》《年轻的皇后》《皇后的命运》，为我们讲述了这段唯美的爱情故事，虽然电影呈现的和现实有很大差距，但是谁不想拥有一份完美的、哪怕只存在于想象中的爱情呢？相信到因斯布鲁克的部分游客，是为追寻心中的完美爱情而来。因为茜茜公主，因斯布鲁克又有了童话般的魅力。

而我在想，有时候，一切也许是上帝的有意安排。上帝让茜茜公主和弗兰茨皇帝在因斯布鲁克邂逅，又用施华洛世奇水晶象征这段纯洁的爱恋。爱情，水晶，成就着因斯布鲁克的风韵。

在因斯布鲁克，你要做的，就是遵照阿尔卑斯山口招牌所写：慢慢走，欣赏啊！

第五辑

教苑

遗落的六一

六一悄悄地来了，在这个阳光魅惑、花香诱人的季节。

这个早已被我遗落的节日，却是孩子们最盼望的节日。这一天，他们的眼眸里，闪着比往常更纯真的蓝天般的颜色，他们的笑闹声，似乎比往常更充满着蓬勃向上的力量。他们玩耍的身影，是六月最曼妙、最抓人眼球的风景。看着他们，我心里五味杂陈。

我们的孩子是幸福的：他们出生在和平年代，享受着父母亲友的百般宠爱，物质条件不可谓不优渥。可他们又是不幸的：父母、老师、学校将各种期望强加于他们身上，使他们小小年纪便奔走于各种兴趣班。三岁会写几百个汉字、九岁钢琴过十级、还未小学毕业便拿到国家级奥数金牌等，对他们来说不是稀罕事儿。这些生命中不能承受之重，让许多孩子浑身散发着戾气，稍不如意就会破口大骂，大打出手，甚至跳楼上吊。我们的孩子到底怎么了？我们的教育，在孩子成长的道路上，赋予他正能量了吗？

“不要让孩子输在起跑线上”“给他一个快乐的童年，他会失去一个快乐的成年”，这是许多家长的教育理念；“只要考试分数好就行，其他事情不是我该关注的”，这是许多老师的教育理念；“只有升学率越来越高，学校才能越办越好”，这是许多学校的教育理念。可怜的孩子在这三重压力下，短期内多才多艺、成绩优秀，既是其他孩子的楷模，又满足了家长、老师、学校的虚荣心。但人生是一场马拉松赛跑，这些兴趣被一点点消磨、潜能被一点点埋没的孩子，未来还能独领风骚吗？答案恐怕不会令人乐观。

我们的教育特别是基础教育，重技术层面的应考训练而忽视孩子的成长规律和心灵塑造，那种急功近利的、“超前”的教育，让孩子背负了太多和年龄不相称的重荷。“救救孩子”，当年鲁迅发人深省的呐喊，我们有必要重提！

教育最该关注的是孩子的心灵。柏拉图说过：“教育非他，乃心灵的转向。”应试教育培养出的只是掌握一些知识和技能的人，但未必是心灵高尚的人。一个人的心灵教育，从孩提时代就应该抓起。让孩子懂得真善美的内涵并把真善美作为毕生追求，望子成人而不是望子成龙，提升孩子的心理素养远胜过提升孩子的知识素养：如果我们的学校教育和家庭教育更多关注孩子成长的这些因素，我们的孩子又怎会满身戾气，长大后成为一个不文明不道德的人呢？

教育是一门“慢”的艺术。孩子的成长有其自然时间，让孩子有一个开悟的过程，和孩子一起细细体悟成长的快乐，不也是教育很重要的内容？我们当然要为孩子的未来奠基，但奠基不是揠苗助长，“欲速则不达”的道理谁都懂得，但做起来很难。如果我们的脚步太过匆忙，会错过孩子成长的许多美好时光，犹如一桌美味佳肴，狼吞虎咽怎比得上细嚼慢咽带来的舌尖享受？从这个意义上说，“慢”是孩子成长的必需！

适合的教育才是最好的教育。爱因斯坦说过：“每个人都是天才。但如果你用爬树能力来断定一条鱼有多少才干，它整个人生都会相信自己愚蠢不堪。”每个孩子都是世界上独一无二的存在，强迫孩子做不喜欢的事情只会破坏孩子的求知欲和自信心，这和让一条鱼去爬树的效果一样糟糕。不要想当然地以自己和大多数人教育孩子的标准去要求孩子，不喜欢弹钢琴就不要强迫孩子弹，不喜欢上奥数班就不要强迫孩子上。与其在孩子不喜欢的事情上和孩子喋喋不休，不如帮孩了找到适合他的路并陪伴他走在这条路上，如果孩子做的是自己喜欢的事，他会把能力发挥到最大，因为再好的教育也比不上孩子的内力觉醒。

让孩子自由快乐成长吧，不要给他套上太多枷锁。而要实现这个愿望，教育任重道远。但愿孩子的每一天，都是六一儿童节，但愿我们的教育培养出来的孩子，眼里溢满希望，心中充满美好，行为文明高尚。

假期，去远方

人类获取知识的途径不外乎两条："读万卷书，行万里路。"从读万卷书获取知识是所有人重视且身体力行的举动，但从行万里路中获取知识却没引起人们足够的重视，这从一到暑假，许多家长忙着送孩子去各种辅导班补习就可以看出。书本学习的阵地从校内转到校外，大量做题查缺补漏，强化劣势科目学习，以期缩短和优等生的成绩差距，是许多家长对孩子假期的期待。然而这种假期是不是孩子盼望中的假期？同样是获取知识，能不能在假期，带孩子来一场以实践为主的、发现更好自己的行走？

中国古人很早就懂得行走的意义并亲自践行体会，才有了孔子周游列国、游说诸侯于华屋之下的勇敢；有了司马迁负箧游学、不思回归的决绝；有了李白仗剑出蜀、遍游名山大川的壮举。以行走验证所学，以行走提升人生境界，以行走观照天地宇宙，最终，这些善于行走的人，成为后人敬仰膜拜的圣明！

日本学者蓬田信光发现：童年时期阅读与实践经历丰富的成年人往往在生活中具有更多热情，更有人生目标，也往往具有更强的学习意识和更高的能力。通过行走这一实践活动，让孩子对自己的人生有清晰的大格局的规划并为之奋斗，这比学校某些空泛的励志说教更有教育力。行走中见到的别样的人别样的事，会在不知不觉中影响着孩子三观的形成，这比家长、老师苦口婆心、语重心长的教导管用得多。行走在世界这个大舞台上，孩子们的理想也会被放大，从小就被囿于狭窄的生长空间的孩子，犹如观戏矮人、尺泽之鲵，又怎会有远大的理想和广博的见识，又怎会有为理想奋斗的内驱力？

行走是一场不断接受感动和对周围的一切新鲜事物保持最初如婴儿般的青涩与敏感的过程。应试教育把孩子们变成了考试的熟练工，对知识的渴望和初体验就在不断的重复训练中被消磨殆尽，行走中亲近或自然或人文的景观，接触到与单纯学校环境截然不同的社会，可以让孩子们在人生一段较长的时间里保持敏感的心，而不是在离开学校后被社会迅速异化！

帮助孩子找到适合梦想生根发芽的土壤，是父母送给孩子的最好礼物，一个只懂得让孩子整天与习题为伍的家长，可能会让孩子错过生命中最重要的那块土壤！对于家长来说，行走是帮助孩子找到那块土壤的一种方式。在行走中重新认识孩子，而不是单纯以学习成绩论英雄，你会发现孩子身上诸多闪光点，或许在孩子以后的人生道路上，做家长的也就不会百般挑剔，导致不自信伴随孩子终生吧。

笼中的鸟儿会羡慕翱翔于天空的鸟儿飞翔的姿态，但很少想到去做一只飞鸟。就像圈养的孩子会羡慕少年得志者的优秀，但很少想到自己会成为少年得志者，究其原因，圈养限制了孩子的身心发展。许多家长想要孩子飞得更高却又捆住他们的翅膀，想要孩子通过学习获得优秀的技能，将来找到一份好工作，却又忽视了行走中学习的重要性，让补课填满孩子假期的家长们，总是孤独地站在书本的山丘，觉得即便风尘滚滚也依然比孩子高瞻远瞩，殊不知“生活不只是眼前的苟且，还有诗和远方”。忽视行走的教育，注定不会是成功的教育！

人生最远的一场行走，就是从人的身体到心。行走不是济世良药，它只是一片阿司匹林，然而即使是一片阿司匹林，也可能在你头痛欲裂时默默过期。利用假期，带孩子行走吧，最美的风景，往往在路上。

并不重要的 2014

在 2015 年元旦夜晚的漆黑寂静中，回顾我的 2014 年，算是年终盘点。

似乎每一年的结束和开头，都只有两种情绪：诚惶诚恐和踌躇满志。之所以这样说，是发现计划中要做的事情没有做完，而时间又像一只兔子飞快从身边窜过，人生短暂、宇宙永恒的感慨愈发深沉，哀叹之余，雄心勃勃制定下一年规划，结果又在下一年年末继续诚惶诚恐和踌躇满志，如是周而复始。这种状况正应了网上一段话：一年又过去了，我 2015 年的目标就是搞定 2014 年那些原定于 2013 年完成的安排，不为别的，只为兑现我 2012 年时要完成的 2011 年年度计划的诺言。

博尔赫斯在其诗《岁末》中写道："我们的身上总保留有某种静止不变的东西。"对我而言，2014 年我身上保留的静止不变的东西依旧是教书和码字。

2014 年，我教书二十年。回顾二十年教书的风尘满面和苦累悲忧，有诸多感慨，教师节的时候便想写篇文章祭奠一下这不算短暂的讲坛春秋，题目就叫《少年子弟江湖老》。然而动笔之时，却百感交集泪眼婆娑，诸般疼痛如万箭攒心，欲说还休写不出一字絮语，投笔停思方情绪见稳，算是深深懂得了辛弃疾"而今识尽愁滋味，却道天凉好个秋"的丰满内涵。

教书让生活平淡，也让生活在平淡中幸福着、悲观着。除了每天必做的上课、批阅作业这些正常的工作，周一从周日晚自习开始已经见怪不怪，每天早晨 7：20 的早读上得和每天要吃饭睡觉一样正常，周六的辅导也成为每周生活的常态：日子就在教书的忙碌中轻描淡写。累和失眠的时候，也会抱怨教书的辛苦和在校时间的漫长，然而抱怨过后又会继续学校和家之间直来直去的干瘪生活，犹如干惯了农活的农人，离开了熟悉的田地便会手足无措，身体和心灵都无所皈依。

一批批学生就像一茬茬麦子，从播种、培土、浇水、除虫到收割入库，饱尝着酸甜苦辣，但更多的还是让我感觉到幸福。总是不认真听课作业粗糙却考入理想大学的毛头小子，经常迟到惹得我大光其火却在节日里突然发来祝福短信的女孩儿，为孩子的茁壮成长和我坦诚交流并表示感谢的家长，关键时刻给予迷茫纷乱的我以支持和鼓励的朋友和家人，都让我感觉到幸福的潮流涌动。我只是一个普通而平凡的教师，得到这么多人的关心和厚爱，夫复何求！于是我在这种幸福中愈发小心翼翼，期望并尽我所能帮助每一棵小树茁壮成长。年轻时常常会被学生惹得气急败坏的心态已经被温和平静取代，尽可能从学生的角度考虑问题，以一种让学生理解并欣然接受的语言和其交流，和谐便显得如此简单而愉快。

教书的幸福来自学生，更来自自己。去兄弟学校上示范课，带青年教师参加课赛，承担各种教育讲座，参加各类教学培训。尽管每一次的教育活动对我而言都是挑战，但跋涉后回首，便会觉得很充实。有时候，不怕做不好，怕只怕做之前的畏惧，许多机会就在这种畏惧中溜走。各种各样的教学活动锻造了我，让我不断思考我的教学，思考我在教学中扮演的角色。将课堂变成展示教学个性的舞台，将突如其来的灵感撰写成文，将前沿的教学理念加以试用，渴望在专业发展的高原期获得突破，得到涅槃后的重生，不愿意固守之前的经验在坐吃山空中沉沦！

教育观也在发生着很大变化。培养有修养、有情趣、有知识的社会人是我追求的目标，发觉之前唯成绩为第一要务的教育观念多么愚蠢狭隘！如果从学生的终生发展着眼，规划设计对其高中三年的教育，那么高考只是学生人生中一个小小的节点，坚强的意志、清晰的判断、创造性的思维才是该让学生锻造的品质。所谓高考，其实很大程度上就是这三者特别是思维力的大比拼，明白了这一点，教师对学生的高考学习指导便会有的放矢，那些机械无趣、没有一点思维含量的个别辅导和课堂提问，不经挑选随意下发的蹩脚试题和盲目批改，除了将老师和学生折腾得更累、更不愿动脑之外，价值不大！

也会悲观唏嘘，所谓“通才”教育，培养出来的人基本“全面平庸”。

孔子提倡的因材施教在当今只是应景之词，没有彻底实现的可能，一个文采出众、文章隽秀的女孩，常常会因为数学的毫不开窍而失去上大学的机会，这是教育的悲哀，而我更因对此无能为力而感到悲哀！

也会伤感自卑，比如看到此起彼伏的教师罢课和被打被杀的新闻时；比如亲耳听到身边的教师同人被学生在课堂上大骂时；比如常常感受到来自学生家长的不信任时……自己的辛劳付出被像蛛网一样轻轻抹去，心就会痛到如针扎。微薄薪水职称重压，让站在学生面前的我常常感到底气不足。年末教师表彰会上，看着领奖教师们疲态毕现的脸庞、松弛臃肿的身形、质地粗劣的穿着，浓重的悲凉感深深覆盖了我。我可亲可敬、善良柔弱的同仁们啊，我们已然不堪一击，却依然要固守自尊和清贫，已然是弱势群体却依然要保持灵魂高贵，时代对于我们，提出了何其高大的精神要求！

2014 年，我继续走着码字的不归路。关于码字，是我一直坚持而且今后还要继续坚持的兴趣，这些写给自己的文字常常放在电脑 E 盘，我将之形象地称为“E 盘文学”。我曾经对朋友说码字是慢性自杀，每写完一篇就会头痛欲裂，有被掏空的、大病一场的感觉，然而又像抽烟会上瘾一般，想写的时候情绪控制不住，直到写得将自己感动得一塌糊涂。我一直将写完后觉得自己被掏空和先将自己打动作为评价文章写得上乘的标准。虽然我不可救药地大爱文字，文字却似乎不爱我，至今我依旧为想不出佳词妙句，悟不透有关世界人生的哲理，不能笔随心动、自由自在表达我的思想而苦恼不已，觉得我实在配不上天蝎座“敏感、精准”的赞辞。码字的过程中，更加感受到阅读量的不足和体悟的浅薄，于是又在边角料时间里加重阅读的砝码和体悟的考量。在边码字边阅读边体悟的路上，我走得混乱而慌张。旅行、培训、阅读中的点滴感受和细微事件都会成为码字内容，我的码字没有功利驱动，纯粹出于兴趣，码字的辛苦中，我的情绪得到了很好的释放。

2014 年就这样并不重要地走了，和其他那些并不重要的年份一样。教书和码字中，心态越来越平和，和朋友聊天说得最多的便是顺其自然。导师头顶已然笼上一层淡淡白发，最好的朋友愈来愈少 QQ 在线，一直令我耿耿于怀的眼袋又肿胀了许多。我们终将被时间的河水匆匆漫过，然而还得继续生活，就像昨晚的跨年夜，他抱着 iPad 看电影，我则早已沉沉睡去一样，生活还要在平淡中拉响悠远的汽笛。

表达你的观点

全校学生集会，表达青春愿望。一学生当众发言："我最大的愿望是减肥、长高、考重点。"简短坦诚的表达比"坚决追随五四青年足迹，为祖国的繁荣富强做贡献"之类的套话大话中听很多倍。不由想起某次国旗下演讲，一学生发表演说，其慷慨激昂的情绪和旗帜鲜明的观点令师生热血沸腾。兴奋之余，亦为学校教育能培养出这样敢于大胆表达自己观点的学生自豪。

有人说，"讲真话"是我们时代最为稀缺的品质之一。不管是在课堂上、公众集会上，还是日常生活中，鼓励学生说真话，不要让学生小小年纪，就学会说官话套话、空话废话。教育不是培养奴才，而是为了帮助个体进行完整的自我认知和自我生长。敢于讲真话，是自我认知的重要因素。能让学生讲真话的教育，才是不虚伪的有活力的教育，才不会培养出把虚伪当诚实且没有一丝羞愧之色的人。"我不同意你的观点，但我誓死捍卫你说话的权利"，如果有更多的老师能认同伏尔泰的这一观点，则是教育之幸了。

教育的目的，是培养人塑造人，但绝对不是把学生培养塑造成一个模子浇铸出来的产品。温家宝总理曾经说："要鼓励学生独立思考、自由表达，增强他们的自信心，保护和激发他们的想象力、创造力。"尊重学生个性，让他们敢于在思想上标新立异并将之大胆表达出来，难道不是教育的责任？遗憾的是，现今的教育更多强调了学生的集体思维而忽视了个体思维的培养和发展，导致了一些学生的脑袋始终长在别人脖子上，人云亦云，成了可怜的应声虫尚不自知，个别有点思想火花的学生，也会在过于强调共性的秩序中遭到集体围剿，缩回思想的触角。教育专制压抑了学生插上翅膀的思想，长此以往，培养出来的便是口是心非、亦人亦鬼的人，不能独立思考的人。如此这般严重的教育错误，难道不该教育者深刻反省？

有人说："培养独立自主的现代公民，先得从自由的校园开始。"让学生大胆表达观点，前提是让学生感觉到平等和安全。如果老师愿意平视学生，以真诚的态度对待学生，以得体的引导鼓励学生，让学生感觉到自己处于一个安全的环境，那么学生多半会愿意积极思考，会愿意把老师当作朋友，从而说出自己的真实想法。语言是思想的外衣，语言中会映射出学生的思辨能力、品德修养。营造安全的教育环境，让每个学生都能成为敢于自由表达的人，是教育者的骄傲，更是教育的成功！

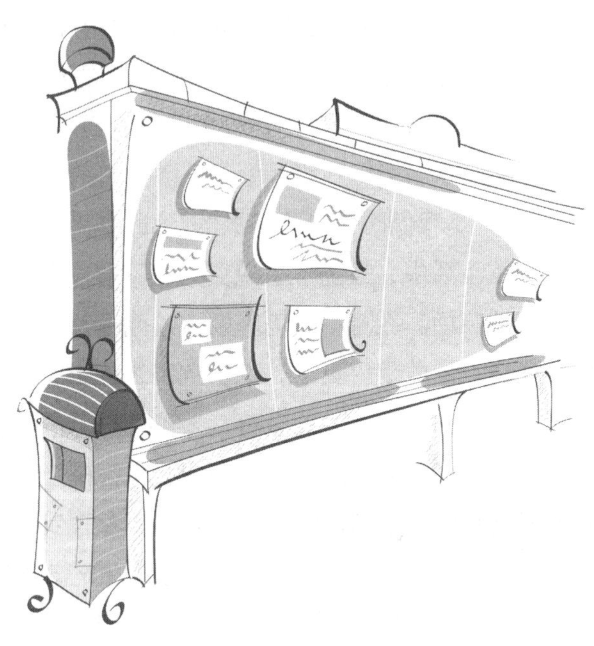

保持交往的距离

翻看家长意见征询表，发现有家长填写了这样的话："希望教师能和学生打成一片，以建立起良好的师生关系。"良好的师生关系就是教师和学生打成一片吗？恐怕不尽然。

还记得教书第七年，遇到一个很有灵气也很桀骜不驯的学生，每到课堂的讨论环节，他总会语出惊人，见解非常有个性，我打心眼里喜欢和欣赏这个学生，经常对他表扬有加，然而也很头痛他的顽劣——他似乎无法无天。他很愿意和我探讨问题，课下常常和我交换对时事、艺术的看法，我也视他为我的小朋友，知无不言并尽可能宽容他的缺点。然而一段时间之后，他渐渐地不遵守上课纪律，偷偷听音乐或者交头接耳，不按时上交作业，有点恃宠而骄。我私底下提醒他几次，他还是依然故我。终于在他又一次违反纪律之后，我爆发了，狠狠批评了他一顿，他很不服气，和我当场吵了起来，最终不欢而散。此后上课时他便故意斜着身子坐着，半边脸对我，或者故意和同桌窃窃私语。我知道他心里有气，也忌惮于他的不驯，也便不加以理睬。这样冰冷了一段时间，某个沉闷的下午，我去上课，他开着录音机听音乐，声音大到足可以做我讲课的背景音乐，我一时心头火起，一场风波就此爆发……此后，我们之间不再有真挚的交流，彼此视若空气。

但这个学生却让我难以忘记，让我时时反思老师和学生之间该以怎样的方式相处。打成一片吗？结局就会如我和这个学生。高中生的心智还不够成熟，还很难体会教师的良苦用心，他会很容易将老师特别是女老师对他的慈爱欣赏视为母亲给予的宠溺，将教师的宽容视为无能，从而无视时间场所的撒娇任性，发展到后来，就会蹬鼻子上脸，轻视甚至无视教师的存在。做教师的，除非一味将之宠溺下去，否则有朝一日突然想纠正他的不良习惯时，就会遭到激烈反抗，严重的甚至反目成仇。如果那时我的教育经验丰富一点，懂得师生之间的交往要保持适当的距离这一道理，我和那个学生之间就不会走上互不理睬的地步。距离是爱护的体现，亦是尊重的体现，师生之间彼此尊重，发生矛盾时方便退步抽身，给彼此一个思考冷却的空间。距离也是师生之间轻松愉快相处的保证，教师能收放自如，学生亦会言行有度。师生距离的两端才是爱护和情谊。高中生还小，人际交往尚处在初学阶段，很难把握交往的距离，很多时候，这个交往的距离需要教师把握。

那么师生之间保持怎样的距离才算合适？我以为是敬重但不敬畏，亲近但不亲密。学生敬重教师，就会对教师给予充分信任，把教师所说、所做当一回事。学生敬畏教师，大多是因为教师的严格使之害怕，敬而远之。教师应以敬业、修养、才华、实干赢得学生的敬重。敬重体现出学生对教师的主动靠近，而敬畏则反映学生对教师的被动接触。敬重之后是铭记，敬畏之后是疏远。身为教师，选择让学生敬重还是敬畏，不言自明。

教师想要拥有和学生之间长久的友情，应该保持亲近但不亲密的关系。教师亲近学生，是让学生感受到教师的关心和爱护，感受到教师的支持与平视，但这种亲近不是亲密，不是师生之间言行举止上的随随便便，更不是打成一片。亲近意味着学生不敢在教师面前过于造次，隐含一种秩序；亲密则显示着教师对学生的有意讨好，隐含无序。

如果一位教师教书二十年，还在靠敬畏树立权威并管理学生，那的确值得悲哀；如果一位年轻教师仅靠亲密讨好学生赢得喜欢，同样值得悲哀！敬畏只会让学生更加疏远教师，亲密注定师生关系无法长久。保持适当的交往距离，师生关系才会和谐稳定！

沟通消解误会

朋友也是高中教师，给我讲了一件曾经发生在教学中的事。

一日早晨，朋友讲课正讲到得意处，正沉浸在人生如梦的伤感中不能自拔，见一女学生掉头和后面的学生窃窃私语，就瞪了她几眼，她看到了朋友责备的眼光，有点不好意思地低下头去，将眼神回聚在了课本上。朋友继续讲课，不过几分钟，她又偏过头去和同桌喁喁细语，脸上露出神秘的笑容。在全班认真入神的听课氛围中，她的行为特别显眼，朋友有点心头起火，然而还是忍住火气，不点名地又提醒了她一次，然而她显然被某件事情牵扯着，特别兴奋，完全不能把注意力集中在听课上，几分钟后又和旁边的学生轻声说笑起来。朋友一直压抑着的火气突然爆发出来，当着全班同学的面将这个女学生批评了一顿，她显然对朋友的批评没有任何思想准备，辩解了几句，让朋友更生气。在朋友看来，既然犯了错，就该乖乖挨训，辩解是不服气的表现，说明她并没有完全认识到错误，就更加严厉地批评起来，撂了几句狠话。她大概不能接受朋友如此狠的批评，眼泪涌了出来，朋友便没有再说什么，只让她回到座位坐下。想到网络上时不时爆出的中学生因心理脆弱导致的各种恶性事件，朋友有点后悔批评重了，下午和第二天早晨，朋友暗暗观察了一下这个女学生，安静了许多，没有其他异常状况，以为她已经想通了，就此放下心来。

然而第二天下午，女学生的父母来到学校，说这个女孩子昨晚回家后，就向父母大哭大闹，认为在全班同学面前被我的朋友批评很丢人，不想上学了。又说从小到大，没有被老师这样狠地批评过，实在接受不了，等等。父母被这孩子不想上学的说法吓住了，一时手足无措，一筹莫展，只好来找朋友。从描述中，朋友听得出他们对孩子的过分溺爱，他们觉得朋友似乎讨厌他们的孩子，才会当着全班同学的面批评，朋友知道彼此之间有了误会，就将事情经过细细讲述，还阐述了自己的教育理念，告诉他们做老师的不可能极其偏爱哪个学生，也不可能极其讨厌哪个学生，只是就事论事解决问题而已，女学生的哭闹只是不良情绪的发泄。朋友为自己个别的过激言辞道歉，宽慰他们不要担心，孩子会正常上学，事情并没有他们想象的严重，并表示会找女孩子谈心，消除她心理上的阴影。一番解释沟通，女孩子的父母才放心离去。事后朋友才知道，女孩子的父母本来打算如果和朋友沟通不畅，就要告到上级教育部门。还好朋友教育经验丰富，误会最终消除。

高中生的心理还处在发育中，对周围的人和事缺乏全面系统的认识，加上父母对孩子的过分爱护，使他们很容易以自我为中心，看问题片面化、情绪化。而一些家长护子心切，不愿孩子在学校受一点委屈。在教师看来再正常不过的教育手段，某些高中生甚至家长却不愿接受，矛盾就此产生，师生关系变得微妙敏感。网络上铺天盖地发生于师生间的交恶事件着实抓人眼球，教师变成了人人皆可攻击辱骂的对象，充当了受全民攻击的教育行业的替罪羊，日子不可谓不难过。然而做教师的，书还得继续教，人还得继续育，那就让沟通和理解走在前面，错误和事故自然就会后退。教师和家长之间，教师和学生之间，很多矛盾皆因误会而起，如果教师能经常放下身段，坦诚交流，相信多数家长和学生能理解老师苦心并给予支持，事情也不会朝着对教师不利的方向发展。对立令人不安，一个有教育智慧的教师不会让事情发展到对立局面，他会在不好兆头初露端倪时便将之消于无形。夹缝中求生存本已艰难，何必再引火烧身，与其每天拽着学生对之进行知识层面的辅导，不如抽空对自己进行沟通技巧的提升，这也是修炼自我保护本领的一种方法。

教师需要熟练掌握沟通技巧。例如学会倾听学生以及家长的感受，在合适的场所说合适的话，注意对学生对家长说话的语气，尽可能站在对方的立场上考虑问题，等等。师生之间沟通的效果好，教育的效果便好。

有关教育的闲言碎语

陶行知说："教育即生活。"一个热爱生活的教师，会给学生传达出热爱生活的理念。于夜深之时人寂之初，手握书卷，和圣哲先知来一场轰轰烈烈的思想对话，是热爱生活的表现；随时随地记录下和学生相处的点点滴滴，不管愉快还是不愉快，空闲时翻出来品味，是热爱生活的表现；寒暑假行走于山水之间，感受大自然的造物之美和先民的创造之美，是热爱生活的表现。可惜这些美好的思考和有意义的行走被许多教师不以为意地忽视了。忽视令我们的生活粗糙，粗糙的根源是由于我们闭合了发现美、感受美的眼睛，而眼睛之所以闭合，是因为我们粗糙的心。一个不热爱生活的老师，怎能教出热爱生活的学生？一个整天愁眉苦脸、生活单调无趣的老师，怎能让学生有多彩生活？一个不热爱生活、没有多彩生活的学生，又怎会以热爱的心态对待生活中的苦乐悲忧？生活态度决定生活品质，教师的眼里除了学生的高考成绩之外，就不该有点别的？在我看来，这"别的"比高考成绩更重要，遗憾的是，许多教师恰恰忽视了这点"别的"。

温棚里种出的西瓜，固然会因反季节上市卖得好价钱，然而对于西瓜而言，却失去了原有的甜味：任何事物都有其自然成长的时间，孩子也不例外。有些事情无须着急，机缘成熟自然会云升水落。一朵花，要给它开放的时间，揠苗助长只会令花儿过早死去。有时候，教师所要做的便是耐心等待，等待学生出现拐点。不会做刚讲过的一道题，可以等待他会做的时刻；没有学习的动力，可以等待他产生动力的一天。如果教师具备替学生的一生负责的态度和替学生的终身发展考虑的教育理念，那么即使等待也有价值，因为这种等待是对学生成长的保护。视学生为无能者、敌人的老师，怎能让学生奉你为知识和精神导师？要知道，你教书几十年，专业知识烂熟于心，你是专业教练，学生只是业余运动员。人生旅途中，你已行程过半，学生刚刚上路。你人生经验丰富而学生刚刚开始经历，怎可急于求成急功近利？让孩子顺应规律自然成长，教师所要做的，只是保护这种成长。

“我们穷其一生追求的，无非是两个字：幸福。我们穷其一生学习的，无非是把握幸福的能力。”教育，不该只是知识技能的传授，更应该给学生某种理念，影响终身的理念，如追求幸福、把握幸福的理念。教师对这种理念的传达才是教育本色的回归，倘有一种理念能让学生一辈子铭记并践行，这也是教师之幸了。深厚的专业知识是教师看家立命的本领，然而专业知识过硬的教师，未必是具备高尚教育品质的教师，否则也不会有某些教师揪住淘气孩子的一点小错误大光其火，以致毁去孩子自信的事情发生，亦不会有某些教师终其教育生涯，依旧是一个只教会学生做题的匠人的事情发生。前一种教师尚需磨砺，后一种教师令人为之悲哀，如岳飞身上始终留有母亲给他的刺字一样，学生精神上亦会打上教师思想的印记。提升思想境界，懂得教育真谛，不也该是教师一生的追求吗？教师的思想和行为影响学生，短期内可以是分数、成绩，然而正如糖果的香味终究会消失在唇齿间一样，分数成绩只是某个阶段的兴奋剂而已，真正在人生天空散发炫目光彩的，是教师带给学生的把握人生、社会、自然的能力，追求真善美的能力。

因学习而守纪，不是因守纪而学习。如果教师深刻懂得这一理念，学生的违纪行为便可以理解。学习中的苦乐悲忧总有不堪承受的时候，发泄便是各种小违规。倘若老师揪着这些鸡毛蒜皮不放，就会陷入无休止的事务性忙碌，而事务性忙碌是懒于思考的最佳借口。优秀教师非常清楚学习和守纪间的关系，绝对不会让学生因为守纪而学习，他会将学习作为学生一切行为的统帅，充分调动学生学习的积极性，尽己所能挖掘学生的学习潜力，不断开动脑筋提升学生的学习能力，将因学习产生的违纪行为灵活对待，以此赢得学生的尊重和欢迎。全神贯注于学习的学生是很少或者无暇违纪的，懂得用脑子解决问题，并为此留出足够思考空间的教师，也是不屑于纠缠于违纪之类的事务性忙碌的。

开学了

就要开学了。开学让我不安，不安到惆怅焦虑，茶饭不思，赖床不起，噩梦频繁。

嘲笑自己不像话，不就是开学嘛，多么正常的一件事，至于心神不宁吗？教书二十年，苍蝇也是一只老苍蝇了，还用得着如遇见初恋情人般惴惴吗？

似乎从放假到现在，我没有去过学校一次。手机放在静音状态，不想听见关于学校的只言片语，从视觉到听觉，从记忆到现实，全面对它进行屏蔽。

然而屏蔽不等于彻底摒弃，不等于它不存在。有关它的点滴，还是会在某个行走的瞬间，梦境的交接处，低头的一刹那，见缝插针喷涌而出，细小的泉眼最终汇聚成碧波荡漾的湖泊。

关于它的记忆不可谓不多：教室里激情四射的授课，同事间面红耳赤的争论，专业技术委员会上的述职，郑重严肃的教学质量分析会，语重心长的家长会发言……脚趾头想都能想到它现在的样子。

操场上，高一学生正在军训。短短的10天内，要完成队列训练、军歌比赛、会操表演、野营拉练等军训项目。无惧刮风下雨，男生女生的脸蛋个个晒得通红。英俊、不苟言笑的教官照例是各班女生追捧的偶像，班主任母鸡护雏般紧跟着班级，絮絮叨叨令学生心烦。

教室里，高三学生正在备战高考。进入高三，学生似乎一夜长大，考入名校的信念让他们个个眼里放射出狼性光芒，认真授课的老师和专心听讲的学生，让课堂尽展知识的荣光。

只有高二的老师和学生还在享受假期的最后两天。

一切都在井然有序进行。

然而还是不安。

放假前，对假期做了美好安排：参加大学同学20年聚会，和女儿去尼泊尔游玩，收集课题资料，整理教学设计。假期结束的时候，却发现除了完成第一项，其他几项依旧纸上谈兵。

带学生进行通用技术课实习，开车回老家，被抽调阅卷，去西安观光，完整假期被这些突然的活动切割成碎片，计划不如变化啊。来来回回的折腾中，长了不少赘肉，不瘦反胖了。

尼泊尔可以推后到明年暑假去，但做课题写教学设计之类的活儿没人可以替代，还得自己动手，正应了我老妈常说的一句俗话："丫鬟不吃剩饭，早晚是她的祸害。"不逼到最后关头，总是懒于做事，看来执行力不强毒害无穷啊。

一个朋友听说我一周只上10节课后，很羡慕地说："你工作好轻松啊，这么多空闲时间。"我苦笑却不想解释，谁会对一份轻松的工作心存恐惧？开学，便意味着早出晚归，意味着无休止地写教案批作业，意味着各种索然无味的事务性忙碌，意味着和学生斗智斗勇、和某些蛮横不讲理的家长沟通协调，意味着做课题写论文，意味着为教学成绩殚精竭虑，意味着为各种考核疲于奔命。课堂上的挥洒固然轻松自如，课堂背后的付出才令人心酸。身心两重疲累的工作，怎会令人羡慕？倘若一个社会考教师的人数多过考公务员的人数，教师的好日子才算真正到来了。

所谓"教师是人类灵魂工程师""教师是太阳底下最光辉的职业"之类的华词美句，只是旅途中的陌生人礼貌性的恭维罢了，无关痛痒，做教师的不可当真，然而又不可不当真。教师对学生的影响不可谓不大，也许教师的一句恶语，会改变一个学生一生的走向。一个微小的举动，会让学生铭记终生。育人不像种树，不合意就拔了重栽，育人的每一天都是现场直播，担负着这样的重任，开学时节，怎能不心怀不安？

一直以来绷紧的神经还没有完全放松，打电话询问分班情况的学生和家长却一个接一个。课的心理准备还没有完全做好，期待中的一些事还没有发生，最不愿提及的开学却已经来了。

排球训练与优生辅导

还记得上大学的时候，我被系里选为排球队员，将代表中文系参加全校的排球比赛。赛前一个月，我们在一位大三学姐的带领下进行训练。我一贯喜欢体育运动，排球更是我的挚爱，因此早早就去了训练场。第一天训练，就发现选来的排球队员不但不是我想象中的个个身怀绝技，反而连最基本的垫球、发球都很糟糕，个别队员甚至连排球比赛的基本规则都不懂。想来挑选队员的时候也是矬子里拔将军，看着稍微虎背熊腰一点的就挑上了吧。相比较而言，我的水平是最出类拔萃的，这到底让我很沮丧，我原以为可以在一个月的训练中将我的球技再次提高，毕竟上中师时体育委员精良的排球技艺让我难以忘怀，特别是他的突然全身前倒，同时双手前伸扑救球的经典动作，每每让我羡慕不已，就想有朝一日自己也能如此这般。然而学姐擅长抓基础，每次训练都是最基本的发球、接球，了无新意，这让基本功很好的我百无聊赖。几天之后，我对训练已经不抱任何提升希望，只是偷懒敷衍。学姐大概觉得我藐视她的权威，对我百般刁难，我虽然对此心知肚明，然而不想与她为敌，冷战而已。只是每到和男队比赛时会极度兴奋，因为可欣赏学习的排球技艺太多了。

由此想到优生辅导。作为奥赛班的语文教师，优生辅导必不可少，特别是在高三阶段。每次到抓基础知识，督促学生狠背成语、诗词名句的时候，我就会不由自主地想：是不是我也不自觉地变成了当年那个学姐？奥赛班学生本来就是优中选优的学生，他们的语文基础本来就打得很好，如果一味抓基础，他们势必会像当年的我，对语文学习失去兴趣，进而会怀疑语文老师的教学水平而对老师失去信任。基于这样的考虑，我提高了语文训练的难度，特别是加大了古诗词训练和文言文训练的难度，刻意培养学生的思维品质，等等。这种高端训练让学生一直有吃不饱的感觉，让他们觉得在语文学习上还有漏洞而不敢松懈。

这里重点谈谈培养学生的思维品质问题。高一高二，我一直开设有说话课，一部精彩的电影、一个热点事件、一篇古怪的文章，都可以成为说话的理由。我经常告诉他们，说话需要组织语言，语言是思想的外衣，一个能用口头语言准确表达思想的人，肯定能写出好文章。也许学生的想法是稚嫩的，也许他的口语表达不那么连贯清晰，但至少思考的火花已在他脑中燃起。在高三紧张的语文学习中，我一直在课堂上给学生留有自由发言的时间，材料大都来自模拟试卷和热点新闻。我也会及时推荐新书给他们，高考前一个月，我还在课堂上给他们读柴静《看见》中的某些篇章，并因为文字中传递的沉重而落泪，而几个学生还因为我的推荐在高考前读完了《看见》，并在课余和我交流阅读感受。学习累了的时候，学生也会在课堂上主动提起某个话题引全班学生思考；看到某首意境绝美的诗词，学生会要求我抄录在黑板上共同欣赏，并让班里朗诵水平最好的女同学朗诵几遍。语文课堂的轻松愉悦并非不作为，看似无用的做法其实最有用，最符合新课程的理念。

语文老师广博的阅读对培养学生的思维品质起着关键作用。对某一问题，个别学生的看法会偏激，会愤世嫉俗，老师高屋建瓴的见解除了让学生对老师有足够的信任外，还会让学生有理性思考的习惯，建立起正确的三观。

2013 年高考中，我所带的文科班语文取得了非常好的成绩。事实证明，进行高端训练和培养学生思维品质的做法，是非常可行的。格局大小决定你最终能走多远。一个优秀的语文老师和一个普通语文老师的最大区别，便在于优秀语文老师把培养学生思维品质放在第一要务，而普通语文老师把提高学生高考成绩放在第一要务。正如专注于做手机的企业家把追求手机的品质作为企业发展的第一要素，而商人却把以手机赚钱作为第一要素一样，如果学生的思维品质培养得足够好，那么在以考查学生思维品质为主要目的的语文高考中，学生取得优异的语文成绩便不是值得忧虑的问题。

讲话

我一向怯于当众讲话，不想却从事了一项非得当众讲话的职业，因此十几年来备受煎熬。讲课也是讲话的一种，作为语文老师，讲课是基本功，当老师前三年，我每次进课堂总是惴惴，气短心悸，备得很充分的课，有时候就因为自己的拙于言辞而效果平平。那时，班里的一个女孩子，总喜欢盯着我目不转睛地看，教学效果的好坏，在她脸上全然看不出一丝波澜，她经常看得我心里发毛，我就会不由自主地摸自己的衣服，看是否早晨走得匆忙衣服扣子没扣好，搽脸油是否没抹均匀，等等。这情形，多少有点像《海上钢琴师》中那个穿着偷来的一身体面衣服混入舞会的局促不安的下等舱青年男人。看到有学生窃窃私语，也会疑神疑鬼，觉得大概是自己的普通话太蹩脚，或某句话说得不当，要不就是我讲得不好，不能让学生的心灵有所震动，胡乱猜疑中，就更努力去适应改进。十几年过去，其间也听到年轻老师夸赞我课堂语言很美，但我进课堂还是惴惴。傅雷曾在家书中告诫想当老师的儿子，说要做好老师，先得有战战兢兢、如履薄冰的感觉才行，以此强调老师责任的重大，的确，面对几十双几百双眼睛的巡视，能经受得住考验是件很难的事。

昨天听高三一个体育特长生演讲，没有刻意的修饰，没有华美的辞藻，只是说真话，却赢得同学们的阵阵掌声。集会讲话和讲课还是有很大的不同，能抓住听众心理，演讲已经成功了一大半。

我很佩服一些所谓的专家，一套讲义，或许只是一些粗浅鄙陋的见解，

甚至拾人牙慧，就敢满世界做讲座。台上滔滔不绝，台下昏昏欲睡，气氛过于沉闷了，演讲者还会发怒，怪听众听得不够认真，却从不反省自己有没有研究过听众的心理。成年的听众比中学生更挑剔，不是精彩至极的讲座很难引起他们的共鸣。

我曾见过这样一个人，明明就是个不学无术的混混，讲话文理不通，写文章病句满篇，却也敢自称大家，到处演讲。较重大的集会，他肯定在场，跑前跑后拿着小喇叭四处指挥也就罢了，还会郑重其事地做一场卖弄他学术修养何其高深的讲座。遇到这样的人，我先是惊讶他的能忽悠，紧接着便替他害臊，害臊到不敢抬头看他表演，觉得他便是那被人剥光了衣服的玛莲娜，众人的眼睛里充满了嘲笑，而他兀自不觉，反而表现得更加卖力。害臊过后便是佩服，佩服他的大胆和自信，佩服他能视众人为无物，毕竟能视众人的嘲笑为云烟不是易事。也或许他自己浑然不觉，自我感觉正好。佩服之后便是害怕，这样的人正是自我感觉太好了，便要众人配合他或跟着他，久而久之，众人便也见惯不惯，不由自主地跟着他走了。不信你看看某些网络达人的走红过程，观众对其的反应，不正是经历这四部曲吗？

对于第一种人，不想听他演讲大可以走开，不会有损害。比较可怕的是第二种人，他会让人们在不知不觉中丧失对美丑的判断力。对于这样的人，应该抱有必要的警惕心，不要让他们扭曲了整个社会的道德标准。

怀念国培

欧阳老师以其渊博的学识和对新课改的深刻见解深深征服了我的心。欧阳老师的讲座，在幽默风趣中强调语文的工具性，又从传统文化的角度强调语文的人文特质，欧阳老师对儒学的理解，“于我心有戚戚焉”。当今有学者提出构建中国新儒学体系，但新儒学到底是怎样的儒学，它怎样在传统儒学的基础上创新和发展，我们还在翘首以待。这种情况下，欧阳老师强调语文在文化传承中的作用，让我觉得作为语文老师，肩上的责任很重，但也许认识到这一点，会让我们在疲惫应对高考的同时，找到一些做高中语文老师的幸福感吧。

这是我在长沙参加高中语文研修班时，代表学员对欧阳老师讲课所做的总结点评。聆听着一位又一位教授各具特色高屋建瓴的讲座，感受着他们对语文教学现状的思考，让我对语文教学有了全新的认识，如醍醐灌顶般开悟。他们给我打开了一扇新门，门内的风景五彩缤纷，我就像个好奇的小孩儿，看看这个，瞧瞧那个，嘴里还发出啧啧的称赞声。

学员们也个个身怀绝技。爱发言的几个学员，彼此间在课堂上的交锋已经火花四溅，其思想的深度和广度都让我甘拜下风，而课下的交流更让我了解到原来高手真的在民间。胖胖的一言不发的小个子男学员，居然是作文指导大家，已经有一本专业著作出版；操一口湖北腔、其貌不扬、爱说爱闹的男学员，居然在干部选拔考试中脱颖而出，直接被提升为当地一所学校的校长；被男学员们称为气质美女、一贯冰冷孤傲的女学员，年纪轻轻就获得了

高级职称；等等；不一而足。之前还为自己在本地有一点点名气而沾沾自喜，此时越了解他们，就越让我感觉底气不足——我有认真学习充电的必要了。相信其他学员也和我有同样的感受，长久以来被高考压制的激情终于爆发出来了，以至于培训结束的时候，许多学员已经摩拳擦掌、跃跃欲试，想要借着培训的东风，紧扛起新课改的大旗，先在各自学校大力实施语文教学的新理念了！

短短十五天培训，我每天都处在兴奋之中。一向被学校教师誉为“爱迟到的名教师”的我，居然在这段时间里没有一次迟到或者早退，还记了一大本听课笔记，恨不得把教授讲的每句话都装进脑子里或者记在笔记里。认真的劲头连我自己都佩服起自己了。每天早晨上课前，就和室友去爬岳麓山，感受岳麓山的秀色。课余就到处游览，几乎把长沙周边的景点游遍了。晚上就去吃长沙的特色小吃，或者去剧场感受“星城”的娱乐文化。生活过得充实而愉快。

桌子上的台历已经换过两次了！

其间，我雄心勃勃大力推行教授们的理念，坚守语文课要去除匠气的理念，倡导新课程让学生动起来的理念，喋喋不休向教师、学生、家长灌输“教育要为学生的终身发展奠基”的理念。然而去除匠气的语文课需要建立在教师广博阅读的基础上，让学生动起来的课堂需要建立在教师观念的彻底转变上，终身发展先要考进好大学。放眼望去，在现今浮躁虚荣的社会大环境下，在对教师的评价考核依旧以成绩论英雄的教育现状中，在教师、学生、家长一致短视、视高考为第一要务的前提下，能坚守内心安宁、认真读书的语文教师有几个？能潜心领悟新课程理念的教师有几个？能关心学生终身发展的教师有几个？

因此我很厌烦听课评课，几乎四平八稳、没有可圈可点之处的课比比皆是，自然评课时也无话可说，然而还要无关痛痒地褒奖几句。即便是省级乃至国家级的课赛，也很少能听到让人眼前一亮的课，那种文采飞扬、厚重有内涵的课当真稀有！我不知道究竟是我审视语文课的眼光过高，还是语文教师的教学水平的确普遍太低。然而不论哪种原因，都让我痛苦！

我同样厌烦讲题做题，一遍又一遍给学生灌输每个考点的做题技巧，看着缺乏创造力的近乎千篇一律的答案，只会让我更加失落。学习语文的终极目的，是要学生熟练掌握并运用祖国的语言文字，有一定的文学素养和审美情趣。然而现在，学生和老师都成为高考的奴隶，为每道题的答案能尽量接近标准答案而绞尽脑汁，语文教学的美感在哪里？然而为了生存和颜面，我又不能不一套一套发试卷，一套一套做试卷，一套一套讲试卷，每天重复着这些无聊至极的工作，让我更痛苦！

于是我更怀念长沙国培，怀念那种充实而愉快的学习生活！怀念那种意气风发的感觉！

因此，我迫切盼望能有机会再次走进高校，聆听那些有思想的教授们的高妙见解！

接站及其他

凌晨 3 : 45，火车终于停靠在长沙车站。

夜色如一只大鸟扇动着羽翼，裹挟来潮湿的气息，拂面的微风还残留着夏日炽热的温度，站台上稀稀疏疏的几个人，都轻衣薄衫。好热！不由把目光投向自己厚重的毛衣装扮，微微皱起眉头，叹息起初到长沙的窘迫来：还是不了解长沙啊，虽然对这座楚文化古城向往已久。长沙迥异于西北边陲小城嘉峪关的天气就让我产生别样的感觉，尽管一直被湖南台的《快乐大本营》《天天向上》引诱得五迷三道。

然而让人皱眉的还不止天气，更在于眼前的处境，将近凌晨四点，会有人接站吗？尽管之前已经和湖南师大培训部的杨栋老师通过两次电话，他略带湖南腔的普通话透着稳重，很肯定地嘱咐我说随时保持电话联系，他会派人来接我，但我还是心存疑虑，毕竟孤身一人来到异乡。我一向胆大，并不担心人身安全，我所惧怕的，是一种身处异乡的强烈的无归属感。

忐忑中出站，便像只饥饿的老鼠四处搜寻接站的人，一块写有“接国培计划高中语文培训班学员”的红色小牌子映入眼帘，举牌子的是一个中等个子、微胖、相貌周正的中年男子，我心里忽然一阵轻松，惊喜地冲到他面前，也顾不得礼貌：“师傅！”他看着我：“是陈老师吗？”我点头称是，他并不多话：“走吧，我是来接你的。”便大踏步前面走，我静静地跟着他，看他一只手拿着车钥匙，一只手提着两份汉堡和两个装着可乐杯的塑料袋子，可乐杯随着他走路的节奏一甩一甩的。大概是给上早学的孩子准备的早餐吧，真是一个好父亲！我这样想着，已经到了车前。

是一辆黑色的小轿车，把行李箱放到后备箱里，我便舒舒服服坐在了副驾驶的位置上，说着“您辛苦了”之类的客套话。师傅依旧话不多，却递过一份汉堡和一杯可乐说：“给你的，快吃吧。”我愣住了，只觉得内心最柔软的地方被触动了，一时不知该说什么，他看我并不吃，又催我说，“快趁热吃吧，一会儿就凉了。”我并没有吃食物的胃口，但正被长沙的热惹得气躁，也就不客气地喝起可乐来，借以冰镇一下燥热的内心。

长沙，对我女儿而言，意味着谢娜、汪涵，意味着超女、快男，对我而言，因为屈原、贾谊、陈天华等文学家的存在，它始终是我心中的文学圣地。一路上，我兴致勃勃地问东问西，师傅倒也不厌其烦，耐心为我介绍。车过湘江，他指给我看橘子洲头；经过岳麓山脚，他给我讲岳麓书院的方位；我说因为沈从文的缘故，我最想去凤凰古城，他热情地给我介绍去凤凰的发车时间和车程。好几次，我想问问师傅贵姓，但又不想打断他的介绍。从这位师傅身上，我忽然觉得，长沙，这座城市深厚的历史文化内涵，已经融入到每个长沙人的血液里。

不知不觉间，已经到了树达学院培训部。师傅帮我取出行李，已经有一位帅小伙在门前迎接，师傅告诉我说这是培训部的杨老师，我才把他和先前只闻其声、未见其人的杨栋老师对上号。这是一位同样热情周到的长沙人，他帮我将行李箱搬到房间，告诉我吃早饭的时间和上课时间，又耐心叮嘱我电热水器的使用注意事项和开门锁时钥匙该朝哪边扭动的细节，细心到我在心里暗笑他像个絮絮叨叨的老婆婆。一一叮咛完毕，他才安心下楼去了，时间已经是凌晨五点。

培训部耐心、细致、周到的服务，长沙人的热情，从那位不知名的接站师傅，从年轻帅气的班主任杨栋身上，我算是真切体会到了。相信在十五天的学习中，我会和其他学员融为一体，在异乡找到家的归属感。

思绪还沉浸在培训部工作人员带给我的感动中，而湖南省教育科学研究院的刘建琼教授，已经以他精彩机智的讲座牢牢攫住了我的心。